ठाकुर का कुआँ

और अन्य कहानियाँ

31 जुलाई, 1880 को वाराणसी के निकट लमही नमक ग्राम में जन्मे धनपतराय श्रीवास्तव या मुंशी प्रेमचंद, एक ऐसा व्यक्तित्व है जिसे परिचय की आवश्यकता नहीं। प्रेमचंद ने अपने जीवनकाल में हिन्दी और उर्दू साहित्य को अपनी बेशकीमती रचनाओं से अलंकृत किया है। इनमें *सेवासदन, प्रेमाश्रम, रंगभूमि, निर्मला, गबन, कर्मभूमि, गोदान* आदि लगभग डेढ़ दर्जन उपन्यास तथा *कफन, पूस की रात, पंच परमेश्वर, बड़े घर की बेटी, बूढ़ी काकी, दो बैलों की कथा* आदि तीन सौ से अधिक कहानियाँ शामिल हैं। उन्होंने अपने दौर की सभी प्रमुख उर्दू और हिन्दी पत्रिकाओं—*जमाना, सरस्वती, माधुरी, मर्यादा, चाँद, सुधा* आदि में लिखा। उन्होंने हिन्दी समाचार पत्र *जागरण* तथा साहित्यिक पत्रिका *हंस* का संपादन और प्रकाशन भी किया।

उनकी रचनाओं में समाज सुधार आन्दोलनों, स्वाधीनता संग्राम तथा प्रगतिवादी आन्दोलनों के सामाजिक प्रभावों का स्पष्ट चित्रण है। उनमें दहेज, अनमेल विवाह, पराधीनता, लगान, छूआछूत, जाति भेद, विधवा विवाह, आधुनिकता, स्त्री-पुरुष समानता आदि, उस दौर की सभी प्रमुख समस्याओं का चित्रण मिलता है। अपने जीवन के अंतिम दिनों तक वे साहित्य सृजन में लगे रहे। हिन्दी साहित्य के क्षेत्र में 1918-1936 के काल खंड को 'प्रेमचंद युग' भी कहा जाता है।

ठाकुर का कुआँ

और अन्य कहानियाँ

मुंशी प्रेमचंद

ekadā

ekadā

First published in Hindi as *Thakur ka Kuaan aur Anya Kahaniyan* in 2025 by Eka, an imprint of Westland Books, a division of Nasadiya Technologies Private Limited

Published in 2025 by Ekadā, an imprint of Westland Books, a division of Nasadiya Technologies Private Limited

No. 269/2B, First Floor, 'Irai Arul', Vimalraj Street, Nethaji Nagar, Alapakkam Main Road, Maduravoyal, Chennai 600095

ISBN: 9789360453282

10 9 8 7 6 5

Typeset in ChanakyaUni by Neo Software Consultants, Prayagraj

Printed at Replika Press Pvt. Ltd

विषय-सूची

वेश्या

छ: महीने बाद कलकत्ते से घर पर आने पर दयाकृष्ण ने पहला काम जो किया, वह अपने प्रिय मित्र सिंगारसिंह से मातमपुरसी करने जाना था। सिंगार के पिता का आज तीन महीने हुए देहान्त हो गया था। दयाकृष्ण बहुत व्यस्त रहने के कारण उस समय न आ सका था। मातमपुरसी की रस्म पत्र लिखकर अदा कर दी थी; लेकिन ऐसा एक दिन भी नहीं बीता कि सिंगार की याद उसे न आयी हो। अभी वह दो-चार महीने और कलकत्ते रहना चाहता था; क्योंकि वहाँ उसने जो कारोबार जारी किया था, उसे संगठित रूप में लाने के लिए उसका वहाँ मौजूद रहना जरूरी था और उसकी थोड़े दिन की गैरहाजिरी से भी हानि की शंका थी। किन्तु जब सिंगार की स्त्री लीला का परवाना आ पहुँचा तो वह अपने को न रोक सका। लीला ने साफ-साफ तो कुछ न लिखा था, केवल उसे तुरन्त बुलाया था; लेकिन दयाकृष्ण को पत्र के शब्दों से कुछ ऐसा अनुमान हुआ कि वहाँ की परिस्थिति चिन्ताजनक है और इस अवसर पर उसका वहाँ पहुँचना जरूरी है; सिंगार सम्पन्न बाप का बेटा था, बड़ा ही अल्हड़, बड़ा ही जिद्दी, बड़ा ही आरामपसन्द। दृढ़ता या लगन उसे छू भी नहीं गयी थी। उसकी माँ उसके बचपन ही में मर चुकी थी और बाप ने उसके पालने में नियंत्रण की अपेक्षा स्नेह से ज़्यादा काम लिया था। उसे कभी दुनिया की हवा नहीं लगने दी। उद्योग भी कोई वस्तु है, यह वह जानता ही न था। उसके महज इशारे पर हर एक चीज सामने आ जाती थी। वह जवान बालक था, जिसमें न अपने विचार थे न सिद्धान्त। कोई भी आदमी उसे बड़ी आसानी से अपने कपट-बाणों का निशाना बना सकता

था। मुख्तारों और मुनीमों के दाँव-पेंच समझना उसके लिए लोहे के चने चबाना था। उसे किसी ऐसे समझदार और हितैषी मित्र की जरूरत थी, जो स्वार्थियों के हथकण्डों से उसकी रक्षा करता रहे। दयाकृष्ण पर इस घर के बड़े-बड़े एहसान थे। उस दोस्ती का हक अदा करने के लिए उसका आना आवश्यक था।

मुँह-हाथ धोकर सिंगारसिंह के घर पर ही भोजन का इरादा करके दयाकृष्ण उससे मिलने चला। नौ बज गए थे, हवा और धूप में गर्मी आने लगी थी।

सिंगारसिंह उसकी खबर पाते ही बाहर निकल आया। दयाकृष्ण उसे देखकर चौंक पड़ा। लम्बे-लम्बे केशों की जगह उसके सिर पर घुँघराले बाल थे (वह सिक्ख था), आड़ी माँग निकली हुई। आँखों में न आँसू थे, न शोक का कोई दूसरा चिह्न, चेहरा कुछ जर्द अवश्य था पर उस पर विलासिता की मुसकराहट थी। वह एक महीन रेशमी कमीज और मखमली जूते पहने हुए था; मानो किसी महफिल से उठा आ रहा हो। संवेदना के शब्द दयाकृष्ण के ओठों तक आकर निराश लौट गए। वहाँ बधाई के शब्द ज़्यादा अनुकूल प्रतीत हो रहे थे।

सिंगारसिंह लपककर उसके गले से लिपट गया और बोला—तुम खूब आये यार, इधर तुम्हारी बहुत याद आ रही थी; मगर पहले यह बतला दो, वहाँ का कारोबार बन्द कर आये या नहीं? अगर वह झंझट छोड़ आये हो, तो पहले उसे तिलांजलि दे आओ। अब आप यहाँ से जाने न पायेंगे। मैंने तो भाई, अपना कैंड़ा बदल दिया। बताओ, कब तक तपस्या करता। अब तो आये-दिन जलसे होते हैं। मैंने सोचा—यार, दुनिया में आये, तो कुछ दिन सैर-सपाटे का आनन्द भी उठा लो। नहीं तो एक दिन यों ही हाथ मलते चले जायँगे। कुछ भी साथ न जायगा।

दयाकृष्ण विस्मय से उसके मुँह की ओर ताकने लगा। यह वही सिंगार है या कोई और! बाप के मरते ही इतनी तब्दीली!

दोनों मित्र कमरे में गए और सोफे पर बैठे। सरदार साहब के सामने इस कमरे में फर्श और मसनद थी, आलमारी थी। अब दर्जनों गद्देदार सोफे और कुर्सिया हैं, कालीन का फर्श है, रेशमी परदे हैं, बड़े-बड़े आईने हैं। सरदार साहब को संचय की धुन थी, सिंगार को उड़ाने की धुन है।

सिंगार ने एक सिगार जलाकर कहा—तेरी बहुत याद आती थी यार, तेरी जान की कसम।

दयाकृष्ण ने शिकवा किया—क्यों झूठ बोलते हो भाई, महीनों गुजर जाते थे, एक ख़त लिखने की तो आपको फुर्सत न मिलती थी, मेरी याद आती थी।

सिंगार ने अल्हड़पन से कहा—बस, इसी बात पर मेरी सेहत का एक जाम पियो। अरे यार, इस जिन्दगी में और क्या रखा है? हँसी-खेल में जो वक्त कट जाय, उसे गनीमत समझो। मैंने तो यह तपस्या त्याग दी। अब तो आये दिन जलसे होते हैं, कभी दोस्तों की दावत है, कभी दरिया की सैर, कभी गाना-बजाना, कभी शराब के दौर। मैंने कहा, लाओ कुछ दिन वह बहार भी देख लूँ। हसरत क्यों दिल में रह जाय। आदमी संसार में कुछ भोगने के लिए आता है, यही जिन्दगी के मजे हैं। जिसने ये मजे नहीं चक्खे, उसका जीना वृथा है। बस, दोस्तों की मजलिस हो, बगल में माशूक हो और हाथ में प्याला हो, इसके सिवा मुझे और कुछ न चाहिए!

उसने आलमारी खोलकर एक बोतल निकाली और दो गिलासों में शराब ढालकर बोला—यह मेरी सेहत का जाम है। इन्कार न करना। मैं तुम्हारे सेहत का जाम पीता हूँ।

दयाकृष्ण को कभी शराब पीने का अवसर न मिला था। वह इतना धर्मात्मा तो न था कि शराब पीना पाप समझता, हाँ, उसे दुर्व्यसन समझता था। गन्ध ही से उसका जी मालिश करने लगा। उसे भय हुआ कि वह शराब की घूँट चाहे मुँह में ले ले, उसे कण्ठ के नीचे नहीं उतार सकता। उसने प्याले को शिष्टाचार के तौर पर हाथ में ले लिया, फिर उसे ज्यों-का-त्यों मेज पर रखकर बोला—तुम जानते हो, मैंने कभी नहीं पी। इस समय मुझे क्षमा करो। दस-पाँच दिन में यह फन भी सीख जाऊँगा, मगर यह तो बताओ, अपना कारोबार भी कुछ देखते हो, या इसी में पड़े रहते हो।

सिंगार ने अरुचि से मुँह बनाकर कहा—ओह, क्या जिक्र तुमने छेड़ दिया, यार? कारोबार के पीछे इस छोटी-सी जिन्दगी को तबाह नहीं कर सकता। न कोई साथ लाया है, न साथ ले जायगा। पापा ने मर-मरकर धन संचय किया। क्या हाथ लगा? पचास तक पहुँचते-पहुँचते चल बसे।

उनकी आत्मा अब भी संसार के सुखों के लिए तरस रही होगी। धन छोड़कर मरने से फाकेमस्त रहना कहीं अच्छा है। धन की चिन्ता तो नहीं सताती, पर यह हाय-हाय तो नहीं होती कि मेरे बाद क्या होगा! तुमने गिलास मेज पर रख दिया। जरा पियो, आँखें खुल जायँगी, दिल हरा हो जायगा। और लोग सोडा और बरफ मिलाते हैं, मैं तो खालिस पीता हूँ। इच्छा हो, तो तुम्हारे लिए बरफ मँगाऊँ?

दयाकृष्ण ने फिर क्षमा माँगी; मगर सिंगार गिलास-पर-गिलास पीता गया। उसकी आँखें लाल-लाल निकल आयीं, ऊल-जलूल बकने लगा, खूब डींगें मारीं, फिर बेसुरे राग में एक बाजारू गीत गाने लगा। अन्त में उसी कुर्सी पर पड़ा-पड़ा बेसुध हो गया।

2

सहसा पीछे का परदा हटा और लीला ने उसे इशारे से बुलाया। दयाकृष्ण की धमनियों में शतगुण वेग से रक्त दौड़ने लगा। उसकी संकोचमय, भीरू प्रकृति भीतर से जितनी ही रूपासक्त थी, बाहर से उतनी ही विरक्त। सुन्दरियों के सम्मुख आकर वह स्वयं अवाक् हो जाता था, उसके कपोलों पर लज्जा की लाली दौड़ जाती थी और आँखें झुक जाती थीं; लेकिन मन उनके चरणों पर लोटकर अपने-आपको समर्पित कर देने के लिए विकल हो जाता था। मित्रगण उसे बूढ़ा बाबा कहा करते थे। स्त्रियाँ उसे अरसिक समझकर उससे उदासीन रहती थीं। किसी युवती के साथ लंका तक रेल में एकान्त-यात्रा करके भी वह उससे एक शब्द भी बोलने का साहस न करता। हाँ, यदि युवती स्वयं उसे छेड़ती, तो वह अपने प्राण तक उसकी भेंट कर देता। उसके इस संकोचमय, अवरुद्ध जीवन में लीला ही एक युवती थी, जिसने उसके मन को समझा था और उससे सवाक सहृदयता का व्यवहार किया था। तभी से दयाकृष्ण मन से उसका उपासक हो गया था। उसके अनुभवशून्य हृदय में लीला नारी-जाति का सबसे सुन्दर आदर्श थी। उसकी प्यासी आत्मा को शर्बत या लेमनेड की उतनी इच्छा न थी, जितना ठण्डे, मीठे पानी की। लीला में रूप है, लावण्य है, सुकुमारता है, इन बातों की ओर उसका ध्यान न था। उससे ज़्यादा रूपवती, लावण्यमयी और सुकुमार युवतियाँ उसने पार्कों में देखी

थीं। लीला में सहृदयता है, विचार है, दया है, इन्हीं तत्त्वों की ओर उसका आकर्षण था। उसकी रसिकता में आत्मसमर्पण के सिवा और कोई भाव न था। लीला के किसी आदेश का पालन करना उसकी सबसे बड़ी कामना थी, उसकी आत्मा की तृप्ति के लिए इतना काफ़ी था। उसने काँपते हाथों से परदा उठाया और अन्दर जाकर खड़ा हो गया और विस्मय भरी आँखों से उसे देखने लगा। उसने लीला को यहाँ न देखा होता, तो पहचान भी न सकता। वह रूप, यौवन और विकास की देवी इस तरह मुरझा गयी थी, जैसे किसी ने उसके प्राणों को चूसकर निकाल लिया हो। करुण-स्वर में बोला—यह तुम्हारा क्या हाल है, लीला? बीमार हो क्या? मुझे सूचना तक न दी।

लीला मुसकराकर बोली—तुमसे मतलब? मैं बीमार हूँ या अच्छी हूँ, तुम्हारी बला से! तुम तो अपने सैर-सपाटे करते रहे। छ: महीने के बाद जब आपको याद आयी है, तो पूछते हो बीमार हो? मैं उस रोग से ग्रस्त हूँ, जो प्राण लेकर ही छोड़ता है। तुमने इन महाशय की हालत देखी? उनका यह रंग देखकर मेरे दिल पर क्या गुजरती है, यह क्या मैं अपने मुँह से कहूँ तभी समझोगे? मैं अब इस घर में जबरदस्ती पड़ी हूँ और बेहयाई से जीती हूँ। किसी को मेरी चाह या चिन्ता नहीं है। पापा क्या मरे, मेरा सोहाग ही उठ गया। कुछ समझाती हूँ, तो बेवकूफ बनायी जाती हूँ। रात-रात भर न जाने कहाँ गायब रहते हैं। जब देखो, नशे में मस्त, हफ्तों घर में नहीं आते कि दो बातें कर लूँ; अगर इनके यही ढंग रहे, तो साल-दो-साल में रोटियों के मुहताज हो जायेंगे।

दया ने पूछा—यह लत इन्हें कैसे पड़ गयी? ये बातें तो इनमें न थीं।

लीला ने व्यथित स्वर में कहा—रुपये की बलिहारी है और क्या! इसीलिए तो बूढ़े मर-मर के कमाते हैं और मरने के बाद लड़कों के लिए छोड़ जाते हैं। अपने मन में समझते होंगे, हम लड़कों के लिए बैठने का ठिकाना किये जाते हैं। मैं कहती हूँ, तुम उनके सर्वनाश का सामान किये जाते हो, उनके लिए जहर बोये जाते हो। पापा ने लाखों रुपये की सम्पत्ति न छोड़ी होती, तो आज यह महाशय किसी काम में लगे होते, कुछ घर की चिन्ता होती, कुछ जिम्मेदारी होती; नहीं तो बैंक से रुपये निकाले और उड़ाये। अगर मुझे विश्वास होता कि सम्पत्ति समाप्त करके यह सीधे मार्ग

पर आ जायँगे, तो मुझे जरा भी दु:ख न होता; पर मुझे तो यह भय है कि ऐसे लोग फिर किसी काम के नहीं रहते। या तो जेलखाने में मरते हैं या अनाथालय में। आपकी एक वेश्या से आशनाई है। माधुरी नाम है और वह इन्हें उल्टे छुरे से मूँड रही है, जैसा उसका धर्म है। आपको यह खब्त हो गया कि वह मुझ पर जान देती है। उससे विवाह का प्रस्ताव भी किया जा चुका है। मालूम नहीं, उसने क्या जवाब दिया। कई बार जी में आया कि जब यहाँ किसी से कोई नाता ही नहीं है तो अपने घर चली जाऊँ; लेकिन डरती हूँ कि तब तो यह और भी स्वतंत्र हो जायँगे। मुझे किसी पर विश्वास है, तो वह तुम हो। इसीलिए तुम्हें बुलाया था कि शायद तुम्हारे समझाने-बुझाने का कुछ असर हो। अगर तुम भी असफल हुए, तो मैं एक क्षण यहाँ न रहूँगी। भोजन तैयार है, चलो कुछ खा लो।

दयाकृष्ण ने सिंगारसिंह की ओर संकेत करके कहा—और यह?

'यह तो अब कहीं दो-तीन बजे चेतेंगे।'

'बुरा न मानेंगे।'

'मैं अब इन बातों की परवाह नहीं करती। मैंने तो निश्चय कर लिया है कि अगर मुझे कभी आँखें दिखायीं, तो मैं इन्हें मजा चखा दूँगी। मेरे पिताजी फौज में सूबेदार मेजर हैं। मेरी देह में उनका रक्त है।'

लीला की मुद्रा उत्तेजित हो गयी। विद्रोह की वह आग, जो महीनों से पड़ी सुलग रही थी, प्रचण्ड हो उठी।

उसने उसी लहजे में कहा—मेरी इस घर में इतनी साँसत हुई है, इतना अपमान हुआ है और हो रहा है कि मैं उसका किसी तरह भी प्रतीकार करके आत्मग्लानि का अनुभव न करूँगी। मैंने पापा से अपना हाल छिपा रखा है। आज लिख दूँ, तो इनकी सारी मशीख़त उतर जाय। नारी होने का दण्ड भोग रही हूँ लेकिन नारी के धैर्य की भी सीमा है।

दयाकृष्ण उस सुकुमारी का वह तमतमाया हुआ चेहरा, वे जलती हुई आँखें, वह काँपते हुए होंठ देखकर काँप उठा। उसकी दशा उस आदमी की सी हो गयी, जो किसी को दर्द से तड़पते देखकर वैद्य को बुलाने दौड़े। आर्द्र कण्ठ से बोला—इस समय मुझे क्षमा करो लीला, फिर कभी तुम्हारा निमंत्रण स्वीकार करूँगा। तुम्हें अपनी ओर से इतना ही विश्वास दिलाता हूँ कि मुझे अपना सेवक समझती रहना। मुझे न मालूम

था कि तुम्हें इतना कष्ट है, नहीं तो शायद अब तक मैंने कुछ युक्ति सोची होती। मेरा यह शरीर तुम्हारे किसी काम आये, इससे बढ़कर सौभाग्य की बात मेरे लिए और क्या होगी!

दयाकृष्ण यहाँ से चला, तो उसके मन में इतना उल्लास भरा हुआ था, मानो विमान पर बैठा हुआ स्वर्ग की ओर जा रहा है। आज उसे जीवन में एक ऐसा लक्ष्य मिल गया था, जिसके लिये वह जी भी सकता है और मर भी सकता है। वह एक महिला का विश्वासपात्र हो गया था। इस रत्न को वह अपने हाथ से कभी न जाने देगा, चाहे उसकी जान ही क्यों न चली जाय।

3

एक महीना गुजर गया। दयाकृष्ण सिंगारसिंह के घर नहीं आया। न सिंगारसिंह ने उसकी परवाह की। इस एक ही मुलाकात में उसने समझ लिया था कि दया इस नये रंग में आनेवाला आदमी नहीं है। ऐसे सात्विक जनों के लिए उसके यहाँ स्थान न था। वहाँ तो रंगीले, रसिया, अय्यास और बिगड़े-दिलों ही की चाह थी। हाँ, लीला को हमेशा उसकी याद आती रहती थी।

मगर दयाकृष्ण के स्वभाव में अब वह संयम नहीं है। विलासिता का जादू उस पर भी चलता हुआ मालूम होता है। माधुरी के घर उसका भी आना जाना शुरू हो गया है। वह सिंगारसिंह का मित्र नहीं रहा। प्रतिद्वन्द्वी हो गया है। दोनों एक ही प्रतिमा के उपासक हैं; मगर उनकी उपासना में अन्तर है। सिंगार की दृष्टि से माधुरी केवल विलास की एक वस्तु है, केवल विनोद का एक यंत्र। दयाकृष्ण विनय की मूर्ति है जो माधुरी की सेवा में ही प्रसन्न है। सिंगार माधुरी के हास-विलास को अपना जर खरीद हक समझता है, दयाकृष्ण इसी में सन्तुष्ट है कि माधुरी उसकी सेवाओं को स्वीकार करती है। माधुरी की ओर से जरा भी अरुचि देखकर वह उसी तरह बिगड़ जायगा जैसे अपनी प्यारी घोड़ी की मुँहजोरी पर। दयाकृष्ण अपने को उसकी कृपा दृष्टि के योग्य ही नहीं समझता। सिंगार जो कुछ माधुरी को देता है, गर्व भरे आत्म-प्रदर्शन के साथ; मानो उस पर कोई एहसान कर रहा हो। दयाकृष्ण के पास देने को है ही क्या; पर वह

जो कुछ भेंट करता है, वह ऐसी श्रद्धा से, मानो देवता को फूल चढ़ाता हो। सिंगार का आसक्त मन माधुरी को अपने पिंजरे में बन्द रखना चाहता है, जिसमें उस पर किसी की निगाह न पड़े। दयाकृष्ण निर्लिप्त भाव से उसकी स्वच्छन्द क्रीड़ा का आनन्द उठाता है। माधुरी को अब तक जितने आदमियों से साबिका पड़ा था, वे सब सिंगारसिंह की ही भाँति कामुकी, ईर्ष्यालु, दम्भी और कोमल भावों से शून्य थे, रूप को भोगने की वस्तु समझने वाले। दयाकृष्ण उन सबों से अलग था—सहृदयी, भद्र और सेवाशील, मानो उस पर अपनी आत्मा को समर्पण कर देना चाहता हो। माधुरी को अब अपने जीवन में कोई ऐसा पदार्थ मिल गया है, जिसे वह बड़ी एहतियात से सँभालकर रखना चाहती हो। जड़ाऊ गहने अब उसकी आँखों में उतने मूल्यवान नहीं रहे, जितनी यह फकीर की दी हुई तावीज। जड़ाऊ गहने हमेशा मिलेंगे, यह तावीज खो गयी, तो फिर शायद ही कभी हाथ आये। जड़ाऊ गहने केवल उसकी विलास प्रवृत्ति को उत्तेजित करते हैं। पर इस तावीज में कोई दैवी शक्ति है, जो न जाने कैसे उसमें सद्नुराग और परिष्कार-भावना को जगाती है। दयाकृष्ण कभी प्रेम-प्रदर्शन नहीं करता, अपनी विरह-व्यथा के राग नहीं अलापता पर माधुरी को उस पर पूरा विश्वास है। सिंगारसिंह के प्रलाप में उसे बनावट और दिखावे का आभास होता है। वह चाहती है, यह जल्द यहाँ से टले; लेकिन दयाकृष्ण के संयत भाषण से उसे गहराई तथा गाम्भीर्य और गुरुत्व का आभास होता है। औरों की वह प्रेमिका है; लेकिन दयाकृष्ण की आशिक, जिसके कदमों की आहट पाकर उसके अन्दर एक तूफान उठने लगता है। उसके जीवन में यह नयी अनुभूति है। अब तक वह दूसरों के भोग की वस्तु थी, अब कम-से-कम एक प्राणी की दृष्टि में वह आदर और प्रेम की वस्तु है।

सिंगारसिंह को जबसे दयाकृष्ण के इस प्रेमाभिनय की सूचना मिली है, वह उसके खून का प्यासा हो गया है। ईर्ष्याग्नि से फुँका जा रहा है। उसने दयाकृष्ण के पीछे कई शोहदे लगा रखे हैं कि वे उसे जहाँ पायें, उसका काम तमाम कर दें। वह खुद पिस्तौल लिये उसकी टोह में रहता है। दयाकृष्ण इस ख़तरे को समझता है, जानता है; अपने नियत समय पर माधुरी के पास बिला नागा आ जाता है। मालूम होता है, उसे अपनी जान का कुछ भी मोह नहीं है। शोहदे उसे देखकर क्यों कतरा जाते हैं, मौका पाकर भी क्यों उस पर वार नहीं करते, इसका रहस्य वह नहीं समझता।

एक दिन माधुरी ने उससे कहा—कृष्णजी, तुम यहाँ न आया करो। तुम्हें तो पता नहीं है, पर यहाँ तुम्हारे बीसों दुश्मन है। मैं डरती हूँ कि किसी दिन कोई बात न हो जाय।

शिशिर की तुषार-मण्डित सन्ध्या थी। माधुरी एक काश्मीरी शाल ओढ़े अँगीठी के सामने बैठी हुई थी। कमरे में बिजली का रजत प्रकाश फैला हुआ था। दयाकृष्ण ने देखा, माधुरी की आँखें सजल हो गई हैं और वह मुँह फेरकर उन्हें दयाकृष्ण से छिपाने की चेष्टा कर रही है। प्रदर्शन और सुखभोग करनेवाली रमणी क्यों इतना संकोच कर रही है, यह उसका अनाड़ी मन न समझ सका। हाँ, माधुरी के गोरे, प्रसन्न, संकोच-हीन मुख पर लज्जा-मिश्रित मधुरिमा की ऐसी छटा उसने कभी न देखी थी। आज उसने उस मुख पर कुल-वधू की भीरु आकांक्षा और दृढ़ वात्सल्य देखा और उसके अभिनय में सत्य का उदय हो गया।

उसने स्थिर भाव से जवाब दिया—मैं तो किसी की बुराई नहीं करता, मुझसे किसी को क्यों वैर होने लगा। मैं यहाँ किसी का बाधक नहीं, किसी का विरोधी नहीं। दाता के द्वार पर सभी भिक्षुक जाते हैं। अपना-अपना भाग्य है, किसी को एक चुटकी मिलती है, किसी को पूरा थाल। कोई क्यों किसी से जले? अगर किसी पर तुम्हारी विशेष कृपा है, तो मैं उसे भाग्यशाली समझकर उसका आदर करूँगा। जलूँ क्यों?

माधुरी ने स्नेह-कातर स्वर में कहा—जी नहीं, आप कल से न आया कीजिए।

दयाकृष्ण मुसकराकर बोला—तुम मुझे यहाँ आने से नहीं रोक सकतीं। भिक्षुक को तुम दुत्कार सकती हो, द्वार पर आने से नहीं रोक सकतीं।

माधुरी स्नेह की आँखों से उसे देखने लगी, फिर बोली—क्या सभी आदमी तुम्हीं जैसे निष्कपट हैं?

'तो फिर मैं क्या करूँ?'

'यहाँ न आया करो।'

'यह मेरे बस की बात नहीं।'

माधुरी एक क्षण तक विचार करके बोली—एक बात कहूँ, मानोगे? चलो, हम-तुम किसी दूसरे नगर की राह लें।

'केवल इसीलिए कि कुछ लोग मुझसे खार खाते हैं?'

'खार नहीं खाते, तुम्हारी जान के ग्राहक हैं।'

दयाकृष्ण उसी अविचलित भाव से बोला—जिस दिन प्रेम का यह पुरस्कार मिलेगा, वह मेरे जीवन का नया दिन होगा, माधुरी! इससे अच्छी मृत्यु और क्या हो सकती है? तब मैं तुमसे पृथक् न रहकर तुम्हारे मन में, तुम्हारी स्मृति में रहूँगा।

माधुरी ने कोमल हाथ से उसके गाल पर थपकी दी। उसकी आँखें भर आयी थीं। इन शब्दों में जो प्यार भरा हुआ था, वह जैसे पिचकारी की धार की तरह उसके हृदय में समा गया। ऐसी विकल वेदना! ऐसा नशा! इसे वह क्या कहे?

उसने करुण स्वर में कहा—ऐसी बातें न किया करो कृष्ण, नहीं तो मैं सच कहती हूँ, एक दिन जहर खाकर तुम्हारे चरणों पर सो जाऊँगी। तुम्हारे इन शब्दों में न-जाने क्या जादू था कि मैं जैसे फुँक उठी। अब आप खुदा के लिए यहाँ न आया कीजिए, नहीं तो देख लेना, मैं एक दिन प्राण दे दूँगी। तुम क्या जानो, हत्यारा सिंगार किस बुरी तरह तुम्हारे पीछे पड़ा हुआ है। मैं उसके शोहदों की खुशामद करते-करते हार गयी। कितना कहती हूँ दयाकृष्ण से मेरा कोई सम्बन्ध नहीं, उसके सामने तुम्हारी निन्दा करती हूँ, कितना कोसती हूँ, लेकिन उस निर्दयी को मुझ पर विश्वास नहीं आता। तुम्हारे लिए मैंने इन गुण्डों की कितनी मिन्नतें की हैं, उनके हाथ कितना अपमान सहा है, वह तुमसे न कहना ही अच्छा है। जिनका मुँह देखना भी मैं अपनी शान के खिलाफ समझती हूँ, उनके पैरों पड़ी हूँ; लेकिन ये कुत्ते हड्डियों के टुकड़े पाकर और भी शेर हो जाते हैं। मैं अब उनसे तंग आ गयी हूँ और तुमसे हाथ जोड़कर कहती हूँ कि यहाँ से किसी ऐसी जगह चले चलो, जहाँ हमें कोई न जानता हो। वहाँ शान्ति के साथ पड़े रहें। मैं तुम्हारे साथ सब कुछ झेलने को तैयार हूँ। आज इसका निश्चय कराये बिना मैं तुम्हें न जाने दूँगी। मैं जानती हूँ, तुम्हें मुझ पर अब भी विश्वास नहीं है। तुम्हें सन्देह है कि तुम्हारे साथ कपट करूँगी।

दयाकृष्ण ने टोंका—नहीं माधुरी, तुम मेरे साथ अन्याय कर रही हो। मेरे मन में कभी ऐसा सन्देह नहीं आया। पहले ही दिन मुझे न-जाने क्यों कुछ ऐसा प्रतीत हुआ कि तुम अपनी और बहनों से पृथक् हो। मैंने

तुम में वह शील और संकोच देखा, जो मैंने कुलवधुओं में देखा है माधुरी ने उसकी आँखों में आँखें गड़ाकर कहा—तुम झूठ बोलने की कला में इतने निपुण नहीं हो कृष्ण, कि वेश्या को भुलावा दे सको! मैं न शीलवती हूँ, न संकोचवती हूँ और न अपनी दूसरी बहनों से भिन्न हूँ, मैं वेश्या हूँ; उतनी ही कलुषित, उतनी ही विलासांध, उतनी ही मायाविनी, जितनी मेरी दूसरी बहनें; बल्कि उनसे कुछ ज़्यादा। न तुम अन्य पुरुषों की तरह मेरे पास विनोद और वासना-तृप्ति के लिए आये थे। न ही, महीनों आते रहने पर भी तुम यो अलिप्त न रहते। तुमने कभी डींग नहीं मारी, मुझे धन का प्रलोभन नहीं दिया। मैंने भी कभी तुमसे धन की आशा नहीं की। तुमने अपनी वास्तविक स्थिति मुझसे कह दी। फिर भी मैंने तुम्हें एक नहीं, अनेक ऐसे अवसर दिये कि कोई दूसरा आदमी उन्हें न छोड़ता, लेकिन तुम्हें मैं अपने पंजे में न ला सकी। तुम चाहे और जिस इरादे से आये हो, भोग की इच्छा से नहीं आये। अगर मैं तुम्हें इतना नीच, इतना हृदयहीन, इतना विलासांध समझती, तो इस तरह तुम्हारे नाज न उठाती। फिर मैं भी तुम्हारे साथ मित्र-भाव रखने लगी। समझ लिया, मेरी परीक्षा हो रही है। जब तक इस परीक्षा में सफल न हो जाऊँ, तुम्हें नहीं पा सकती। तुम जितने सज्जन हो, उतने ही कठोर हो।

यह कहते हुए माधुरी ने दयाकृष्ण का हाथ पकड़ लिया और अनुराग और समर्पण-भरी चितवनों से उसे देखकर बोली—सच बताओ कृष्ण, तुम मुझमें क्या देखकर आकर्षित हुए थे? देखो, बहानेबाजी न करना। तुम रूप पर मुग्ध होने वाले आदमी नहीं हो, मैं कसम खा सकती हूँ।

दयाकृष्ण ने संकट में पड़ कर कहा—रूप इतनी तुच्छ वस्तु नहीं है, माधुरी! वह मन का आईना है।

'यहाँ मुझसे रूपवान् स्त्रियों की कमी नहीं है।'

'यह तो अपनी-अपनी निगाह है। मेरे पूर्व संस्कार रहे होंगे।'

माधुरी ने भँवे सिकोड़कर कहा—तुम फिर झूठ बोल रहे हो, चेहरा कहे देता है।

दयाकृष्ण ने परास्त होकर पूछा—पूछ कर क्या करोगी, माधुरी? मैं डरता हूँ; कहीं तुम मुझसे घृणा न करने लगो। सम्भव है, तुम मेरा जो रूप

देख रही हो, वह मेरा असली रूप न हो?

माधुरी का मुँह लटक गया। विरक्त-सी होकर बोली—इसका खुले शब्दों में यह अर्थ है कि तुम्हें मुझ पर विश्वास नहीं। ठीक है, वेश्याओं पर विश्वास करना भी नहीं चाहिये; विद्वानों और महात्माओं का उपदेश कैसे न मानोगे?

नारी-हृदय इस समस्या पर विजय पाने के लिए अपने अस्त्रों से काम लेने लगा।

दयाकृष्ण पहले ही हमले में हिम्मत छोड़ बैठा। बोला—तुम तो नाराज हुई जाती हो, माधुरी! मैंने तो केवल इस विचार से कहा था कि तुम मुझे धोखेबाज समझने लगोगी। तुम्हें शायद मालूम नहीं है, सिंगारसिंह ने मुझ पर कितने एहसान किये हैं। मैं उन्हीं के टुकड़ों पर पला हूँ। इसमें रत्ती भर भी मुबालगा नहीं है। वहाँ जाकर जब मैंने उनके रंग-ढंग देखे और उनकी साध्वी स्त्री लीला को बहुत दुखी पाया, तो सोचते-सोचते मुझे यही उपाय सूझा कि किसी तरह सिंगारसिंह को तुम्हारे पंजे से छुड़ाऊँ। मेरे इस अभिमान का यही रहस्य है, लेकिन उन्हें छुड़ा तो न सका, खुद फँस गया। मेरे इस फरेब की जो सजा चाहो दो, सिर झुकाये हुए हूँ।

माधुरी का अभिमान टूट गया। जल कर बोली—तो यह कहिये कि आप लीला देवी के आशिक हैं। मुझे पहले से मालूम होता, तो तुम्हें इस घर में घुसने न देती। तुम तो एक छिपे रुस्तम निकले।

वह तोते के पिंजरे के पास जाकर उसे पुचकारने का बहाना करने लगी। मन में जो एक दाह उठ रही थी, उसे कैसे शान्त करे?

दयाकृष्ण ने तिरस्कार-भरे स्वर में कहा—मैं लीला का आशिक नहीं हूँ, माधुरी! उस देवी को कलंकित न करो। मैं आज तुमसे शपथ खाकर कहता हूँ कि मैंने कभी उसे इस निगाह से नहीं देखा। उसके प्रति मेरा वही भाव था, जो अपने किसी आत्मीय को दुःख में देखकर हर एक मनुष्य के मन में आता हो।

'किसी से प्रेम करना तो पाप नहीं है, तुम व्यर्थ में अपनी और लीला की सफ़ाई दे रहे हो।'

'मैं नहीं चाहता कि लीला पर किसी तरह का आक्षेप किया जाय।'

'अच्छा साहब, लीजिए; लीला का नाम न लूँगी। मैंने मान लिया,

वह सती है, साध्वी है और केवल उसकी आज्ञा से...'

दयाकृष्ण ने बात काटी—उनकी कोई आज्ञा नहीं थी।

'ओ हो, तुम तो जबान पकड़ते हो, कृष्ण! क्षमा करो, उनकी आज्ञा से नहीं तुम अपनी इच्छा से आये। अब तो राजी हुए। अब यह बताओ, आगे तुम्हारे क्या इरादे हैं? मैं वचन तो दे दूँगी; मगर अपने संस्कारों को नहीं बदल सकती। मेरा मन दुर्बल है। मेरा सतीत्व कब का नष्ट हो चुका है। अन्य मूल्यवान् पदार्थों की तरह रूप और यौवन की रक्षा भी बलवान् हाथों से हो सकती है। मैं तुमसे पूछती हूँ, तुम मुझे अपनी शरण में लेने को तैयार हो? तुम्हारा आश्रय पाकर तुम्हारे प्रेम की शक्ति से, मुझे विश्वास है, मैं जीवन के सारे प्रलोभनों का सामना कर सकती हूँ। मैं इस सोने के महल को ठुकरा दूँगी; लेकिन इसके बदले मुझे किसी हरे वृक्ष की छाँह तो मिलनी चाहिए। वह छाँह तुम मुझे दोगे? अगर नहीं दे सकते, तो मुझे छोड़ दो। मैं अपने हाल में मगन हूँ। मैं वादा करती हूँ, सिंगारसिंह से मैं कोई सम्बन्ध न रखूँगी। वह मुझे घेरेगा, रोयेगा। सम्भव है, गुण्डों से मेरा अपमान कराये, आतंक दिखाये। लेकिन मैं सब कुछ झेल लूँगी, तुम्हारी खातिर से...'

आगे और कुछ न कहकर वह तृष्णा-भरी लेकिन उसके साथ ही निरपेक्ष नेत्रों से दयाकृष्ण की ओर देखने लगी, जैसे दूकानदार गाहक को बुलाता तो है पर साथ ही यह भी दिखाना चाहता है कि उसे उसकी परवाह नहीं है। दयाकृष्ण क्या जवाब दे? संघर्षमय संसार में वह अभी केवल एक कदम टिका पाया है। इधर वह अंगुल-भर जगह भी उससे छिन गयी है। शायद जोर मारकर वह फिर वह स्थान पा जाय; लेकिन वहाँ बैठने की जगह नहीं। और एक दूसरे प्राणी को लेकर तो वह खड़ा भी नहीं रह सकता। अगर मान लिया जाय कि अदम्य-उद्योग से दोनों के लिए स्थान निकाल लेगा, तो आत्मसम्मान को कहाँ ले जाय? संसार क्या कहेगा? लीला क्या फिर उसका मुँह देखना चाहेगी? सिंगार से वह फिर आँखें मिला सकेगी? यह भी छोड़ो। लीला अगर उसे पति समझती है, समझे। सिंगार अगर उससे जलता है तो जले, उसे इसकी परवाह नहीं। लेकिन अपने मन को क्या करे? विश्वास उसके अन्दर आकर जाल में फँसे पक्षी की भाँति फड़फड़ा कर निकल भागता है। कुलीना अपने साथ विश्वास का वरदान लिये आती है। उसके साहचर्य में हमें कभी सन्देह नहीं होता।

वहाँ सन्देह के लिए प्रत्यक्ष प्रमाण चाहिए। कुत्सिता सन्देह का संस्कार लिये आती है। वहाँ विश्वास के लिए प्रत्यक्ष—अत्यन्त प्रत्यक्ष—प्रमाण की जरूरत है। उसने नम्रता से कहा—तुम जानती हो, मेरी क्या हालत है?

'हाँ खूब जानती हूँ।'

'और उस हालत में तुम प्रसन्न रह सकोगी?'

'तुम ऐसा प्रश्न क्यों करते हो, कृष्ण? मुझे दुःख होता है। तुम्हारे मन में जो सन्देह है, वह मैं जानती हूँ, समझती हूँ। मुझे भ्रम हुआ था कि तुमने भी मुझे जान लिया है, समझ लिया है। अब मालूम हुआ, मैं धोखे में थी!'

वह उठकर वहाँ से जाने लगी। दयाकृष्ण ने उसका हाथ पकड़ लिया और प्रार्थी-भाव से बोला—तुम मेरे साथ अन्याय कर रही हो, माधुरी! मैं सत्य कहता हूँ, ऐसी बात नहीं है...

माधुरी ने खड़े-खड़े विरक्त मन से कहा—तुम झूठ बोल रहे हो, बिल्कुल झूठ। तुम अब भी मन से यह स्वीकार नहीं कर रहे हो कि कोई स्त्री स्वेच्छा से रूप का व्यवसाय नहीं करती। पैसे के लिए अपनी लज्जा को उघाड़ना, तुम्हारी समझ में कुछ ऐसे आनन्द की बात है, जिसे वेश्या शौक से करती है। तुम वेश्या में स्त्रीत्व का होना सम्भव से बहुत दूर समझते हो। तुम इसकी कल्पना ही नहीं कर सकते कि वह क्यों अपने प्रेम में स्थिर नहीं होती। तुम नहीं जानते, कि प्रेम के लिए उसके मन में कितनी व्याकुलता होती और जब वह सौभाग्य से उसे पा जाती है, तो किस तरह प्राणों की भाँति उसे संचित रखती है। खारे पानी के समुद्र में मीठे पानी का छोटा-सा पात्र कितना प्रिय होता है इसे वह क्या जाने, जो मीठे पानी के मटके उँडेलता रहता हो।

दयाकृष्ण कुछ ऐसे असमंजस में पड़ा हुआ था कि उसके मुँह से एक भी शब्द न निकला। उसके मन में शंका चिनगारी की भाँति छिपी हुई है, वह बाहर निकल कर कितनी भयंकर ज्वाला उत्पन्न कर देगी। उसने कपट का जो अभिनय किया था, प्रेम का जो स्वाँग रचा था, उसकी ग्लानि उसे और भी व्यथित कर रही थी।

सहसा माधुरी ने निष्ठुरता से पूछा—तुम यहाँ क्यों बैठे हो?

दयाकृष्ण ने अपमान को पीकर कहा—मुझे सोचने के लिए कुछ

समय दो, माधुरी!

'क्या सोचने के लिए?'

'अपना कर्त्तव्य क्या है?'

'मैंने अपना कर्त्तव्य सोचने के लिए तो तुमसे समय नहीं माँगा! तुम अगर मेरे उद्धार की बात सोच रहे हो, तो उसे दिल से निकाल डालो। मैं भ्रष्टा हूँ और तुम साधुता के पुतले हो—जब तक यह भाव तुम्हारे अन्दर रहेगा, मैं तुमसे उसी तरह बात करूँगी जैसे औरों के साथ करती हूँ। अगर भ्रष्ट हूँ, तो जो लोग यहाँ अपना मुँह काला करने आते हैं, वे कुछ कम भ्रष्ट नहीं हैं। तुम जो एक मित्र की स्त्री पर दाँत लगाये हुए हो, तुम जो एक सरला अबला के साथ झूठे प्रेम का स्वाँग करते हो, तुम्हारे हाथों अगर मुझे स्वर्ग भी मिलता हो, तो उसे ठुकरा दूँ।'

दयाकृष्ण ने लाल आँखें करके कहा—तुमने फिर वही आक्षेप किया?

माधुरी तिलमिला उठी। उसकी रही-सही मृदुता भी ईर्ष्या के उमड़ते हुए प्रवाह में समा गयी। लीला पर आक्षेप भी असह्य है, इसलिए कि वह कुलवधू है। मैं वेश्या हूँ, इसलिए मेरे प्रेम का उपकार भी स्वीकार नहीं किया जा सकता!

उसने अविचलित भाव से कहा—आक्षेप नहीं कर रही हूँ, सच्ची बात कह रही हूँ। तुम्हारे डर से बिल खोदने जा रही हूँ। तुम स्वीकार करो या न करो, तुम लीला पर मरते हो। तुम्हारी लीला तुम्हें मुबारक रहे। मैं अपने सिंगारसिंह ही में प्रसन्न हूँ, उद्धार की लालसा अब नहीं रही। पहले जाकर अपना उद्धार करो। अब से खबरदार कभी भूलकर भी यहाँ न आना, नहीं तो पछताओगे। तुम जैसे रँगे हुए पतितों का उद्धार नहीं करते। उद्धार वही कर सकते हैं, जो उद्धार के अभिमान को हृदय में आने ही नहीं देते। जहाँ प्रेम है, वहाँ किसी तरह का भेद नहीं रह सकता।

यह कहने के साथ ही वह उठकर बराबर वाले दूसरे कमरे में चली गयी और अन्दर से द्वार बन्द कर लिया। दयाकृष्ण कुछ देर वहाँ मर्माहत-सा रहा, फिर धीरे-धीरे नीचे उतर गया, मानो देह में प्राण न हो।

4

दो दिन दयाकृष्ण घर से न निकला। माधुरी ने उसके साथ जो व्यवहार किया, इसकी उसे आशा न थी! माधुरी को उससे प्रेम था, इसका उसे विश्वास था, लेकिन जो प्रेम इतना असहिष्णु हो, जो दूसरे के मनोभावों का जरा भी विचार न करे, जो मिथ्या कलंक आरोपण करने से भी संकोच न करे, वह उन्माद हो सकता है, प्रेम नहीं। उसने बहुत अच्छा किया कि माधुरी के कपट-जाल में न फँसा, नहीं तो उसकी न जाने क्या दुर्गति होती।

पर दूसरे क्षण उसके भाव बदल जाते और माधुरी के प्रति उसका मन कोमलता से भर जाता। अब वह अपनी अनुदारता पर, अपनी संकीर्णता पर पछताता! उसे माधुरी पर सन्देह करने का कोई कारण न था। ऐसी दशा में ईर्ष्या स्वाभाविक है और वह ईर्ष्या ही क्या, जिसमें डंक न हो, विष न हो। माना, समाज उसकी निन्दा करता। यह भी मान लिया कि माधुरी सती भार्या न होती। कम-से-कम सिंगारसिंह तो उसके पंजे से निकल जाता। दयाकृष्ण के सिर से ऋण का भार तो कुछ हल्का हो जाता, लीला का जीवन तो सुखी हो जाता।

सहसा किसी ने द्वार खटखटाया। उसने द्वार खोला, तो सिंगारसिंह सामने खड़ा था। बाल बिखरे हुए, कुछ अस्त-व्यस्त।

दयाकृष्ण ने हाथ मिलाते हुए पूछा—क्या पाँव-पाँव ही आ रहे हो, मुझे क्यों न बुला लिया?

सिंगार ने उसे चुभती हुई आँखों से देखकर कहा—मैं तुमसे यह पूछने आया हूँ कि माधुरी कहाँ है? अवश्य तुम्हारे घर में होगी।

'क्यों अपने घर पर होगी, मुझे क्या खबर? मेरे घर क्यों आने लगी?'

'इन बहानों से काम न चलेगा, समझ गए? मैं कहता हूँ, मैं तुम्हारा खून पी जाऊँगा वरना ठीक-ठीक बता दो, वह कहाँ गयी?'

'मैं बिलकुल कुछ नहीं जानता, तुम्हें विश्वास दिलाता हूँ। मैं तो दो दिन से घर से निकला ही नहीं।'

'रात को मैं उसके पास था। सबेरे मुझे उसका यह पत्र मिला। मैं उसी वक्त दौड़ा हुआ उसके घर गया। वहाँ उसका पता न था। नौकरों से

इतना मालूम हुआ, ताँगे पर बैठकर कहीं गयी है। कहाँ गयी है, यह कोई न बता सका। मुझे शक हुआ, यहाँ आयी होगी। जब तक तुम्हारे घर की तलाशी न ले लूँगा, मुझे चैन न आयेगा।'

उसने मकान का एक-एक कोना देखा, तख़्त के नीचे, आलमारी के पीछे। तब निराश होकर बोला—बड़ी बेवफा और मक्कार औरत है। जरा इस ख़त को पढ़ो।

दोनों फर्श पर बैठ गए। दयाकृष्ण ने पत्र लेकर पढ़ना शुरू किया—

'सरदार साहब! मैं आज कुछ दिनों के लिए यहाँ से जा रही हूँ, कब लौटूँगी, कुछ नहीं जानती। कहाँ जा रही हूँ, यह भी नहीं जानती। जा इसलिए रही हूँ कि इस बेशर्मी और बेहयाई की जिन्दगी से मुझे घृणा हो रही है और घृणा हो रही है उन लम्पटों से, जिनके कुत्सित विलास का मैं खिलौना थी और जिसमें तुम मुख्य हो। तुम महीनों से मुझ पर सोने और रेशम की वर्षा कर रहे हो; मगर मैं तुमसे पूछती हूँ, उससे लाख गुने सोने और दस लाख गुने रेशम पर भी तुम अपनी बहन या स्त्री को इस रूप के बाजार में बैठने दोगे? कभी नहीं। उन देवियों में कोई ऐसी वस्तु है, जिसे तुम संसार भर की दौलत से भी मूल्यवान समझते हो। लेकिन जब तुम शराब के नशे में चूर, अपने एक-एक अंग में काम का उन्माद भरे आते थे, तो तुम्हें कभी ध्यान आता था कि तुम अपनी अमूल्य वस्तु को किस निर्दयता के साथ पैरों से कुचल रहे हो? कभी ध्यान आता था कि अपनी कुल-देवियों को इस अवस्था में देखकर तुम्हें कितना दुःख होता? कभी नहीं। यह उन गीदड़ों और गिद्धों की मनोवृत्ति है, जो किसी लाश को देखकर चारों ओर से जमा हो जाते हैं, और उसे नोच-नोचकर खाते हैं। यह समझ रक्खो, नारी अपना बस रहते हुए कभी पैसों के लिए अपने को समर्पित नहीं करती। यदि वह ऐसा कर रही है, तो समझ लो कि उसके लिए और कोई आश्रय और कोई आधार नहीं है और पुरुष इतना निर्लज्ज है कि उसकी दुरावस्था से अपनी वासना तृप्त करता है और इसके साथ ही इतना निर्दय कि उसके माथे पर पतिता का कलंक लगा कर उसे उसी दुरावस्था में मरते देखना चाहता है! क्या वह नारी है? क्या नारीत्व के पवित्र मन्दिर में उसका स्थान नहीं है। लेकिन तुम उसे उस मन्दिर में घुसने नहीं देते। उसके स्पर्श से मन्दिर की प्रतिमा भ्रष्ट हो जायगी। खैर, पुरुष-समाज जितना अत्याचार चाहे, कर ले। हम असहाय

हैं, आत्माभिमान को भूल बैठी हैं लेकिन...'

सहसा सिंगारसिंह ने उसके हाथ से वह पत्र छीन लिया और जेब में रखता हुआ बोला—क्या बड़े गौर से पढ़ रहे हो, कोई नयी बात नहीं। सब कुछ वही है, जो तुमने सिखाया है। यही करने तो तुम उसके यहाँ जाते थे। मैं कहता हूँ, तुम्हें मुझसे इतनी जलन क्यों हो गयी? मैंने तो तुम्हारे साथ कोई बुराई न की थी। इस साल-भर में मैंने माधुरी पर दस हजार से कम न फूँके होंगे। घर में जो कुछ मूल्यवान् था, वह मैंने उसके चरणों पर चढ़ा दिया और आज उसे साहस हो रहा है कि वह हमारी कुल-देवियों की बराबरी करे! यह सब तुम्हारा प्रसाद है। सत्तर चूहे खा के बिल्ली हज को चली! कितनी बेवफा जात है। ऐसों को तो गोली मार दे। जिस पर सारा घर लुटा दिया, जिसके पीछे सारे शहर में बदनाम हुआ, यह आज मुझे उपदेश करने चली! जरूर इसमें कोई-न-कोई रहस्य है। कोई नया शिकार फँसा होगा; मगर मुझसे भाग कर जायगी कहाँ, ढूँढ़ न निकालूँ तो नाम नहीं। कम्बख्त कैसी प्रेम-भरी बातें करती थी कि मुझ पर घड़ों नशा चढ़ जाता था। बस कोई नया शिकार फँस गया। यह बात न हो, मूँछ मुडा लूँ।

दयाकृष्ण उसके सफाचट चेहरे की ओर देखकर मुसकराया—तुम्हारी मूँछें तो पहले ही मुँड चुकी हैं।

इस हलके-से विनोद ने जैसे सिंगारसिंह के घाव पर मरहम रख दिया। वह बे-सरो-सामान घर, वह फटा फर्श, वे टूटी-फूटी चीजें देखकर उसे दयाकृष्ण पर दया आ गयी। चोट की तिलमिलाहट में वह जवाब देने के लिए ईंट पत्थर ढूँढ़ रहा था; पर अब चोट ठण्डी पड़ गयी थी और दर्द घनीभूत हो रहा था। दर्द के साथ-याथ सौहार्द्र भी जाग रहा था। जब आग ही ठंडी हो गयी तो धुआँ कहाँ से आता?

उसने पूछा—सच कहना, तुमसे भी कभी प्रेम की बातें करती थी?

दयाकृष्ण ने मुसकराते हुए कहा—मुझसे? मैं तो खाली उसकी सूरत देखने जाता था।

'सूरत देखकर दिल पर काबू तो नहीं रहता।'

'यह तो अपनी-अपनी रुचि है।'

'है मोहनी, देखते ही कलेजे पर छुरी चल जाती है।'

'मेरे कलेजे पर तो कभी छुरी नहीं चली। यही इच्छा होती थी कि

इसके पैरों पर गिर पड़ूँ।'

'इसी शायरी ने तो यह अनर्थ किया। तुम-जैसे बुद्धुओं को किसी देहातिन से शादी करके रहना चाहिए। चले थे वेश्या से प्रेम करने!'

एक क्षण के बाद उसने फिर कहा—मगर है बेवफा, मक्कार!

'तुमने उससे वफा की आशा की, मुझे तो यही अफसोस है।'

'तुमने वह दिल ही नहीं पाया, तुमसे क्या कहूँ।'

एक मिनट के बाद उसने सहृदय-भाव से कहा—अपने पत्र में उसने बातें तो सच्ची लिखी हैं, चाहे कोई माने या न माने? सौन्दर्य को बाजारू चीज समझना कुछ बहुत अच्छी बात तो नहीं है।

दयाकृष्ण ने पुचारा दिया—जब स्त्री अपना रूप बेचती है, तो उसके खरीदार भी निकल आते हैं। फिर यहाँ तो कितनी ही जातियाँ हैं, जिनका यही पेशा है।

'यह पेशा चला कैसे?'

'स्त्रियों की दुर्बलता से।'

'नहीं, मैं समझता हूँ, बिस्मिल्लाह पुरुषों ने की होगी।'

इसके बाद एकाएक जेब से घड़ी निकालकर देखता हुआ बोला—ओहो! दो बज गए और अभी मैं यहीं बैठा हूँ। आज शाम को मेरे यहाँ खाना खाना। जरा इस विषय पर बातें होंगी। अभी तो उसे ढूँढ़ निकालना है। वह है कहीं इसी शहर में। घरवालों से भी कुछ नहीं कहा। बुढ़िया नायका सिर पीट रही थी। उस्तादजी अपनी तकदीर को रो रहे थे। न-जाने कहाँ जाकर छिप रही।

उसने उठकर दयाकृष्ण से हाथ मिलाया और चला।

दयाकृष्ण ने पूछा—मेरी तरफ से तो तुम्हारा दिल साफ हो गया?

सिंगार ने पीछे फिरकर कहा—हुआ भी और नहीं भी हुआ। और बाहर निकल गया।

5

सात-आठ दिन तक सिंगारसिंह ने सारा शहर छाना, पुलिस में रिपोर्ट की,

समाचार-पत्रों में नोटिस छपायी, अपने आदमी दौड़ाये; लेकिन माधुरी का कुछ भी सुराग न मिला कि फिर महफिल गर्म होती। मित्रवृन्द सुबह-शाम हाजिरी देने आते और अपना-सा मुँह लेकर लौट जाते। सिंगार के पास उनके साथ गप-शप करने का समय न था।

गरमी के दिन, सजा हुआ कमरा भट्टी बना हुआ था। खस की टट्टियाँ भी थीं, पंखा भी; लेकिन गरमी जैसे किसी के समझाने-बुझाने की परवाह नहीं करना चाहती, अपने दिल का बुखार निकालकर ही रहेगी।

सिंगारसिंह अपने भीतरवाले कमरे में बैठा हुआ पेग-पर-पेग चढ़ा रहा था; पर अन्दर की आग न शान्त होती थी। इस आग ने ऊपर की घास-फूस को जलाकर भस्म कर दिया था और अब अन्तस्तल की जड़ विरक्ति और अचल विचार को द्रवित करके बड़े वेग से ऊपर फेंक रही थी। माधुरी की बेवफाई ने उसके आमोदी हृदय को इतना आहत कर दिया था कि अब अपना जीवन ही बेकार-सा मालूम होता था। माधुरी उसके जीवन में सबसे सत्य वस्तु थी, सत्य भी और सुन्दर भी। उसके जीवन की सारी रेखाएँ इसी बिन्दु पर आकर जमा हो जाती थीं। वह बिन्दु एकाएक पानी के बुलबुले की भाँति मिट गया और अब वे सारी रेखाएँ, वे सारी भावनाएँ, वे सारी मृदु स्मृतियाँ उन झल्लायी हुई मधुमक्खियों की तरह भनभनाती फिरती थीं, जिनका छत्ता जला दिया गया हो। जब माधुरी ने कपट व्यवहार किया तो और किससे कोई आशा की जाय? इस जीवन ही में क्या है? आम में रस ही न रहा, तो गुठली किस काम की?

लीला कई दिनों से महफिल में सन्नाटा देखकर चकित हो रही थी। उसने कई महीनों से घर के किसी विषय में बोलना छोड़ दिया था। बाहर से जो आदेश मिलता था, उसे बिना कुछ कहे-सुने पूरा करना ही उसके जीवन का क्रम था। वीतराग-सी हो गयी थी। न किसी शौक से वास्ता था, न सिंगार से।

मगर इस कई दिन के सन्नाटे ने उसके उदास मन को भी चिन्तित कर दिया। चाहती थी कि कुछ पूछे; लेकिन पूछे कैसे? मान जो टूट जाता। मान ही किस बात का? मान तब करे, जब कोई उसकी बात पूछता हो। मान-अपमान से प्रयोजन नहीं। नारी ही क्यों हुई?

उसने धीरे-धीरे कमरे का पर्दा हटाकर अन्दर झाँका। देखा,

सिंगारसिंह सोफा पर चुपचाप लेटा हुआ है, जैसे कोई पक्षी साँझ के सन्नाटे में परों में मुँह छिपाये बैठा हो।

समीप आकर बोली—मेरे मुँह पर ताला डाल दिया गया है; लेकिन क्या करूँ, बिना बोले रहा नहीं जाता। कई दिन से सरकार की महफिल में सन्नाटा क्यों है? तबीयत तो अच्छी है।

सिंगार ने उसकी ओर आँखें उठायीं। उनमें व्यथा भरी हुई थी। कहा—तुम अपने मैके क्यों नहीं चली जातीं लीला?

'आपकी जो आज्ञा; पर यह तो मेरे प्रश्न का उत्तर न था।'

'वह कोई बात नहीं। मैं बिल्कुल अच्छा हूँ। ऐसे बेहयाओं को मौत भी नहीं आती। अब इस जीवन से जी भर गया। कुछ दिनों के लिए बाहर जाना चाहता हूँ। तुम अपने घर चली जाओ, तो मैं निश्चिन्त हो जाऊँ।'

'भला आप को मेरी इतनी चिन्ता तो है।'

'अपने साथ जो कुछ ले जाना चाहती हो, ले जाओ।'

'मैंने इस घर की चीजों को अपना समझना छोड़ दिया है।'

'मैं नाराज होकर नहीं कह रहा हूँ, लीला न-जाने कब लौटूँ, तुम यहाँ अकेले कैसे रहोगी?'

कई महीने के बाद लीला ने पति के आँखों में स्नेह की झलक देखी।

'मेरा विवाह तो इस घर की सम्पत्ति से नहीं हुआ है, तुमसे हुआ है। जहाँ तुम रहोगे वहीं मैं भी रहूँगी।'

'मेरे साथ तो अब तक तुम्हें रोना ही पड़ा।'

लीला ने देखा, सिंगार की आँखों में आँसू की एक बूँद नीले आकाश में चन्द्रमा की तरह गिरने-गिरने को हो रही थी। उसका मन भी पुलकित हो उठा। महीनों की क्षुधाग्नि में जलने के बाद अन्न का एक दाना पाकर वह उसे कैसे ठुकरा दे? पेट नहीं भरेगा, कुछ भी नहीं होगा, लेकिन उस दाने को ठुकराना क्या उसके बस की बात थी?

उसने बिलकुल पास आकर, अपने अंचल को उसके समीप ले जाकर कहा—मैं तो तुम्हारी हो गयी। हँसाओगे, हँसूँगी, रुलाओगे, रोऊँगी, रखोगे तो रहूँगी, निकालोगे तो भी रहूँगी, मेरा घर तुम हो, धर्म तुम हो, अच्छी हूँ तो तुम्हारी हूँ, बुरी हूँ तो तुम्हारी हूँ।

और दूसरे क्षण सिंगार के विशाल सीने पर उसका सिर रखा हुआ था और उसके हाथ थे लीला की कमर में। दोनों के मुख पर हर्ष की लाली थी, आँखों में हर्ष के आँसू और मन में एक ऐसा तूफान, जो उन्हें न-जाने कहाँ उड़ा ले जायगा।

एक क्षण के बाद सिंगार ने कहा—तुमने कुछ सुना, माधुरी भाग गयी और पगला दयाकृष्ण उसकी खोज में निकला!

लीला को विश्वास न आया—दयाकृष्ण!

'हाँ जी, जिस दिन वह भागी है, उसके दूसरे ही दिन वह भी चल दिया।'

'वह तो ऐसा नहीं है। और माधुरी क्यों भागी?'

'दोनों में प्रेम हो गया था। माधुरी उसके साथ रहना चाहती थी। वह राजी न हुआ।'

लीला ने एक लम्बी साँस ली। दयाकृष्ण के वे शब्द याद आये, जो उसने कई महीने पहले कहे थे। दयाकृष्ण की वे याचना-भरी आँखें उसके मन को मसोसने लगीं।

सहसा किसी ने बड़े जोर से द्वार खोला और धड़धड़ाता हुआ भीतर वाले कमरे के द्वार पर आ गया।

सिंगार ने चकित होकर कहा—'अरे! तुम्हारी यह क्या हालत है, कृष्णा? किधर से आ रहे हो?'

दयाकृष्ण की आँखें लाल थीं, सिर और मुँह पर गर्द जमी हुई, चेहरे पर घबराहट, जैसे कोई दीवाना हो।

उसने चिल्लाकर कहा—तुमने सुना; माधुरी इस संसार में नहीं रही!

और दोनों हाथों से सिर पीट-पीटकर रोने लगा, मानो हृदय और प्राणों को आँखों से बहा देगा।

प्रेरणा

मेरी कक्षा में सूर्यप्रकाश से ज़्यादा ऊधमी कोई लड़का न था, बल्कि यों कहो कि अध्यापन-काल के दस वर्षों में मुझे ऐसी विषम प्रकृति के शिष्य से साबका न पड़ा था। कपट-क्रीड़ा में उसकी जान बसती थी। अध्यापकों को बनाने और चिढ़ाने, उद्योगी बालकों को छेड़ने और रुलाने में ही उसे आनन्द आता था। ऐसे-ऐसे षड्यंत्र रचता, ऐसे-ऐसे फन्दें डालता, ऐसे-ऐसे बन्धन बाँधता कि देखकर आश्चर्य होता था। गिरोहबन्दी में अभ्यस्त था।

खुदाई फौजदारों की एक फौज बना ली थी और उसके आतंक से शाला पर शासन करता था। मुख्य अधिष्ठाता की आज्ञा टल जाय, मगर क्या मजाल कि कोई उसके हुक्म की अवज्ञा कर सके। स्कूल के चपरासी और अर्दली उससे थर-थर काँपते थे। इन्स्पेक्टर का मुआइना होने वाला था, मुख्य अधिष्ठाता ने हुक्म दिया कि लड़के निर्दिष्ट समय से आध घन्टा पहले आ जायँ। मतलब यह था कि लड़कों को मुआइने के बारे में कुछ जरूरी बातें बता दी जायँ, मगर दस बज गए, इन्स्पेक्टर साहब आकर बैठ गए, और मदरसे में एक लड़का भी नहीं। ग्यारह बजे सब छात्र इस तरह निकल पड़े, जैसे कोई पिंजरा खोल दिया गया हो। इन्स्पेक्टर साहब ने कैफियत में लिखा—डिसिप्लिन बहुत खराब है। प्रिंसिपल साहब की किरकिरी हुई, अध्यापक बदनाम हुए और यह सारी शरारत सूर्यप्रकाश की थी, मगर बहुत पूछ-ताछ करने पर भी किसी ने सूर्यप्रकाश का नाम तक न लिया। मुझे अपनी संचालन-विधि पर गर्व था। ट्रेनिंग कालेज में इस विषय में मैंने ख्याति प्राप्त की थी, मगर यहाँ मेरा सारा संचालन

कौशल जैसे मोर्चा खा गया था। कुछ अक्ल ही काम न करती कि शैतान को कैसे सन्मार्ग पर लायें। कई बार अध्यापकों की बैठक हुई; पर यह गिरह न खुली। नई शिक्षा-विधि के अनुसार मैं दंडनीति का पक्षपाती न था, मगर यहाँ हम इस नीति से केवल इसलिए विरत थे कि कहीं उपचार से भी रोग असाध्य न हो जाय। सूर्यप्रकाश को स्कूल से निकाल देने का प्रस्ताव भी किया गया, पर इसे अपनी अयोग्यता का प्रमाण समझकर हम इस नीति का व्यवहार करने का साहस न कर सके। बीस-बाईस अनुभवी और शिक्षा-शास्त्र के आचार्य एक बारह-तेरह साल के उद्दंड बालक का सुधार न कर सकें, यह विचार बहुत ही निराशाजनक था। यों तो सारा स्कूल उससे त्राहि-त्राहि करता था, मगर सबसे ज़्यादा संकट में मैं था, क्योंकि वह मेरी कक्षा का छात्र था और उसकी शरारतों का कुफल मुझे भोगना पड़ता था। मैं स्कूल आता, तो हरदम यही खटका लगा रहता था कि देखें आज क्या विपत्ति आती है। एक दिन मैंने अपनी मेज की दराज खोली, तो उसमें से एक बड़ा-सा मेंढक निकल पड़ा। मैं चौंककर पीछे हटा तो क्लास में एक शोर मच गया। उसकी ओर सरोष नेत्रों से देखकर रह गया। सारा घंटा उपदेश में बीत गया और वह पट्ठा सिर झुकाये नीचे मुस्करा रहा था। मुझे आश्चर्य होता था कि यह नीचे की कक्षाओं में कैसे पास हुआ था। एक दिन मैंने गुस्से से कहा—'तुम इस कक्षा से उम्र भर नहीं पास हो सकते।'

सूर्यप्रकाश ने अविचलित भाव से कहा—'आप मेरे पास होने कि चिन्ता न करें। मैं हमेशा पास हुआ हूँ और अबकी भी हूँगा।'

'असम्भव!'

'असम्भव सम्भव हो जायगा!'

मैं आश्चर्य से उसका मुँह देखने लगा। जहीन से जहीन लड़का भी अपनी सफलता का दावा इतने निर्विवाद रूप से न कर सकता था। मैंने सोचा, वह प्रश्न-पत्र उड़ा लेता होगा। मैंने प्रतिज्ञा की, अबकी इसकी एक चाल भी न चलने दूँगा। देखूँ, कितने दिन इस कक्षा में पड़ा रहता है। आप घबड़ाकर निकल जायगा।

वार्षिक परीक्षा के अवसर पर मैंने असाधारण देखभाल से काम लिया; मगर जब सूर्यप्रकाश का उत्तर-पत्र देखा, तो मेरे विस्मय की सीमा

न रही। मेरे दो पर्चे थे, दोनों ही में उसके नम्बर कक्षा में सबसे अधिक थे। मुझे खूब मालूम था कि वह मेरे किसी पर्चे का कोई प्रश्न भी हल नहीं कर सकता। मैं इसे सिद्ध कर सकता था; मगर उसके उत्तर-पत्रों को क्या करता ! लिपि में इतना भेद न था जो कोई सन्देह उत्पन्न कर सकता। मैंने प्रिंसिपल से कहा, तो वह भी चकरा गए; मगर उन्हें भी जान-बूझकर मक्खी निगलनी पड़ी। मैं कदाचित् स्वभाव ही से निराशावादी हूँ। अन्य अध्यापकों को मैं सूर्यप्रकाश के विषय में जरा भी चिन्तित न पाता था। मानो ऐसे लड़कों का स्कूल में आना कोई नई बात नहीं, मगर मेरे लिए वह एक विकट रहस्य था। अगर यही ढंग रहे, तो एक दिन या तो जेल में होगा, या पागलखाने में।

2

उसी साल मेरा तबादला हो गया। यद्यपि यहाँ का जलवायु मेरे अनुकूल था, प्रिंसिपल और अन्य अध्यापकों से मैत्री हो गई थी, मगर मैं अपने तबादले से खुश हुआ; क्योंकि सूर्यप्रकाश मेरे मार्ग का काँटा न रहेगा। लड़कों ने मुझे बिदाई की दावत दी और सब के सब स्टेशन तक पहुँचाने आये। उस वक्त सभी लड़के आँखों में आँसू भरे हुए थे। मैं भी अपने आँसुओं को न रोक सका। सहसा मेरी निगाह सूर्यप्रकाश पर पड़ी, जो सबसे पीछे लज्जित खड़ा था। मुझे ऐसा मालूम हुआ कि उसकी आँखें भी भीगी थीं। मेरा जी बार-बार चाहता था कि चलते-चलते उससे दो-चार बातें कर लूँ। शायद वह भी मुझसे कुछ कहना चाहता था, मगर न मैंने पहले बातें कीं, न उसने हालाँकि मुझे बहुत दिनों तक इसका खेद रहा। उसकी झिझक तो क्षमा के योग्य थी; पर मेरा अवरोध अक्षम्य था, सम्भव था, उस करुणा और ग्लानि की दशा में मेरी दो-चार निष्कपट बातें उसके दिल पर असर कर जातीं; मगर इन्हीं खोये हुए अवसरों का नाम तो जीवन है। गाड़ी मन्दगति से चली। लड़के कई कदम तक उसके साथ दौड़े। मैं खिड़की के बाहर सिर निकाले खड़ा था। कुछ देर मुझे उनके हिलते हुए रूमाल नजर आये। फिर वे रेखाएँ आकाश में विलीन हो गईं; मगर एक अल्पकाय मूर्ति अब भी प्लेटफार्म पर खडी थी। मैंने अनुमान किया, वह सूर्यप्रकाश है। उस समय मेरा हृदय किसी विकल कैदी की भाँति घृणा, मालिन्य और उदासीनता के बन्धनों को तोड़-तोड़कर उसके गले मिलने

के लिए तड़प उठा।

नये स्थान की नई चिन्ताओं ने बहुत जल्द मुझे अपनी ओर आकर्षित कर लिया। पिछले दिनों की याद एक हसरत बनकर रह गई। न किसी का कोई ख़त आया, न मैंने कोई ख़त लिखा। शायद दुनिया का यही दस्तूर है। वर्षा के बाद वर्षा की हरियाली कितने दिनों रहती है। संयोग से मुझे इंगलैण्ड में विद्याभ्यास करने का अवसर मिल गया। वहाँ तीन साल लग गए। वहाँ से लौटा तो एक कालेज का प्रिंसिपल बना दिया गया। यह सिद्धि मेरे लिए बिल्कुल आशातीत थी। मेरी भावना स्वप्न में भी इतनी दूर न उड़ी थी; किन्तु पदलिप्सा अब किसी और भी ऊँची डाली पर आश्रय लेना चाहती थी। शिक्षा-मंत्री से रब्त-जब्त पैदा किया। मंत्री महोदय मुझ पर कृपा रखते थे; मगर वास्तव में शिक्षा के मौलिक सिद्धान्तों का उन्हें ज्ञान न था। मुझे पाकर उन्होंने सारा भार मेरे ऊपर डाल दिया। घोड़े पर वह सवार थे, लगाम मेरे हाथ में थी। फल यह हुआ कि उनके राजनैतिक विपक्षियों से मेरा विरोध हो गया। मुझ पर जा-बेजा आक्रमण होने लगे। मैं सिद्धान्त रूप से अनिवार्य शिक्षा का विरोधी हूँ। मेरा विचार है कि हर एक मनुष्य की उन विषयों में ज़्यादा स्वाधीनता होनी चाहिए, जिनका उनसे निज का सम्बन्ध है। मेरा विचार है कि यूरोप में अनिवार्य शिक्षा की जरूरत है, भारत में नहीं। भौतिकता पश्चिमी सभ्यता का मूल तत्व है। वहाँ किसी काम की प्रेरणा, आर्थिक लाभ के आधार पर होती है। जिन्दगी की जरूरत ज़्यादा है; इसलिए जीवन-संग्राम भी अधिक भीषण है। माता-पिता भोग के दास होकर बच्चों को जल्द-से-जल्द कुछ कमाने पर मजबूर करते हैं। इसकी जगह कि वह मद का त्याग करके एक शिलिंग रोज की बचत कर लें, वे अपने कमसिन बच्चे को एक शिलिंग की मजदूरी करने के लिए दबायेंगे। भारतीय जीवन में सात्विक सरलता है। हम उस वक्त तक अपने बच्चों से मजदूरी नहीं कराते, जब तक कि परिस्थिति हमें विवश न कर दे। दरिद्र से दरिद्र हिन्दुस्तानी मजदूर भी शिक्षा के उपकारों का कायल है। उसके मन में यह अभिलाषा होती है कि मेरा बच्चा चार अक्षर पढ़ जाए। इसलिए नहीं कि उसे कोई अधिकार मिलेगा; बल्कि केवल इसलिए कि विद्या मानवी शील का एक श्रृंगार है। अगर यह जानकर भी वह अपने बच्चों को मदरसे नहीं भेजता, तो समझ लेना चाहिये कि वह मजबूर है। ऐसी दशा में उस पर कानून का प्रहार

करना मेरी दृष्टि में न्याय-संगत नहीं है। इसके सिवाय मेरे विचार में अभी हमारे देश में योग्य शिक्षकों का अभाव है। अर्द्ध-शिक्षित और अल्पवेतन पाने वाले अध्यापकों से आप यह आशा नहीं रख सकते कि वह कोई ऊँचा आदर्श अपने सामने रख सकें। अधिक-से-अधिक इतना ही होगा कि चार-पाँच वर्ष में बालक को अक्षर-ज्ञान हो जायगा। मैं इसे पर्वत खोदकर चुहिया निकालने के तुल्य समझता हूँ। वयस प्राप्त हो जाने पर यह मसला एक महीने में आसानी से तय किया जा सकता है। मैं अनुभव से कह सकता हूँ कि युवावस्था में हम जितना ज्ञान एक महीने में प्राप्त कर सकते हैं, उतना बाल्यावस्था में तीन साल में भी नहीं कर सकते, फिर खामख्वाह बच्चों को मदरसे में कैद करने से क्या लाभ? मदरसे के बाहर रहकर उसे स्वच्छ वायु तो मिलती, प्राकृतिक अनुभव तो होते। पाठशाला में बन्द करके तो आप उसके मानसिक और शारीरिक दोनों विधानों की जड़ काट देते हैं। इसलिए जब प्रान्तीय व्यवस्थापक-सभा में अनिवार्य शिक्षा का प्रस्ताव पेश हुआ, तो मेरी प्रेरणा से मिनिस्टर साहब ने उसका विरोध किया। नतीजा यह हुआ कि प्रस्ताव अस्वीकृत हो गया। फिर क्या था। मिनिस्टर साहब की और मेरी वह ले-दे शुरू हुई कि कुछ न पूछिए। व्यक्तिगत आक्षेप किए जाने लगे। मैं गरीब की बीवी था, मुझे ही सबकी भाभी बनना पड़ा। मुझे देशद्रोही, उन्नति का शत्रु और नौकरशाही का गुलाम कहा गया। मेरे कालेज में जरा-सी भी कोई बात होती तो कौंसिल में मुझ पर वर्षा होने लगती। मैंने एक चपरासी को पृथक् किया। सारी कौंसिल पंजे झाड़कर मेरे पीछे पड़ गई। आखिर मिनिस्टर साहब को मजबूर होकर उस चपरासी को बहाल करना पड़ा। यह अपमान मेरे लिए असह्य था। शायद कोई भी इसे सहन न कर सकता। मिनिस्टर साहब से मुझे शिकायत नहीं। वह मजबूर थे। हाँ, इस वातावरण में काम करना मेरे लिए दुस्साध्य हो गया। मुझे अपने कालेज के आन्तरिक संगठन का भी अधिकार नहीं। अमुक क्यों नहीं परीक्षा में भेजा गया, अमुक के बदले अमुक को क्यों नहीं छात्रवृत्ति दी गई, अमुक अध्यापक को अमुक कक्षा क्यों नहीं दी जाती, इस तरह के सारहीन आक्षेपों ने मेरी नाक में दम कर दिया था। इस नई चोट ने कमर तोड़ दी। मैंने इस्तीफा दे दिया।

मुझे मिनिस्टर साहब से इतनी आशा अवश्य थी कि वह कम-से-कम इस विषय में न्याय-परायणता से काम लेंगे; मगर उन्होंने न्याय की

जगह नीति को मान्य समझा और मुझे कई साल की भक्ति का यह फल मिला कि मैं पदच्युत कर दिया गया। संसार का ऐसा कटु अनुभव मुझे अब तक न हुआ था। ग्रह भी कुछ बुरे आ गए थे, उन्हीं दिनों पत्नी का देहान्त हो गया। अन्तिम दर्शन भी न कर सका। सन्ध्या-समय नदी-तट पर सैर करने गया था। वह कुछ अस्वस्थ थीं। लौटा, तो उनकी लाश मिली। कदाचित् हृदय की गति बन्द हो गई थी। इस आघात ने कमर तोड़ दी। माता के प्रसाद और आशीर्वाद से बड़े-बड़े महान् पुरुष कृतार्थ हो गए हैं। मैं जो कुछ हुआ, पत्नी के प्रसाद और आशीर्वाद से हुआ; वह मेरे भाग्य की विधात्री थीं। कितना अलौकिक त्याग था, कितना विशाल धैर्य। उनके माधुर्य में तीक्ष्णता का नाम भी न था। मुझे याद नहीं आता कि मैंने कभी उनकी भृकुटी संकुचित देखी हो, वह निराश होना तो जानती ही न थीं। मैं कई बार सख्त बीमार पड़ा हूँ। वैद्य निराश हो गए हैं, पर वह अपने धैर्य और शान्ति से अणु-मात्र भी विचलित नहीं हुईं। उन्हें विश्वास था कि मैं अपने पति के जीवन-काल में मरूँगी और वही हुआ भी। मैं जीवन में अब तक उन्हीं के सहारे खड़ा था! जब वह अवलम्ब ही न रहा, तो जीवन कहाँ रहता। खाने और सोने का नाम जीवन नहीं है। जीवन नाम है, सदैव आगे बढ़ते रहने की लगन का। यह लगन गायब हो गई। मैं संसार से विरक्त हो गया। और एकान्तवास में जीवन के दिन व्यतीत करने का निश्चय करके एक छोटे से गाँव में जा बसा। चारों तरफ ऊँचे-ऊँचे टीले थे, एक ओर गंगा बहती थी। मैंने नदी के किनारे एक छोटा-सा घर बना लिया और उसी में रहने लगा।

3

मगर काम करना तो मानवी स्वभाव है। बेकारी में जीवन कैसे कटता। मैंने एक छोटी-सी पाठशाला खोल ली; एक वृक्ष की छाँह में गाँव के लड़कों को जमाकर कुछ पढ़ाया करता था। उसकी यहाँ इतनी ख्याति हुई कि आस-पास के गाँव के छात्र भी आने लगे।

एक दिन मैं अपनी कक्षा को पढ़ा रहा था कि पाठशाला के पास एक मोटर आकर रुकी और उसमें से उस जिले के डिप्टी कमिश्नर उतर पड़े। मैं उस समय केवल एक कुर्ता और धोती पहने हुए था। इस वेश में एक हाकिम से मिलते हुए शर्म आ रही थी। डिप्टी कमिश्नर मेरे समीप

आये तो मैंने झेंपते हुए हाथ बढ़ाया, मगर वह मुझसे हाथ मिलाने के बदले मेरे पैरों की ओर झुके और उन पर सिर रख दिया। मैं कुछ ऐसा सिटपिटा गया कि मेरे मुँह से एक शब्द भी न निकला। मैं अँग्रेजी अच्छी लिखता हूँ दर्शनशास्त्र का भी आचार्य हूँ, व्याख्यान भी अच्छे दे लेता हूँ। मगर इन गुणों में एक भी श्रद्धा के योग्य नहीं। श्रद्धा तो ज्ञानियों और साधुओं ही के अधिकार की वस्तु है। अगर मैं ब्राह्मण होता, तो एक बात थी। हालाँकि एक सिविलियन का किसी ब्राह्मण के पैरों पर सिर रखना अचिन्तनीय है।

मैं अभी इसी विस्मय में पड़ा हुआ था कि डिप्टी कमिश्नर ने सिर उठाया और मेरी तरफ देखकर कहा—आपने शायद मुझे पहचाना नहीं।

इतना सुनते ही मेरे स्मृति-नेत्र खुल गए, बोला—आपका नाम सूर्यप्रकाश तो नहीं है?

'जी हाँ, मैं आपका वही अभागा शिष्य हूँ।'

'बारह-तेरह वर्ष हो गए।'

सूर्यप्रकाश ने मुस्कराकर कहा—अध्यापक लड़कों को भूल जाते हैं, पर लड़के उन्हें हमेशा याद रखते हैं।

मैंने उसी विनोद के भाव से कहा—तुम जैसे लड़कों को भूलना असम्भव है।

सूर्यप्रकाश ने विनीत स्वर में कहा—उन्हीं अपराधों को क्षमा कराने के लिए सेवा में आया हूँ। मैं सदैव आपकी खबर लेता रहता था। जब आप इंग्लैण्ड गए, तो मैंने आपके लिए बधाई का पत्र लिखा; पर उसे भेज न सका। जब आप प्रिंसिपल हुए, मैं इंग्लैण्ड जाने को तैयार था। वहाँ मैं पत्रिकाओं में आपके लेख पढ़ता रहता था। जब लौटा, तो मालूम हुआ कि आपने इस्तीफा दे दिया और कहीं देहात में चले गए हैं। इस जिले में आये हुए मुझे एक वर्ष से अधिक हुआ; पर इसका जरा भी अनुमान न था कि आप यहाँ एकान्त-सेवन कर रहे हैं। इस उजाड़ गाँव में आपका जी कैसे लगता है? इतनी ही अवस्था में आपने वानप्रस्थ ले लिया?

मैं नहीं कह सकता कि सूर्यप्रकाश की उन्नति देखकर मुझे कितना आश्चर्यमय आनन्द हुआ। अगर वह मेरा पुत्र होता तो भी इससे अधिक आनन्द न होता। मैं उसे अपने झोंपड़े में लाया और अपनी रामकहानी कह सुनाई।

सूर्यप्रकाश ने कहा—तो यह कहिए कि आप अपने ही एक भाई के विश्वासघात के शिकार हुए। मेरा अनुभव तो अभी बहुत कम है; मगर इतने ही दिनों में मुझे मालूम हो गया है, कि हम लोग अभी अपनी जिम्मेदारियों को पूरा करना नहीं जानते। मिनिस्टर साहब से भेंट हुई; तो पूछूँगा, कि यही आपका धर्म था।

मैंने जवाब दिया—भाई, उनका दोष नहीं। सम्भव है, इस दशा में मैं भी वही करता, जो उन्होंने किया। मुझे अपनी स्वार्थलिप्सा की सजा मिल गई, और उसके लिये मैं उनका ऋणी हूँ। बनावट नहीं, सत्य कहता हूँ कि यहाँ मुझे जो शान्ति है, वह और कहीं न थी। इस एकान्त-जीवन में मुझे जीवन के तत्वों का वह ज्ञान हुआ, जो सम्पत्ति और अधिकार की दौड़ में किसी तरह सम्भव न था। इतिहास और भूगोल के पोथे चाटकर और यूरोप के विद्यालयों की शरण जाकर भी मैं अपनी ममता को न मिटा सका; बल्कि यह रोग दिन-दिन और भी असाध्य होता जाता था। आप सीढ़ियों पर पाँव रखे बगैर छत की ऊँचाई तक नहीं पहुँच सकते। सम्पत्ति की अट्टालिका तक पहुँचने में दूसरों की जिन्दगी ही जीनों का काम देती है। आप कुचलकर ही लक्ष्य तक पहुँच सकते हैं। वहाँ सौजन्य और सहानुभूति का स्थान ही नहीं। मुझे ऐसा मालूम होता है कि उस वक्त मैं हिंस्र जन्तुओं से घिरा हुआ था और मेरी सारी शक्तियाँ अपनी आत्मरक्षा में ही लगी रहती थीं। यहाँ मैं अपने चारो ओर सन्तोष और सरलता देखता हूँ। मेरे पास जो लोग आते हैं, कोई स्वार्थ लेकर नहीं आते और न मेरी सेवाओं में प्रशंसा या गौरव की लालसा है।

यह कहकर मैंने सूर्यप्रकाश के चेहरे की ओर गौर से देखा। कपट मुसकान की जगह ग्लानि का रंग था। शायद यह दिखाने आया था कि आप जिसकी तरफ से इतने निराश हो गए थे, वह अब इस पद को सुशोभित कर रहा है। वह मुझसे अपने सदुद्योग का बखान कराना चाहता था। मुझे अब अपनी भूल मालूम हुई। एक सम्पन्न आदमी के सामने समृद्धि की निन्दा उचित नही। मैंने तुरन्त बात पलट कर कहा—मगर तुम अपना हाल तो कहो। तुम्हारी यह काया-पलट कैसे हुई? तुम्हारी शरारतों को याद करता हूँ तो अब भी रोएँ खड़े हो जाते हैं। किसी देवता के वरदान के सिवा और तो कहीं यह विभूति न प्राप्त हो सकती थी।

सूर्यप्रकाश ने मुस्कराकर कहा—आपका आशीर्वाद था।

मेरे बहुत आग्रह करने पर सूर्यप्रकाश ने अपना वृत्तान्त सुनाना शुरू किया—

'आपके चले आने के कई दिन बाद मेरा ममेरा भाई स्कूल में दाखिल हुआ। उसकी उम्र आठ-नौ साल से ज़्यादा न थी। प्रिंसिपल साहब उसे होस्टल में न लेते थे और न मामा साहब उसके ठहरने का प्रबन्ध कर सकते थे। उन्हें इस संकट में देखकर मैंने प्रिंसिपल साहब से कहा—उसे मेरे कमरे में ठहरा दीजिये। प्रिंसिपल साहब ने इसे नियम-विरुद्ध बतलाया। इस पर मैंने बिगड़कर उसी दिन होस्टल छोड़ दिया और एक किराये का मकान लेकर मोहन के साथ रहने लगा। उसकी माँ कई साल पहले मर चुकी थी। इतना दुबला-पतला, कमजोर और गरीब लड़का था कि पहले ही दिन से मुझे उस पर दया आने लगी। कभी उसके सिर में दर्द होता, कभी ज्वर हो आता। आये दिन कोई-न-कोई बीमारी खड़ी रहती थी। इधर साँझ हुई और झपकियाँ आने लगीं। बड़ी मुश्किल से भोजन करने उठता। दिन चढ़े तक सोया करता और जब तक मैं गोद में उठाकर बिठा न देता, उठने का नाम न लेता। रात को बहुधा चौंक कर मेरी चारपाई पर आ जाता। मेरे गले से लिपटकर सोता। मुझे उस पर कभी क्रोध न आता। कह नहीं सकता, क्यों मुझे उससे प्रेम हो गया। मैं जहाँ पहले नौ बजे सोकर उठता था, अब तड़के उठ बैठता और उसके लिए दूध गरम करता। फिर उसे उठाकर हाथ-मुँह धुलाता और नाश्ता कराता। उसके स्वास्थ्य के विचार से नित्य वायु सेवन को ले जाता। मैं जो कभी किताब लेकर न बैठता था, उसे घंटों पढ़ाया करता। मुझे अपने दायित्व का इतना ज्ञान कैसे हो गया, इसका मुझे आश्चर्य है। उसे कोई शिकायत हो जाती तो मेरे प्राण नखों में समा जाते। डाक्टर के पास दौड़ता, दवाएँ लाता और मोहन की खुशामद करके दवा पिलाता। सदैव यह चिन्ता लगी रहती थी, कि कोई बात उसकी इच्छा के विरुद्ध न हो जाय। इस बेचारे का यहाँ मेरे सिवा दूसरा कौन है। मेरे चंचल मित्रों में से कोई उसे चिढ़ाता या छेड़ता तो मेरी त्योरियाँ बदल जाती थीं! कई लड़के तो मुझे बूढ़ी दाई कहकर चिढ़ाते थे; पर मैं हँसकर टाल देता था। मैं उसके सामने एक अनुचित शब्द भी मुँह से न निकालता। यह शंका होती थी, कि कहीं मेरी देखा-देखी यह भी खराब न हो जाय। मैं उसके सामने इस तरह रहना चाहता था, कि वह मुझे अपना आदर्श समझे और इसके लिए यह मानी

हुई बात थी कि मैं अपना चरित्र सुधारूँ। वह मेरा नौ बजे सोकर उठना, बारह बजे तक मटरगश्ती करना, नई-नई शरारतों के मंसूबे बाँधना और अध्यापकों की आँख बचाकर स्कूल से उड़ जाना, सब आप-ही-आप जाता रहा। स्वास्थ्य और चरित्र पालन के सिद्धान्तों का मैं शत्रु था; पर अब मुझसे बढ़कर उन नियमों का रक्षक दूसरा न था। मैं ईश्वर का उपहास किया करता, मगर अब पक्का आस्तिक हो गया था। वह बड़े सरल भाव से पूछता, परमात्मा सब जगह रहते हैं, तो मेरे पास भी रहते होंगे। इस प्रश्न का मजाक उड़ाना मेरे लिए असम्भव था। मैं कहता—हाँ परमात्मा तुम्हारे, हमारे सबके पास रहते हैं और हमारी रक्षा करते हैं। यह आश्वासन पाकर उसका चेहरा आनन्द से खिल उठता था, कदाचित् वह परमात्मा की सत्ता का अनुभव करने लगता था। साल ही भर में मोहन कुछ से कुछ हो गया। मामा साहब दोबारा आये, तो उसे देखकर चकित हो गए। आँखों में आँसू भरकर बोले—"बेटा! तुमने इसको जिला लिया, नहीं तो मैं निराश हो चुका था। इसका पुनीत फल तुम्हें ईश्वर देंगे। इसकी माँ स्वर्ग में बैठी हुई तुम्हें आशीर्वाद दे रही है।"'

सूर्यप्रकाश की आँखें उस वक्त भी सजल हो गई थीं।

मैंने पूछा—मोहन भी तुम्हें बहुत प्यार करता होगा?

सूर्यप्रकाश के सजल नेत्रों में हसरत से भरा हुआ आनन्द चमक उठा, बोला—वह मुझे एक मिनट के लिए भी न छोड़ता था। मेरे साथ बैठता, मेरे साथ खाता, मेरे साथ सोता। मैं ही उसका सब कुछ था। आह! वह संसार में नहीं है। मगर मेरे लिए वह अब भी उसी तरह जीता-जागता है। मैं जो कुछ हूँ, उसी का बनाया हुआ हूँ। अगर वह दैवी विधान की भाँति मेरा पथ-प्रदर्शक न बन जाता, तो शायद आज मैं किसी जेल में पड़ा होता। एक दिन मैंने कह दिया था—अगर तुम रोज नहा न लिया करोगे तो मैं तुमसे न बोलूँगा। नहाने से वह न-जाने क्यों जी चुराता था। मेरी इस धमकी का फल यह हुआ कि वह नित्य प्रात:काल नहाने लगा। कितनी ही सर्दी क्यों न हो, कितनी ही ठंडी हवा चले; लेकिन वह स्नान अवश्य करता था। देखता रहता था, मैं किस बात से खुश होता हूँ। एक दिन मैं कई मित्रों के साथ थियेटर देखने चला गया, ताकीद कर गया था कि तुम खाना खाकर सो रहना। तीन बजे रात को लौटा, तो देखा कि वह बैठा हुआ है! मैंने पूछा—तुम सोये नहीं? बोला—नींद नहीं आई। उस दिन से

मैंने थियेटर जाने का नाम न लिया। बच्चों में प्यार की जो एक भूख होती है—दूध, मिठाई और खिलौनों से भी ज़्यादा मादक—जो माँ की गोद के सामने संसार की निधि की भी परवाह नहीं करती, मोहन की वह भूख कभी सन्तुष्ट न होती थी। पहाड़ों से टकराने वाली सारस की आवाज की तरह वह सदैव उसकी नसों में गूँजा करती थी। जैसे भूमि पर फैली हुई लता कोई सहारा पाते ही उससे चिपट जाती है, वही हाल मोहन का था। वह मुझसे ऐसा चिपट गया था कि पृथक किया जाता, तो उसकी कोमल बेल के टुकड़े-टुकड़े हो जाते। वह मेरे साथ तीन साल रहा और तब मेरे जीवन में प्रकाश की एक रेखा डालकर अँधकार में विलीन हो गया। उस जीर्ण काया में कैसे-कैसे अरमान भरे हुए थे। कदाचित् ईश्वर ने मेरे जीवन में एक अवलम्ब की सृष्टि करने के लिए उसे भेजा था। उद्‌देश्य पूरा हो गया तो वह क्यों रहता।

4

गर्मियों की तातील थी। दो तातीलों में मोहन मेरे ही साथ रहा था। मामाजी के आग्रह करने पर भी घर न आया। अबकी कालेज के छात्रों ने काश्मीर-यात्रा करने का निश्चय किया और मुझे उसका अध्यक्ष बनाया। काश्मीर-यात्रा की अभिलाषा मुझे चिरकाल से थी। इसी अवसर को गनीमत समझा। मोहन को मामाजी के पास भेजकर मैं काश्मीर चला गया। दो महीने के बाद लौटा, तो मालूम हुआ मोहन बीमार है। काश्मीर में मुझे बार-बार मोहन की याद आती थी और जी चाहता था, लौट जाऊँ। मुझे उस पर इतना प्रेम है, इसका अन्दाज मुझे काश्मीर जाकर हुआ; लेकिन मित्रों ने पीछा न छोड़ा। उसकी बीमारी की खबर पाते ही मैं अधीर हो उठा और दूसरे ही दिन उसके पास जा पहुँचा। मुझे देखते ही उसके पीले और सूखे हुए चेहरे पर आनन्द की स्फूर्ति झलक पड़ी। मैं दौड़कर उसके गले से लिपट गया। उसकी आँखों में वह दूरदृष्टि और चेहरे पर वह अलौकिक आभा थी जो मँडराती हुई मृत्यु की सूचना देती है। मैंने आवेश से काँपते हुए स्वर में पूछा—यह तुम्हारी क्या दशा है मोहन? दो ही महीने में यह नौबत पहुँच गई? मोहन ने सरल मुस्कान के साथ कहा—'आप काश्मीर की सैर करने गए थे, मैं आकाश की सैर करने जा रहा हूँ।'

'मगर यह दु:ख की कहानी कह कर मैं रोना और रुलाना नहीं चाहता। मेरे चले जाने के बाद मोहन इतने परिश्रम से पढ़ने लगा मानो तपस्या कर रहा हो। उसे यह धुन सवार हो गई थी कि साल भर की पढ़ाई दो महीने में समाप्त कर ले और स्कूल खुलने के बाद मुझसे इस श्रम का प्रशंसारूपी उपहार प्राप्त करे। मैं किस तरह उसकी पीठ ठोकूँगा, शाबाशी दूँगा, अपने मित्रों से बखान करूँगा, इन भावनाओं ने अपने सारे बालोचित उत्साह और तल्लीनता से उसे वशीभूत कर लिया। मामाजी को दफ्तर के कामों से इतना अवकाश कहाँ कि उसके मनोरंजन का ध्यान रखें। शायद उसे प्रतिदिन कुछ-न-कुछ पढ़ते देखकर वह दिल में खुश होते थे। उसे खेलते देख कर वह जरूर डाँटते। पढ़ते देखकर भला क्या कहते। फल यह हुआ कि मोहन को हल्का-हल्का ज्वर आने लगा, किन्तु उस दशा में भी उसने पढ़ना न छोड़ा। कुछ और व्यतिक्रम भी हुए, ज्वर का प्रकोप और भी बढ़ा; पर उस दशा में भी ज्वर कुछ हल्का हो जाता, तो किताबें देखने लगता था। उसके प्राण मुझमें ही बने रहते थे। ज्वर की दशा में भी नौकरों से पूछता—भैया का पत्र आया? वह कब आयेंगे? इसके सिवा और कोई दूसरी अभिलाषा न थी। अगर मुझे मालूम होता कि मेरी काश्मीर-यात्रा इतनी महँगी पड़ेगी, तो उधर जाने का नाम भी न लेता। उसे बचाने के लिए मुझसे जो कुछ हो सकता था, वह मैंने सब किया; किन्तु बुखार टाइफायड था, उसकी जान लेकर ही उतरा। उसके जीवन के स्वप्न मेरे लिए किसी ऋषि के आशीर्वाद बनकर मुझे प्रोत्साहित करने लगे और यह उसी का शुभ फल है कि आज आप मुझे इस दशा में देख रहे हैं। मोहन की बाल अभिलाषाओं को प्रत्यक्ष रूप में लाकर यह मुझे सन्तोष होता है कि शायद उसकी पवित्र आत्मा मुझे देखकर प्रसन्न होती हो। यही प्रेरणा थी कि जिसने कठिन से कठिन परीक्षाओं में भी मेरा बेड़ा पार लगाया; नहीं तो मैं आज भी वही मन्दबुद्धि सूर्यप्रकाश हूँ, जिसकी सूरत से आप चिढ़ते थे।'

उस दिन से मैं कई बार सूर्यप्रकाश से मिल चुका हूँ। वह जब इस तरफ आ जाता है, तो बिना मुझसे मिले नहीं जाता। मोहन को अब भी वह अपना इष्टदेव समझता है। मानव-प्रकृति का यह एक ऐसा रहस्य है, जिसे मैं आज तक नहीं समझ सका।

झाँकी

कई दिनों से घर में कलह मचा हुआ था। माँ अलग मुँह फुलाये बैठी थीं, स्त्री अलग। घर की वायु में जैसे विष भरा हुआ था। रात को भोजन नहीं बना, दिन को मैंने स्टोव पर खिचड़ी डाली; पर खाया किसी ने नहीं। बच्चों को भी आज भूख न थी। छोटी लड़की कभी मेरे पास आकर खड़ी हो जाती, कभी माता के पास, कभी दादी के पास; पर कहीं उसके लिए प्यार की बातें न थीं। कोई उसे गोद में न उठाता, मानो उसने भी कोई अपराध किया हो। लड़का शाम को स्कूल से आया। किसी ने उसे कुछ खाने को न दिया, न उससे बोला, न कुछ पूछा। दोनों बरामदे में मन मारे बैठे हुए थे और शायद सोच रहे थे—घर में आज क्यों लोगों के हृदय उनसे इतने फिर गए हैं। भाई-बहन दिन में कितनी ही बार लड़ते हैं, रोना-पीटना भी कई बार हो जाता है; पर ऐसा कभी नहीं होता कि घर में खाना न पके या कोई किसी से बोले नहीं! यह कैसा झगड़ा है कि चौबीस घण्टे गुजर जाने पर भी शान्त नहीं होता, यह शायद उसकी समझ में न आता था।

झगड़े की जड़ कुछ न थी। अम्माँ ने मेरी बहन के घर तीज भेजने के लिए जिन सामानो की सूची लिखाई, वह पत्नी जी को घर की स्थिति देखते हुए अधिक मालूम हुई। अम्माँ खुद समझदार हैं। उन्होंने थोड़ी-बहुत काट-छाँट कर दी थी; लेकिन पत्नी जी के विचार में और काँट-छाँट होनी चाहिए थी। पाँच साड़ियों की जगह तीन रहें, तो क्या बुराई है। खिलौने इतने क्या होंगे, इतनी मिठाई की क्या जरूरत! उनका कहना था—जब रोजगार में कुछ मिलता नहीं; दैनिक कार्यों में खींचतान करनी पड़ती है, दूध-घी के बजट में तख़लीफ हो गयी, तो फिर तीजे में क्यों इतनी उदारता

की जाय? पहले घर में दिया जलाकर तब मसजिद में जलाते हैं। यह नहीं कि मसजिद में तो दिया जला दें, और घर में अँधेरा पड़ा रहे। इसी बात पर सास-बहू में तकरार हो गयी, फिर शाखें फूट निकलीं। बात कहाँ-से-कहाँ जा पहुँची, गड़े हुए मुरदे उखाड़े गए। अन्योक्तियों की बारी आई, व्यंग्य का दौर शुरू हुआ और मौनालंकार पर समाप्त हो गया।

मैं बड़े संकट में था। अगर अम्माँ की तरफ़ से कुछ कहता हूँ, तो पत्नी जी रोना-धोना शुरू करती हैं, अपने नसीबों को कोसने लगती हैं; पत्नी की-सी कहता हूँ तो जन-मुरीद की उपाधि मिलती है। इसलिए बारी-बारी से दोनों पक्षों का समर्थन करता जाता था; पर स्वार्थवश मेरी सहानुभूति पत्नी के साथ ही थी। मेरे सिनेमा का बजट इधर साल-भर से बिल्कुल गायब हो गया था; पान-पत्ते के खर्च में भी कमी करनी पड़ी थी, बाजार की सैर बन्द हो गयी थी। खुलकर तो अम्माँ से कुछ न कह सकता था; पर दिल में समझ रहा था कि ज़्यादती इन्हीं की है। दूकान का यह हाल है कि कभी-कभी बोहनी भी नहीं होती। असामियों से टका वसूल नहीं होता, तो इन पुरानी लकीरों को पीटकर क्यों अपनी जान संकट में डाली जाय!

बार-बार गृहस्थी के जंजाल पर तबीयत झुँझलाती थी। घर में तीन तो प्राणी हैं और उनमें भी प्रेम-भाव नहीं! ऐसी गृहस्थी में आग लगा देनी चाहिए। कभी-कभी ऐसी सनक सवार हो जाती थी कि सबको छोड़-छाड़कर कहीं भाग जाऊँ। जब अपने सिर पड़ेगी, तब इनको होश आयेगा। तब मालूम होगा कि गृहस्थी कैसी चलती है। क्या जानता था कि वह विपत्ति झेलनी पड़ेगी, नहीं विवाह का नाम ही न लेता। तरह-तरह के कुत्सित भाव मन में आ रहे थे। कोई बात नहीं, अम्माँ मुझे परेशान करना चाहती हैं। बहू उनके पाँव नहीं दबाती, उनके सिर में तेल नहीं डालती, तो इसमें मेरा क्या दोष? मैंने उसे मना तो नहीं कर दिया। मुझे तो सच्चा आनन्द होगा; यदि सास-बहू में इतना प्रेम हो जाय; लेकिन यह मेरे वश की बात तो नहीं कि दोनों में प्रेम डाल दूँ। अगर अम्माँ ने अपनी सास की साड़ी धोई है, उनके पाँव दबाये हैं, उनकी घुड़कियाँ खायी हैं, तो आज वह पुराना हिसाब बहू से क्यों चुकाना चाहती हैं? उन्हें क्यों दिखाई नहीं देता कि अब समय बदल गया है। बहुएँ अब भयवश सास की गुलामी नहीं करतीं। प्रेम से चाहे उनके सिर के बाल नोच लो; लेकिन जो रोब

दिखाकर उन पर शासन करना चाहा, तो वह दिन लद गए।

सारे शहर में जन्माष्टमी का उत्सव हो रहा था। मेरे घर में संग्राम छिड़ा हुआ था। सन्ध्या हो गयी थी; पर सारा घर अँधेरा पड़ा था। नहूसत छाई हुई थी। मुझे अपनी पत्नी पर क्रोध आया। लड़ती हो, लड़ो; लेकिन घर में अँधेरा क्यों कर रखा है। जाकर कहा—क्या आज घर में चिराग न जलेंगे?

पत्नी ने मुँह फुलाकर कहा—जला क्यों नहीं लेते। तुम्हारे हाथ नहीं हैं?

मेरी देह में आग लग गयी। बोला—तो क्या जब तुम्हारे चरण नहीं आये थे, तब घर में चिराग न जलते थे?

अम्माँ ने आग को हवा दी—नहीं तब सब लोग अँधेरे ही में पड़े रहते थे!

पत्नी जी को अम्माँ की इस टिप्पणी ने जामे से बाहर कर दिया। बोलीं—जलाते होंगे मिट्टी की कुप्पी! लालटेन तो मैंने नहीं देखी। मुझे भी इस घर में आये दस साल हो गए।

मैंने डाँटा—अच्छा चुप रहो, बहुत बढ़ो नहीं!

'ओ हो! तुम ऐसा डाँट रहे हो, जैसे मुझे मोल लाये हो!'

'मैं कहता हूँ, चुप रहो!'

'क्यों चुप रहूँ। अगर एक कहोगे, तो दो सुनोगे!'

'इसी का नाम पतिव्रत है!'

'जैसा मुँह होता है, वैसे ही बीड़े मिलते हैं!'

मैं परास्त होकर बाहर चला आया, और अँधेरी कोठरी में बैठा हुआ, उस मनहूस घड़ी को कोसने लगा, जब इस कुलच्छनी से मेरा विवाह हुआ था। इस अँधकार में भी दस साल का जीवन सिनेमा-चित्रों की भाँति मेरे स्मृति-नेत्रों के सामने दौड़ गया। उसमें कहीं प्रकाश की झलक न थी, कहीं स्नेह की मृदुता न थी।

2

सहसा मेरे मित्र पण्डित जयदेवजी ने द्वार पर पुकारा—अरे, आज यह

अँधेरा क्यों कर रखा है जी? कुछ सूझता ही नहीं। कहाँ हो?

मैंने कोई जवाब न दिया। सोचा—यह आज कहाँ से आकर सिर पर सवार हो गए।

जयदेव ने फिर पुकारा—अरे कहाँ हो भाई? बोलते क्यों नहीं? कोई घर में है या नहीं?

कहीं से कोई जवाब न मिला।

जयदेव ने द्वार को इतनी जोर से झँझोड़ा कि मुझे भय हुआ, कहीं दरवाजा चौखट-बाजू समेत गिर न पड़े। फिर भी मैं बोला नहीं। उनका आना खल रहा था।

जयदेव चले गए। मैंने आराम की साँस ली। बारे शैतान टला, नहीं घण्टों सिर खाता है।

मगर पाँच ही मिनट में फिर किसी के पैरों की आहट मिली और अबकी टार्च के तीव्र प्रकाश से मेरा सारा कमरा भर उठा। जयदेव ने मुझे बैठे देखकर कुतूहल से पूछा—तुम कहाँ गए थे जी? घण्टों चीखा, किसी ने जवाब तक न दिया। यह आज क्या मामला है! चिराग क्यों नहीं जले?

मैंने बहाना किया—क्या जाने, मेरे सिर में दर्द था, दूकान से आकर लेटा तो नींद आ गयी।

'और सोये तो घोड़ा बेचकर, मुर्दों से शर्त लगाकर?'

'हाँ यार, नींद आ गयी।'

'मगर घर में चिराग तो जलाना चाहिये। या उनका retrenchment कर दिया?'

'आज घर में लोग व्रत से हैं। न हाथ खाली होगा।'

'खैर चलो, कहीं झाँकी देखने चलते हो? सेठ घूरेलाल के मन्दिर में ऐसी झाँकी बनी है कि देखते ही बनता है। ऐसे शीशे और बिजली के सामान सजाये हैं कि आँखें झपक उठती हैं। अशोक के स्तम्भों में लाल-हरी-नीली बत्तियों की अनोखी बहार है। सिंहासन के ठीक सामने ऐसा फौवारा लगाया है कि उसमें से गुलाबजल की फुहारें निकलती हैं। मेरा तो चोला मस्त हो गया। सीधे तुम्हारे पास दौड़ा आ रहा हूँ। बहुत झाँकियाँ देखी होंगी तुमने, लेकिन यह और ही चीज है। आलम फटा

पड़ता है। सुनते हैं, दिल्ली से कोई चतुर कारीगर आया है। उसी की यह करामात है।'

मैंने उदासीन भाव से कहा—मेरी तो जाने की इच्छा नहीं है भाई। सिर में जोर का दर्द है।

'तब तो जरूर चलो भाई। दर्द भाग न जाय तो कहना।'

'तुम तो यार बहुत दिक करते हो। इसी मारे मैं चुपचाप पड़ा था कि किसी तरह यह बला टले; लेकिन तुम सिर पर सवाल ही हो गए। कह दिया—मैं न जाऊँगा।'

'और मैंने कह दिया—मैं जरूर ले जाऊँगा।'

मुझ पर विजय पाने का मेरे मित्रों को बहुत आसान नुस्खा याद है। यों हाथा-पायी, धींगा-मुश्ती, धौल-धप्पा में किसी से पीछे रहने वाला नहीं हूँ; लेकिन किसी ने मुझे गुदगुदाया और मैं परास्त हुआ। फिर मेरी कुछ नहीं चलती। मैं हाथ जोड़ने लगता हूँ, घिघियाने लगता हूँ और कभी-कभी रोने लगता हूँ। जयदेव ने वही नुस्खा आजमाया और उसकी जीत हो गयी। सन्धि की यही शर्त ठहरी कि मैं चुपके से झाँकी देखने चला चलूँ!

3

सेठ घूरेलाल उन आदमियों में हैं, जिनका प्रात: को नाम ले लो, तो दिन भर भोजन न मिले। उनके मक्खीचूसपने की सैकड़ों ही दन्तकथाएँ नगर में प्रचलित हैं। कहते हैं एक बार मारवाड़ का एक भिखारी उनके द्वार पर डट गया कि भिक्षा लेकर ही जाऊँगा। सेठ जी भी अड़ गए थे कि भिक्षा न दूँगा, चाहे कुछ हो। मारवाड़ी उन्हीं के देश का था। कुछ देर तो उनके पूर्वजों का बखान करता रहा; फिर उनकी निन्दा करने लगा, अन्त में द्वार पर लेट रहा। सेठजी ने रत्ती-भर परवाह न की! भिक्षुक भी अपनी धुन का पक्का था। सात दिन द्वार पर बे-दाना-पानी पड़ा रहा और अन्त में वहीं पर मर गया। तब सेठजी पसीजे और उसकी क्रिया इतनी धूम-धाम से की कि बहुत कम किसी ने की होगी। एक लाख ब्राह्मणों को भोजन कराया और लाख ही उन्हें दक्षिणा में दिया। भिक्षुक का सत्याग्रह सेठजी के लिए वरदान हो गया। उनके अन्त:करण में भक्ति का जैसे स्रोत खुल गया। अपनी सारी सम्पत्ति धर्मार्थ अर्पण कर दी।

हम लोग ठाकुरद्वारे में पहुँचे, तो दर्शकों की भीड़ लगी हुई थी। कन्धे-से-कन्धा छिलता था। आने और जाने के मार्ग अलग थे, फिर भी हमें आध घण्टे के बाद भीतर जाने का अवसर मिला। जयदेव सजावट देख-देखकर लोट-पोट हुए जाते थे; पर मुझे ऐसा मालूम होता था कि इस बनावट और सजावट के मेले में कृष्ण की आत्मा कहीं खो गयी है। उनकी वह रत्न-जटित, बिजली से जगमगाती मूर्ति देखकर मेरे मन में ग्लानि उत्पन्न हुई। इस रूप में भी प्रेम का निवास हो सकता है? हमने तो रत्नों में दर्प और अहंकार ही भरा देखा है। मुझे उस वक्त यह याद न रही, कि यह एक करोड़पति सेठ का मन्दिर है और धनी मनुष्य धन में लोटने वाले ईश्वर ही की कल्पना कर सकता है। धनी ईश्वर में ही उनकी श्रद्धा हो सकती है। जिसके पास धन नहीं, वह उनकी दया का पात्र हो सकता है, श्रद्धा का कदापि नहीं।

मन्दिर में जयदेव को सभी जानते हैं। उन्हें तो सभी जगह सभी जानते हैं! मन्दिर के आँगन में संगीत-मण्डली बैठी हुई थी। केलकर जी अपने गन्धर्व-विद्यालय के कई शिष्यों के साथ तम्बूरा लिए बैठे थे। पखावज, सितार, सरोद, वीणा और जाने कौन-कौन से बाजे, जिनके नाम भी मैं नहीं जानता; उनके शिष्यों के पास थे। कोई गत बजाने की तैयारी हो रही थी। जयदेव को देखते ही केलकर जी ने पुकारा। मैं भी तुफैल में जा बैठा। एक क्षण में गत शरू हुआ। समाँ बँध गया। जहाँ इतना शोरगुल था कि तोप की आवाज भी न सुनायी देती, वहाँ जैसे माधुर्य के उस प्रवाह ने सब किसी को अपने में डुबा लिया। जो जहाँ था, वहीं मंत्र-मुग्ध सा खड़ा था। मेरी कल्पना कभी इतनी सचित्र और सजीव न थी। मेरे सामने न वह बिजली की चकाचौंध थी, न वह रत्नों की जगमगाहट, न वह भौतिक विभूतियों का समारोह। मेरे सामने वही यमुना का तट था, गुल्म-लताओं का घूँघट मुँह पर डाले हुए। वही मोहनी गउएँ थीं, वही गोपियों की जल-क्रीड़ा, वही वंशी की मधुर ध्वनि, वही शीतल चाँदनी और वही प्यारा नन्द किशोर! जिसकी मुख-छवि में प्रेम और वात्सल्य की ज्योति थी, जिसके दर्शनों ही से हृदय निर्मल हो जाते थे।

4

मैं इसी आनन्द-विस्मृति की दशा में था, कि कंसर्ट बन्द हो गया और आचार्य केलकर के एक किशोर शिष्य ने धुरपद अलापना शुरू किया। कलाकारों की आदत है कि वह शब्दों को कुछ इस तरह तोड़-मरोड़ देते हैं कि अधिकांश सुननेवालों की समझ में नहीं आता, कि क्या गा रहे हैं। इस गीत का एक शब्द भी मेरी समझ में न आया; लेकिन कण्ठ-स्वर में कुछ ऐसा मादकता भरा लालित्य था कि प्रत्येक स्वर मुझे रोमांचित कर देता था। कंठ-स्वर में इतनी जादू-भरी शक्ति है, इसका मुझे आज कुछ अनुभव हुआ। मन के एक नये संसार की सृष्टि होने लगी, जहाँ आनन्द-ही-आनन्द, प्रेम-ही-प्रेम, त्याग-ही-त्याग है। ऐसा जान पड़ा, दुःख केवल चित्त की वृत्ति है सत्य है केवल आनन्द। एक स्वच्छ करुणा-भरी कोमलता, जैसे मन को मसोसने लगी। ऐसी भावना मन में उठी कि वहाँ जितने सज्जन बैठे हुए थे, सब मेरे अपने हैं, अभिन्न हैं। फिर अतीत के गर्भ में मेरे भाई की स्मृति-मूर्ति निकल आई। मेरा छोटा भाई बहुत दिन हुए, मुझसे लड़कर घर की जमा-जथा लेकर रंगून भाग गया था, और वहीं उसका देहान्त हो गया था। उसके पाशविक व्यवहारों को याद कर के मैं उन्मत्त हो उठता था। उसे जीता पा जाता, तो शायद उसका खून पी जाता; पर इस समय उस स्मृति-मूर्ति को देखकर मेरा मन जैसे मुखरित हो उठा। मैं उसे आलिंगन करने के लिए व्याकुल हो गया। उसने मेरे साथ, मेरी स्त्री के साथ, माता के साथ, मेरे बच्चों के साथ जो-जो कटु, नीच और घृणास्पद व्यवहार किये थे, वह सब मुझे भूल गए। मन में केवल यही भावना थी—मेरा भैया कितना दुःखी है! मुझे इस भाई के प्रति कभी इतनी ममता न हुई थी, फिर तो मन की वह दशा हो गई, जिसे विह्वलता कह सकते हैं। शत्रु-भाव जैसे मन से मिट गया हो। जिन-जिन प्राणियों से मेरा बैर-भाव था, जिनसे गाली-गलौज, मारपीट, मुकदमेबाजी सब कुछ हो चुकी थी, वह सभी जैसे मेरे गले में लिपट-लिपट कर हँस रहे थे! फिर विद्या (पत्नी) की मूर्ति मेरे सामने आ खड़ी हुई—वह मूर्ति जिसे दस साल पहले मैंने देखा था—उन आँखों में वही विकल कम्पन था, वही सन्दिग्ध विश्वास, कपोलों पर वही लज्जा-लालिमा, जैसे प्रेम के सरोवर से निकला हुआ कोई कमल-पुष्प हो। वही अनुराग, वही आवेश, वही उन्माद, वही

याचना-भरी उत्सुकता; जिससे मैंने उसे न भूलने वाली रात को उसका स्वागत किया था, एक बार फिर मेरे हृदय में जाग उठी। मधुर स्मृतियों का जैसे स्रोत-सा खुल गया। जी ऐसा तड़पा कि इसी समय जाकर विद्या के चरणों पर सिर रगड़कर रोऊँ और रोते-रोते बेसुध हो जाऊँ। मेरी आँखें सजल हो गयीं। मेरे मुँह से जो कटु शब्द निकले थे, वह सब जैसे मेरे ही हृदय में गड़ने लगे! इसी दशा में, जैसी ममतामयी माता ने आकर मुझे गोद में उठा लिया। बालपन में जिस वात्सल्य का आनन्द उठाने की मुझमें शक्ति न थी वह आनन्द आज मैंने उठाया।

गाना बन्द हो गया। सब लोग उठ-उठकर जाने लगे। मैं कल्पना-सागर में ही डूबा बैठा रहा।

सहसा जयदेव ने पुकारा—चलते हो, या बैठे ही रहोगे?

ठाकुर का कुआँ

जोखू ने लोटा मुँह से लगाया तो पानी में सख्त बदबू आयी। गंगी से बोला—यह कैसा पानी है? मारे बास के पिया नहीं जाता। गला सूखा जा रहा है और तू सड़ा हुआ पानी पिलाए देती है!

गंगी प्रतिदिन शाम को पानी भर लिया करती थी। कुआँ दूर था; बार-बार जाना मुश्किल था। कल वह पानी लायी, तो उसमें बू बिलकुल न थी; आज पानी में बदबू कैसी? लोटा नाक से लगाया, तो सचमुच बदबू थी। जरूर कोई जानवर कुएँ में गिरकर मर गया होगा, मगर दूसरा पानी आवे कहाँ से?

ठाकुर के कुएँ पर कौन चढ़ने देगा। दूर से लोग डाँट बताएँगे। साहू का कुआँ गाँव के उस सिरे पर है; परन्तु वहाँ भी कौन पानी भरने देगा? चौथा कुआँ गाँव में है नहीं।

जोखू कई दिन से बीमार है। कुछ देर तक तो प्यास रोके चुप पड़ा रहा, फिर बोला—अब तो मारे प्यास के रहा नहीं जाता। ला, थोड़ा पानी नाक बन्द करके पी लूँ।

गंगी ने पानी न दिया। खराब पानी पीने से बीमारी बढ़ जायगी—इतना जानती थी; परन्तु यह न जानती थी कि पानी को उबाल देने से उसकी खराबी जाती रहती है। बोली यह पानी कैसे पियोगे? न जाने कौन जानवर मरा है। कुएँ से मैं दूसरा पानी लाये देती हूँ।

जोखू ने आश्चर्य से उसकी ओर देखा—दूसरा पानी कहाँ से लायेगी?

'ठाकुर और साहू के दो कुएँ तो हैं। क्या एक लोटा पानी न भरने देंगे?'

'हाथ-पाँव तुड़वा आयेगी और कुछ न होगा। बैठ चुपके से। ब्राम्ह्न-देवता आशीर्वाद देंगे, ठाकुर लाठी मारेंगे, साहू जी एक के पाँच लेंगे। गरीबों का दर्द कौन समझता है! हम तो मर भी जाते हैं, तो कोई दुआर पर झाँकने नहीं आता, कन्धा देना तो बड़ी बात है। ऐसे लोग कुएँ से पानी भरने देंगे?'

इन शब्दों में कड़ुवा सत्य था। गंगी क्या जवाब देती; किन्तु उसने वह बदबूदार पानी पीने को न दिया।

2

रात के नौ बजे थे। थके-माँदे मजदूर तो सो चुके थे, ठाकुर के दरवाजे पर दस-पाँच बेफिक्रे जमा थे। मैदानी बहादुरी का तो अब न जमाना रहा है, न मौका। कानूनी बहादुरी की बातें हो रही थीं; कितनी होशियारी से ठाकुर ने थानेदार को एक खास मुकद्दमे में रिश्वत दे दी और साफ निकल गए। कितनी अक्लमन्दी से एक मार्के के मुकद्दमे की नकल ले आये। नाजिर और मोहतमिम, सभी कहते थे, नकल नहीं मिल सकती। कोई पचास माँगता; कोई सौ। यहाँ बेपैसे-कौड़ी नकल उड़ा दी। काम करने का ढंग चाहिए।

इसी समय गंगी कुएँ से पानी लेने पहुँची।

कुप्पी की धुँधली रोशनी कुएँ पर आ रही थी। गंगी जगत की आड़ में बैठी मौके का इन्तजार करने लगी। इस कुएँ का पानी सारा गाँव पीता है। किसी के लिए रोक नहीं; सिर्फ ये बदनसीब नहीं भर सकते।

गंगी का विद्रोही दिल रिवाजी पाबन्दियों और मजबूरियों पर चोटें करने लगा—हम क्यों नीच हैं और यह लोग क्यों ऊँच हैं? इसलिए कि ये लोग गले में तागा डाल लेते हैं? यहाँ तो जितने हैं, एक-से-एक छँटे हैं? चोरी ये करें, जाल-फरेब ये करें, झूठे मुकद्दमे ये करें। अभी इस ठाकुर ने तो उस दिन बेचारे गड़रिये की एक भेड़ चुरा ली थी और बाद में मार कर खा गया। इन्हीं पण्डित जी के घर में तो बारहों मास जुआ होता है।

यही साहुजी तो घी में तेल मिलाकर बेचते हैं। काम करा लेते हैं, मजूरी देते नानी मरती है। किस बात में हैं हमसे ऊँचे। हाँ, मुँह में हमसे ऊँचे हैं। हम गली-गली चिल्लाते नहीं कि हम ऊँचे हैं, हम ऊँचे! कभी गाँव में आ जाती हूँ, तो रसभरी आँखों से देखने लगते हैं। जैसे सब की छाती पर साँप लोटने लगता है, परन्तु घमण्ड यह कि हम ऊँचे हैं!

कुएँ पर किसी के आने की आहट हुई। गंगी की छाती धक-धक करने लगी। कहीं देख ले, तो गजब हो जाय!

एक लात भी तो नीचे न पड़े। उसने घड़ा और रस्सी उठा ली और झुककर चलती हुई एक वृक्ष के अँधेरे साये में जा खड़ी हुई। कब इन लोगों को दया आती है किसी पर। बेचारे महँगू को इतना मारा कि महीनों लहू थूकता रहा। इसलिए तो कि उसने बेगार न दी थी! उस पर ये लोग ऊँचे बनते हैं।

कुएं पर दो स्त्रियाँ पानी भरने आयी थीं। इनमें बातें हो रही थीं।

'खाना खाने चले और हुक्म हुआ कि ताजा पानी भर लाओ। घड़े के लिए पैसे नहीं हैं।'

'हम लोगों को आराम से बैठे देखकर जैसे मरदों को जलन होती है।'

'हाँ, यह तो न हुआ कि कलसिया उठाकर भर लाते। बस, हुकुम चला दिया कि ताजा पानी लाओ, जैसे हम लौंडियाँ ही तो हैं।'

'लौंडियाँ नहीं तो और क्या हो तुम? रोटी-कपड़ा नहीं पातीं? दस-पाँच रुपये छीन-झपट कर ले ही लेती हो। और लौंडिया कैसी होती हैं।'

'मत लजाओ दीदी! छिन भर आराम करने को जी तरस कर रह जाता है। इतना काम किसी दूसरे के घर कर देती, तो इससे कहीं आराम से रहती। ऊपर से वह एहसान मानता। यहाँ काम करते-करते मर जाओ; पर किसी का मुँह ही नहीं सीधा होता।'

दोनों पानी भरकर चली गयीं, तो गंगी वृक्ष की छाया से निकली और कुएँ के जगत के पास आयी। बेफिक्रे चले गए थे। ठाकुर भी दरवाजा बन्द कर अन्दर आँगन में सोने जा रहे थे। गंगी ने क्षणिक सुख की साँस ली। किसी तरह मैदान तो साफ हुआ। अमृत चुरा लाने के लिए जो राजकुमार किसी जमाने में गया था, वह भी शायद इतनी सावधानी के

साथ और समझ-बूझकर न गया होगा। गंगी दबे पाँव कुएँ के जगत पर चढ़ी। विजय का ऐसा अनुभव उसे पहले कभी न हुआ था।

उसने रस्सी का फन्दा घड़े में ढाला। दायें-बायें चौकन्नी दृष्टि से देखा, जैसे कोई सिपाही रात को शत्रु के किले में सूराख कर रहा हो। अगर इस समय वह पकड़ ली गयी, तो फिर उसके लिए माफी या रिआयत की रत्ती-भर उम्मीद नहीं। अन्त में देवताओं को याद करके उसने कलेजा मजबूत किया और घड़ा कुएँ में डाल दिया।

घड़े ने पानी में गोता लगाया, बहुत ही आहिस्ता। जरा भी आवाज न हुई। गंगी ने दो चार हाथ जल्दी-जल्दी मारे। घड़ा कुएँ के मुँह तक आ पहुँचा। कोई बड़ा शहजोर पहलवान भी इतनी तेजी से उसे न खींच सकता था।

गंगी झुकी कि घड़े को पकड़कर जगत पर रक्खे, कि एकाएक ठाकुर साहब का दरवाजा खुल गया। शेर का मुँह इससे अधिक भयानक न होगा।

गंगी के हाथ से रस्सी छूट गयी। रस्सी के साथ घड़ा धड़ाम से पानी में गिरा और कई क्षण तक पानी में हलकोरे की आवाजें सुनाई देती रहीं।

ठाकुर 'कौन है, कौन है?' पुकारते हुए कुएँ की तरफ आ रहे थे और गंगी जगत से कूदकर भागी जा रही थी।

घर पहुँचकर देखा कि जोखू लोटा मुँह से लगाये वही मैला-गन्दा पानी पी रहा है।

सद्गति

दुखी चमार द्वार पर झाड़ू लगा रहा था और उसकी पत्नी झुरिया, घर को गोबर से लीप रही थी। दोनों अपने-अपने काम से फुर्सत पा चुके थे, तो चमारिन ने कहा—तो जाके पंडित बाबा से कह आओ न। ऐसा न हो कहीं चले जायँ।

दुखी—हाँ जाता हूँ, लेकिन यह तो सोच, बैठेंगे किस चीज पर?

झुरिया—कहीं से खटिया न मिल जायगी? ठकुराने से माँग लाना।

दुखी—तू तो कभी-कभी ऐसी बात कह देती है कि देह जल जाती है। ठकुराने वाले मुझे खटिया देंगे! आग तक तो घर से निकलती नहीं, खटिया देंगे! कैथाने में जाकर एक लोटा पानी माँगूँ तो न मिले। भला खटिया कौन देगा! हमारे उपले, सेंठे, भूसा, लकड़ी थोड़े ही हैं कि जो चाहे उठा ले जायँ। ले अपनी खटोली धोकर रख दे। गरमी के तो दिन हैं उनके आते-आते सूख जायगी।

झुरिया—वह हमारी खटोली पर बैठेंगे नहीं। देखते नहीं कितने नेम-धरम से रहते हैं।

दुखी ने जरा चिन्तित होकर कहा—हाँ, यह बात तो है। महुए के पत्ते तोड़कर एक पत्तल बना लूँ तो ठीक हो जाय। पत्तल में बड़े-बड़े आदमी खाते हैं। वह पवित्तर है। ला तो डंडा, पत्ते तोड़ लूँ।

झुरिया—पत्तल मैं बना लूँगी, तुम जाओ। लेकिन हाँ, उन्हें सीधा भी तो देना होगा। अपनी थाली में रख दूँ?

दुखी—कहीं ऐसा गजब न करना, नहीं तो सीधा भी जाय और

थाली भी फूटे! बाबा थाली उठाकर पटक देंगे। उनको बड़ी जल्दी किरोध चढ़ आता है। किरोध में पंडिताइन तक को छोड़ते नहीं, लड़के को ऐसा पीटा कि आज तक टूटा हाथ लिये फिरता है। पत्तल में सीधा भी देना, हाँ। मुद्रा तू छूना मत। झूरी गोंड़ की लड़की को लेकर साह की दूकान से सब चीजें ले आना। सीधा भरपूर हो। सेर भर आटा, आध सेर चावल, पाव भर दाल, आध पाव घी, नोन, हल्दी और पत्तल में एक किनारे चार आने पैसे रख देना। गोंड़ की लड़की न मिले तो भुर्जिन के हाथ-पैर जोड़कर ले जाना। तू कुछ मत छूना, नहीं गजब हो जायगा।

इन बातों की ताकीद करके दुखी ने लकड़ी उठाई और घास का एक बड़ा-सा गट्ठा लेकर पंडितजी से अर्ज करने चला। खाली हाथ बाबाजी की सेवा में कैसे जाता। नजराने के लिए उसके पास घास के सिवाय और क्या था। उसे खाली देखकर तो बाबा दूर ही से दुत्कारते।

2

पं० घासीराम ईश्वर के परम भक्त थे। नींद खुलते ही ईशोपासन में लग जाते। मुँह-हाथ धोते आठ बजते, तब असली पूजा शुरू होती, जिसका पहला भाग भंग की तैयारी थी। उसके बाद आध घण्टे तक चन्दन रगड़ते, फिर आइने के सामने एक तिनके से माथे पर तिलक लगाते। चन्दन की दो रेखाओं के बीच में लाल रोरी की बिन्दी होती थी। फिर छाती पर, बाहों पर चन्दन की गोल-गोल मुद्रिकाएँ बनाते। फिर ठाकुरजी की मूर्ति निकालकर उसे नहलाते, चन्दन लगाते, फूल चढ़ाते, आरती करते, घंटी बजाते। दस बजते-बजते वह पूजन से उठते और भंग छानकर बाहर आते। तब तक दो-चार जजमान द्वार पर आ जाते! ईशोपासन का तत्काल फल मिल जाता। वही उनकी खेती थी।

आज वह पूजन-गृह से निकले, तो देखा दुखी चमार घास का एक गट्ठा लिये बैठा है। दुखी उन्हें देखते ही उठ खड़ा हुआ और उन्हें साष्टांग दंडवत करके हाथ बाँधकर खड़ा हो गया। यह तेजस्वी मूर्ति देखकर उसका हृदय श्रद्धा से परिपूर्ण हो गया! कितनी दिव्य मूर्ति थी। छोटा-सा गोल-मटोल आदमी, चिकना सिर, फूले गाल, ब्रह्मतेज से प्रदीप्त आँखें। रोरी और चन्दन देवताओं की प्रतिभा प्रदान कर रही थी। दुखी को देखकर

श्रीमुख से बोले—आज कैसे चला रे दुखिया?

दुखी ने सिर झुकाकर कहा—बिटिया की सगाई कर रहा हूँ महाराज। कुछ साइत-सगुन विचारना है। कब मर्जी होगी?

घासी—आज मुझे छुट्टी नहीं। हाँ साँझ तक आ जाऊँगा।

दुखी—नहीं महराज, जल्दी मर्जी हो जाय। सब सामान ठीक कर आया हूँ। यह घास कहाँ रख दूँ?

घासी—इस गाय के सामने डाल दे और जरा झाड़ू लेकर द्वार तो साफ कर दे। यह बैठक भी कई दिन से लीपी नहीं गई। उसे भी गोबर से लीप दे। तब तक मैं भोजन कर लूँ। फिर जरा आराम करके चलूँगा। हाँ, यह लकड़ी भी चीर देना। खलिहान में चार खाँची भूसा पड़ा है। उसे भी उठा लाना और भुसौली में रख देना।

दुखी फौरन हुक्म की तामील करने लगा। द्वार पर झाड़ू लगाई, बैठक को गोबर से लीपा। तब बारह बज गए। पंडितजी भोजन करने चले गए। दुखी ने सुबह से कुछ नहीं खाया था। उसे भी जोर की भूख लगी? पर वहाँ खाने को क्या धरा था। घर यहाँ से मील भर था। वहाँ खाने चला जाय, तो पंडितजी बिगड़ जायँ। बेचारे ने भूख दबाई और लकड़ी फाड़ने लगा। लकड़ी की मोटी-सी गाँठ थी; जिस पर पहले कितने ही भक्तों ने अपना जोर आजमा लिया था। वह उसी दम-खम के साथ लोहे से लोहा लेने के लिए तैयार थी। दुखी घास छीलकर बाजार ले जाता था। लकड़ी चीरने का उसे अभ्यास न था। घास उसके खुरपे के सामने सिर झुका देती थी। यहाँ कस-कसकर कुल्हाड़ी का भरपूर हाथ लगाता; पर उस गाँठ पर निशान तक न पड़ता था। कुल्हाड़ी उचट जाती। पसीने में तर था, हाँफता था, थककर बैठ जाता था, फिर उठता था। हाथ उठाये न उठते थे, पाँव काँप रहे थे, कमर न सीधी होती थी, आँखों तले अँधेरा हो रहा था, सिर में चक्कर आ रहे थे, तितलियाँ उड़ रही थीं, फिर भी अपना काम किये जाता था। अगर एक चिलम तम्बाकू पीने को मिल जाती, तो शायद कुछ ताकत आती। उसने सोचा, यहाँ चिलम और तम्बाकू कहाँ मिलेगी। बाम्हनों का पूरा है। बाम्हन लोग हम नीच जातों की तरह तम्बाकू थोड़े ही पीते हैं। सहसा उसे याद आया कि गाँव में एक गोंड़ भी रहता है। उसके यहाँ जरूर चिलम-तमाखू होगी। तुरन्त उसके घर दौड़ा। खैर मेहनत सुफल

हुई। उसने तमाखू भी दी और चिलम भी दी; पर आग वहाँ न थी। दुखी ने कहा—आग की चिन्ता न करो भाई। मैं जाता हूँ, पंडितजी के घर से आग माँग लूँगा। वहाँ तो रसोई बन रही थी।

यह कहता हुआ वह दोनों चीजें लेकर चला आया और पंडितजी के घर में बरौठे के द्वार पर खड़ा होकर बोला—मालिक, रचिके आग मिल जाय, तौ चिलम पी लें।

पंडितजी भोजन कर रहे थे। पंडिताइन ने पूछा—यह कौन आदमी आग माँग रहा है?

पंडितजी—अरे वही ससुरा दुखिया चमार है। कहा है थोड़ी-सी लकड़ी चीर दे। आग तो है, दे दो।

पंडिताइन ने भवें चढ़ाकर कहा—तुम्हें तो जैसे पोथी-पत्रे के फेर में धरम-करम किसी बात की सुधि ही नहीं रही। चमार हो, धोबी हो, पासी हो, मुँह उठाये घर में चला आये। हिन्दू का घर न हुआ, कोई सराय हुई। कह दो दाढ़ीजार से चला जाय, नहीं तो इस लुआठे से मुँह झुलस दूँगी। आग माँगने चले हैं।

पंडितजी ने उन्हें समझाकर कहा—भीतर आ गया, तो क्या हुआ। तुम्हारी कोई चीज तो नहीं छुई। धरती पवित्र है। जरा-सी आग दे क्यों नहीं देती, काम तो हमारा ही कर रहा है। कोई लोनिया यही लकड़ी फाड़ता, तो कम-से-कम चार आने लेता।

पंडिताइन ने गरज कर कहा—वह घर में आया क्यों!

पंडित ने हारकर कहा—ससुरे का अभाग था और क्या!

पंडिताइन—अच्छा, इस बखत तो आग दिये देती हूँ, लेकिन फिर जो इस तरह घर में आयेगा, तो उसका मुँह ही जला दूँगी।

दुखी के कानों में इन बातों की भनक पड़ रही थी। पछता रहा था, नाहक आया। सच तो कहती हैं। पंडित के घर में चमार कैसे चला आये। बड़े पवित्तर होते हैं यह लोग, तभी तो संसार पूजता है, तभी तो इतना मान है। भर-चमार थोड़े ही हैं। इसी गाँव में बूढ़ा हो गया; मगर मुझे इतनी अकल भी न आयी।

इसलिए जब पंडिताइन आग लेकर निकलीं, तो वह मानो स्वर्ग का वरदान पा गया। दोनों हाथ जोड़कर जमीन पर माथा टेकता हुआ

बोला—पड़ाइन माता, मुझसे बड़ी भूल हुई कि घर में चला आया। चमार की अकल ही तो ठहरी। इतने मूरख न होते, तो लात क्यों खाते। पंडिताइन चिमटे से पकड़कर आग लाई थीं। पाँच हाथ की दूरी से घूँघट की आड़ से दुखी की तरफ आग फेंकी। आग की बड़ी-सी चिनगारी दुखी के सिर पर पड़ गयी। जल्दी से पीछे हटकर सिर के झोटे देने लगा। उसने मन ने कहा—यह एक पवित्तर बाम्हन के घर को अपवित्तर करने का फल है। भगवान ने कितनी जल्दी फल दे दिया। इसी से तो संसार पंडितों से डरता है। और सबके रुपये मारे जाते हैं बाम्हन के रुपये भला कोई मार तो ले! घर भर का सत्यानाश हो जाय, पाँव गल-गलकर गिरने लगे।

बाहर आकर उसने चिलम पी और फिर कुल्हाड़ी लेकर जुट गया। खट-खट की आवाजें आने लगीं।

उस पर आग पड़ गई, तो पंडिताइन को उस पर कुछ दया आ गई। पंडितजी भोजन करके उठे, तो बोलीं—इस चमरवा को भी कुछ खाने को दे दो, बेचारा कब से काम कर रहा है। भूखा होगा।

पंडितजी ने इस प्रस्ताव को व्यावहारिक क्षेत्र से दूर समझकर पूछा—रोटियाँ हैं?

पंडिताइन—दो-चार बच जायँगी।

पंडित—दो-चार रोटियों में क्या होगा? चमार है, कम से कम सेर भर चढ़ा जायगा।

पंडिताइन कानों पर हाथ रखकर बोलीं—अरे बाप रे! सेर भर! तो फिर रहने दो।

पंडितजी ने अब शेर बनकर कहा—कुछ भूसी-चोकर हो तो आटे में मिलाकर दो ठो लिट्टी ठोंक दो। साले का पेट भर जायगा। पतली रोटियों से इन नीचों का पेट नहीं भरता। इन्हें तो जुआर का लिट्टा चाहिए।

पंडिताइन ने कहा—अब जाने भी दो, धूप में कौन मरे।

3

दुखी ने चिलम पीकर फिर कुल्हाड़ी सँभाली। दम लेने से जरा हाथों में ताकत आ गई थी। कोई आध घण्टे तक फिर कुल्हाड़ी चलाता रहा। फिर

बेदम होकर वहीं सिर पकड़ के बैठ गया।

इतने में वही गोंड़ आ गया। बोला—क्यों जान देते हो बूढ़े दादा, तुम्हारे फाड़े यह गाँठ न फटेगी। नाहक हलाकान होते हो।

दुखी ने माथे का पसीना पोंछकर कहा—अभी गाड़ी भर भूसा ढोना है भाई!

गोंड़—कुछ खाने को मिला कि काम ही कराना जानते हैं। जाके माँगते क्यों नहीं?

दुखी—कैसी बात करते हो चिखुरी, बाम्हन की रोटी हमको पचेगी!

गोंड़—पचने को पच जायगी, पहले मिले तो। मूँछों पर ताव देकर भोजन किया और आराम से सोये, तुम्हें लकड़ी फाड़ने का हुक्म लगा दिया। जमींदार भी कुछ खाने को देता है। हाकिम भी बेगार लेता है, तो थोड़ी बहुत मजूरी देता है। यह उनसे भी बढ़ गए, उस पर धर्मात्मा बनते हैं।

दुखी—धीरे-धीरे बोलो भाई, कहीं सुन लें तो आफत आ जाय।

यह कह कर दुखी फिर सँभल पड़ा और कुल्हाड़ी की चोट मारने लगा।

चिखुरी को उस पर दया आई। आकर कुल्हाड़ी उसके हाथ से छीन ली और कोई आध घण्टे खूब कस-कस-कर कुल्हाड़ी चलाई; पर गाँठ में एक दरार भी न पड़ी। तब उसने कुल्हाड़ी फेंक दी और यह कह कर चला गया—तुम्हारे फाड़े यह न फटेगी, जान भले निकल जाय।

दुखी सोचने लगा, बाबा ने यह गाँठ कहाँ रख छोड़ी थी कि फाड़े नहीं फटती। कहीं दरार तक तो नहीं पड़ती। मैं कब तक इसे चीरता रहूँगा। अभी घर पर सौ काम पड़े हैं। कार-परोजन का घर है, एक-न-एक चीज घटी ही रहती है; पर इन्हें इसकी क्या चिन्ता। चलूँ जब तक भूसा ही उठा लाऊँ। कह दूँगा, बाबा, आज तो लकड़ी नहीं फटी, कल आकर फाड़ दूँगा।

उसने झौवा उठाया और भूसा ढोने लगा। खलिहान यहाँ से दो फरलांग से कम न था। अगर झौवा खूब भर-भर कर लाता तो काम जल्द ख़त्म हो जाता; फिर झौवे को उठाता कौन। अकेले भरा हुआ झौवा उससे न उठ सकता था। इसलिए थोड़ा-थोड़ा लाता था। चार बजे कहीं

भूसा ख़त्म हुआ। पंडितजी की नींद भी खुली। मुँह-हाथ धोया, पान खाया और बाहर निकले। देखा, तो दुखी झौवा सिर पर रखे सो रहा है। जोर से बोले—अरे, दुखिया तू सो रहा है? लकड़ी तो अभी ज्यों की त्यों पड़ी हुई है। इतनी देर तू करता क्या रहा? मुट्ठी भर भूसा ढोने में संझा कर दी! उस पर सो रहा है। उठा ले कुल्हाड़ी और लकड़ी फाड़ डाल। तुझसे जरा-सी लकड़ी नहीं फटती। फिर साइत भी वैसी ही निकलेगी, मुझे दोष मत देना! इसी से कहा है कि नीच के घर में खाने को हुआ और उसकी आँख बदली।

दुखी ने फिर कुल्हाड़ी उठाई। जो बातें पहले से सोच रखी थीं, वह सब भूल गईं। पेट पीठ में धँसा जाता था, आज सबेरे जलपान तक न किया था। अवकाश ही न मिला। उठना भी पहाड़ मालूम होता था। जी डूबा जाता था, पर दिल को समझाकर उठा। पंडित हैं, कहीं साइत ठीक न विचारें, तो फिर सत्यानाश ही हो जाय। जभी तो संसार में इतना मान है। साइत ही का तो सब खेल है। जिसे चाहे बिगाड़ दें। पंडितजी गाँठ के पास आकर खड़े हो गए और बढ़ावा देने लगे—हाँ, मार कसके, और मार—कसके मार—अबे जोर से मार—तेरे हाथ में तो जैसे दम ही नहीं है—लगा कसके, खड़ा सोचने क्या लगता है—हाँ—बस फटा ही चाहती है! दे उसी दरार में!

दुखी अपने होश में न था। न-जाने कौन-सी गुप्तशक्ति उसके हाथों को चला रही थी। वह थकान, भूख, कमजोरी सब मानो भाग गई। उसे अपने बाहुबल पर स्वयं आश्चर्य हो रहा था। एक-एक चोट वज्र की तरह पड़ती थी। आध घण्टे तक वह इसी उन्माद की दशा में हाथ चलाता रहा, यहाँ तक कि लकड़ी बीच से फट गई—और दुखी के हाथ से कुल्हाड़ी छूट कर गिर पड़ी। इसके साथ वह भी चक्कर खाकर गिर पड़ा। भूखा, प्यासा, थका हुआ शरीर जवाब दे गया।

पंडितजी ने पुकारा—उठ के दो-चार हाथ और लगा दे। पतली-पतली चैलियाँ हो जायँ। दुखी न उठा। पंड़ितजी ने अब उसे दिक करना उचित न समझा। भीतर जाकर बूटी छानी, शौच गए, स्नान किया और पंड़िताई बाना पहनकर बाहर निकले! दुखी अभी तक वहीं पड़ा हुआ था। जोर से पुकारा—अरे क्या पड़े ही रहोगे दुखी, चलो तुम्हारे ही घर चल रहा हूँ। सब सामान ठीक-ठीक है न? दुखी फिर भी न उठा।

अब पंडितजी को कुछ शंका हुई। पास जाकर देखा, तो दुखी अकड़ा पड़ा हुआ था। बदहवास होकर भागे और पंडिताइन से बोले—दुखिया तो जैसे मर ही गया।

पंडिताइन हकबकाकर बोलीं—वह तो अभी लकड़ी चीर रहा था न?

पंडित—हाँ लकड़ी चीरते-चीरते मर गया। अब क्या होगा?

पंडिताइन ने शान्त होकर कहा—होगा क्या, चमरौने में कहला भेजो मुर्दा उठा ले जायँ।

एक क्षण में गाँव भर में खबर हो गई। पूरे में बाम्हनों की ही बस्ती थी। केवल एक घर गोंड़ का था। लोगों ने इधर का रास्ता छोड़ दिया। कुएँ का रास्ता उधर ही से था, पानी कैसे भरा जाय! चमार की लाश के पास से होकर पानी भरने कौन जाय। एक बुढ़िया ने पण्डितजी से कहा—अब मुर्दा फेंकवाते क्यों नहीं? कोई गाँव में पानी पीयेगा या नहीं।

इधर गोंड़ ने चमरौने में जाकर सबसे कह दिया—खबरदार, मुर्दा उठाने मत जाना। अभी पुलिस की तहकीकात होगी। दिल्लगी है कि एक गरीब की जान ले ली। पंडितजी होंगे, तो अपने घर के होंगे। लाश उठाओगे तो तुम भी पकड़ जाओगे।

इसके बाद ही पंडितजी पहुँचे; पर चमरौने का कोई आदमी लाश उठा लाने को तैयार न हुआ, हाँ दुखी की स्त्री और कन्या दोनों हाय-हाय करती वहाँ चलीं और पंडितजी के द्वार पर आकर सिर पीट-पीटकर रोने लगीं। उनके साथ दस-पाँच और चमारिनें थीं। कोई रोती थी, कोई समझाती थी, पर चमार एक भी न था। पण्डितजी ने चमारों को बहुत धमकाया, समझाया, मिन्नत की; पर चमारों के दिल पर पुलिस का रोब छाया हुआ था, एक भी न मिनका। आखिर निराश होकर लौट आये।

4

आधी रात तक रोना-पीटना जारी रहा। देवताओं का सोना मुश्किल हो गया। पर लाश उठाने कोई चमार न आया और बाम्हन चमार की लाश कैसे उठाते! भला ऐसा किसी शास्त्र-पुराण में लिखा है? कहीं कोई दिखा दे।

पंडिताइन ने झुँझलाकर कहा—इन डाइनों ने तो खोपड़ी चाट डाली। सभों का गला भी नहीं पकता।

पंडित ने कहा—रोने दो चुड़ैलों को, कब तक रोयेंगी। जीता था, तो कोई बात न पूछता था। मर गया, तो कोलाहल मचाने के लिए सब की सब आ पहुँचीं।

पंडिताइन—चमार का रोना मनहूस है।

पंडित—हाँ, बहुत मनहूस।

पंडिताइन—अभी से दुर्गन्ध उठने लगी।

पंडित—चमार था ससुरा कि नहीं। साध-असाध किसी का विचार है इन सबों को।

पंडिताइन—इन सबों को घिन भी नहीं लगती।

पंडित—भ्रष्ट हैं सब।

रात तो किसी तरह कटी; मगर सबेरे भी कोई चमार न आया। चमारिनें भी रो-पीटकर चली गईं। दुर्गन्ध कुछ-कुछ फैलने लगी।

पंडितजी ने एक रस्सी निकाली। उसका फन्दा बनाकर मुरदे के पैर में डाला और फन्दे को खींचकर कस दिया। अभी कुछ-कुछ धुँधलका था। पंडितजी ने रस्सी पकड़कर लाश को घसीटना शुरू किया और गाँव के बाहर घसीट ले गए। वहाँ से आकर तुरन्त स्नान किया, दुर्गा पाठ पढ़ा और घर में गंगाजल छिड़का।

उधर दुखी की लाश को खेत में गीदड़ और गिद्ध, कुत्ते और कौए नोच रहे थे। यही जीवन-पर्यन्त की भक्ति, सेवा और निष्ठा का पुरस्कार था।

माँ

आज बन्दी छूटकर घर आ रहा है। करुणा ने एक दिन पहले ही घर लीप-पोत रक्खा था, इन तीन वर्षों में उसने कठिन तपस्या करके जो दस-पाँच रुपये जमा कर रक्खे थे, वह सब पति के सत्कार और स्वागत की तैयारियों में खर्च कर दिये। पति के लिए धोतियों का जोड़ा लायी थी, नये कुरते बनवाये थे, बच्चे के लिए नये कोट और टोपी की आयोजन की थी। बार-बार बच्चे को गले लगाती, और प्रसन्न होती। अगर इस बच्चे ने सूर्य की भाँति उदय होकर उसके अँधेरे जीवन को प्रदीप्त न कर दिया होता, तो कदाचित् ठोकरों ने उसके जीवन का अन्त कर दिया होता। पति के कारावास दंड के तीन ही महीने बाद इस बालक का जन्म हुआ। उसी का मुँह देख-देखकर करुणा ने यह तीन साल काट दिये थे। वह सोचती—जब मैं बालक को उनके सामने ले जाऊँगी, तो वह कितने प्रसन्न होंगे! उसे देखकर पहले तो चकित हो जायेंगे, फिर गोद में उठा लेंगे, और कहेंगे—करुणा, तुमने यह रत्न देकर मुझे निहाल कर दिया। कैद के सारे कष्ट बालक की तोतली बातों में भूल जायेंगे, उसकी एक सरल, पवित्र, मोहक दृष्टि हृदय की सारी व्यथाओं को धो डालेगी। इस कल्पना का आनन्द लेकर वह फूली न समाती थी। वह सोच रही थी—आदित्य के साथ बहुत से आदमी होंगे। जिस समय वह द्वार पर पहुँचेंगे, 'जय-जय शंकर' की ध्वनि से आकाश गूँज उठेगा। वह कितना स्वर्गीय दृश्य होगा। उन आदमियों के बैठने के लिए करुणा ने एक फटा-सा टाट बिछा दिया था, कुछ पान बना लिये थे और बार-बार आशामय नेत्रों से द्वार की ओर ताकती थी। पति की वह सुदृढ़, उदार, तेजपूर्ण मुद्रा बार-बार आँखों में

फिर जाती थी, उनकी वे बातें बार-बार याद आती थीं, जो चलते समय उनके मुख से निकली थीं, उनका वह धैर्य, वह आत्मबल, जो पुलिस के प्रहारों के सामने भी अटल रहा था, वह मुस्कराहट जो उस समय भी उनके अधरों पर खेल रही थी; वह आत्माभिमान जो उस समय भी उनके मुख से टपक रहा था, क्या करुणा के हृदय से कभी विस्मृत हो सकता था? उनका स्मरण आते ही करुणा के निस्तेज मुख पर आत्मगौरव की लालिमा छा गयी। यही वह आलम्बन था, जिसने इन तीन वर्षों की घोर यातनाओं में भी उसके हृदय को आश्वासन दिया था। कितनी ही रातें फाकों से गुजरीं, बहुधा घर में दीपक जलने की नौबत भी न आती थी; पर दीनता के आँसू कभी उसकी आँखों से न गिरे। आज उन सारी विपत्तियों का अन्त हो जायगा! पति के प्रगाढ़ आलिंगन में वह सब कुछ हँसकर झेल लेगी। वह अनन्त निधि पाकर फिर उसे कोई अभिलाषा न रहेगी।

गगन-पथ का चिरगामी पथिक लपका हुआ विश्राम की ओर चला जाता था, जहाँ सन्ध्या ने सुनहरी फ़र्श सजाया था और उज्ज्वल पुष्पों की सेज बिछा रखी थी। उसी समय करुणा को एक आदमी लाठी टेकता आता दिखाई दिया, मानो किसी जीर्ण मनुष्य की वेदना-ध्वनि हो। पग-पग पर रुककर खाँसने लगता था। उसका सिर झुका हुआ था; करुणा उसका चेहरा न देख सकती थी; लेकिन चाल-ढाल से कोई बूढ़ा आदमी मालूम होता था, पर एक क्षण में जब वह समीप आ गया, तो करुणा उसे पहचान गयी। वह उसका प्यारा पति ही था; किन्तु शोक। उसकी सूरत कितनी बदल गयी थी। वह जवानी, वह तेज, वह चपलता, वह सुगठन सब प्रस्थान कर चुका था। केवल हड्डियों का एक ढाँचा रह गया था। न कोई संगी, न साथी, न यार, न दोस्त। करुणा उसे पहचानते ही बाहर निकल आयी, पर आलिंगन की कामना हृदय में दब कर रह गयी। सारे मंसूबे धूल में मिल गए। सारा मनोल्लास आँसुओं के प्रवाह में बह गया, विलीन हो गया।

आदित्य ने घर में कदम रखते ही मुसकिराकर करुणा को देखा। पर उस मुसकान में वेदना का एक संसार भरा हुआ था। करुणा ऐसी शिथिल हो गयी, मानो हृदय का स्पन्दन रुक गया हो। वह फटी हुई आँखों से स्वामी की ओर टकटकी बाँधे खड़ी थी, मानो उसे अपनी आँखों पर अब भी विश्वास न आता हो। स्वागत या दुख का एक शब्द भी उसके मुँह

से न निकला। बालक भी उसकी गोद में बैठा हुआ सहमी आँखों से इस कंकाल को देख रहा था और माता की गोद में चिपटा जाता था।

आखिर उसने कातर स्वर में कहा—यह तुम्हारी क्या दशा है? बिल्कुल पहचाने नहीं जाते।

आदित्य ने उसकी चिन्ता को शान्त करने के लिए मुसकिराने की चेष्टा करके कहा—कुछ नहीं, जरा दुबला हो गया हूँ। तुम्हारे हाथों का भोजन पाकर फिर स्वस्थ हो जाऊँगा।

करुणा—छी! सूखकर काँटा हो गए। क्या वहाँ भरपेट भोजन भी नहीं मिलता! तुम कहते थे, राजनैतिक आदमियों के साथ बड़ा अच्छा व्यवहार किया जाता है, और वह तुम्हारे साथी क्या हो गए, जो तुम्हें आठों पहर घेरे रहते थे और तुम्हारे पसीने की जगह खून बहाने को तैयार रहते थे।

आदित्य की त्यौरियों पर बल पड़ गए। बोले—यह बड़ा ही कटु अनुभव है करुणा। मुझे न मालूम था कि मेरे कैद होते ही लोग मेरी ओर से यों आँखें फेर लेंगे, कोई बात भी न पूछेगा। राष्ट्र के नाम पर मिटनेवालों का यही पुरस्कार है, यह मुझे न मालूम था। जनता अपने सेवकों को बहुत जल्द भूल जाती है, यह तो मैं जानता था; लेकिन अपने सहयोगी और सहायक इतने बेवफा होते हैं, इसका मुझे यह पहला ही अनुभव हुआ; लेकिन मुझे किसी से शिकायत नहीं। सेवा स्वयं अपना पुरस्कार है। मेरी भूल थी कि मैं इसके लिए यश और नाम चाहता था।

करुणा—तो क्या वहाँ भोजन भी न मिलता था?

आदित्य—यह न पूछो करुणा, बड़ी करुण कथा है। बस यही गनीमत समझो की जीता लौट आया। तुम्हारे दर्शन बदे थे; नहीं कष्ट तो ऐसे-ऐसे उठाये कि अब तक मुझे प्रस्थान कर जाना चाहिए था। मैं जरा लेटूँगा। खड़ा नहीं रहा जाता। दिन भर में इतनी दूर आया हूँ।

करुणा—चलकर कुछ खा लो; आराम से लेटो। (बालक को गोद में उठाकर) बाबू जी हैं बेटा, तुम्हारे बाबू जी। इनकी गोद में जाओ तुम्हें प्यार करेंगे।

आदित्य ने आँसू-भरी आँखों से बालक को देखा और उनका एक-एक रोम उनका तिरस्कार करने लगा। अपनी जीर्ण दशा पर उन्हें कभी

इतना दुःख न हुआ था। ईश्वर की असीम दया से यदि उनकी दशा सँभल जाती, तो वह फिर कभी राष्ट्रीय आन्दोलनों के समीप न जाते। इस फूल-से बच्चे को यों संसार में लाकर दरिद्रता और दीनता की आग में झोंकने का उन्हें क्या अधिकार था? वह अब लक्ष्मी की उपासना करेंगे; और अपना क्षुद्र जीवन बच्चे के लालन-पालन के लिए अर्पित कर देंगे। उन्हें उस समय ऐसा ज्ञात हुआ कि बालक उन्हें उपेक्षा की दृष्टि से देख रहा है; मानो कह रहा है—'मेरे साथ आपने अपना कौन-सा कर्तव्य पालन किया?' उनकी सारी कामना, सारा प्यार बालक को हृदय से लगा लेने के लिए अधीर हो उठा; पर हाथ फैला न सके। हाथों में शक्ति ही न थी।

करुणा बालक को लिये हुए उठी, और थाली में कुछ भोजन निकालकर लायी। आदित्य ने क्षुधा-पूर्ण नेत्रों से थाली की ओर देखा, मानो आज बहुत दिनों के बाद कोई खाने की चीज सामने आयी है। जानता था कि कई दिनों के उपवास के बाद और आरोग्य की इस गयी-गुजरी दशा में उसे जबान को काबू में रखना चाहिए; पर सब्र न कर सका; थाली पर टूट पड़ा और देखते-देखते थाली साफ कर दी। करुणा सशंक हो गयी। उसने दोबारा किसी चीज के लिए न पूछा। थाली उठाकर चली गयी, पर उसका दिल कह रहा था—इतना तो यह कभी न खाते थे।

करुणा बच्चे को कुछ खिला रही थी कि एकाएक कानों में आवाज आयी—करुणा!

करुणा ने आकर पूछा—क्या तुमने मुझे पुकारा है?

आदित्य का चेहरा पीला पड़ गया था, और साँस जोर-जोर से चल रही थी। हाथों के सहारे वहीं टाट पर लेट गए थे। करुणा उनकी यह हालत देख कर घबड़ा गयी। बोली—जाकर किसी वैद को बुला लाऊँ?

आदित्य ने हाथ के इशारे से उसे मना करके कहा—व्यर्थ है करुणा! अब तुमसे छिपाना व्यर्थ है, मुझे सिल हो गया है। कई बार मरते-मरते बच गया हूँ। तुम लोगों के दर्शन बदे थे। इसलिए प्राण न निकलते थे। देखो प्रिये, रोओ मत।

करुणा ने सिसकियों को दबाते हुए कहा—मैं वैद जी को लेकर अभी आती हूँ।

आदित्य ने फिर सिर हिलाया—नहीं करुणा, केवल मेरे पास बैठी

रहो। अब किसी से कोई आशा नहीं है। डॉक्टरों ने जवाब दे दिया है। मुझे तो यही आश्चर्य है कि यहाँ पहुँच कैसे गया। न जाने कौन-सी दैवी शक्ति मुझे वहाँ से खींच लायी। कदाचित् यह इस बुझते हुए दीपक की अन्तिम झलक थी। आह! मैंने तुम्हारे साथ बड़ा अन्याय किया। इसका मुझे हमेशा दु:ख रहेगा। मैं तुम्हें कोई आराम न दे सका। तुम्हारे लिए कुछ न कर सका। केवल सोहाग का दाग लगाकर और एक बालक के पालन का भार छोड़कर चला जा रहा हूँ। आह!

करुणा ने हृदय को दृढ़ करके कहा—तुम्हें कहीं दर्द तो नहीं हो रहा है? आग बना लाऊँ। कुछ बताते क्यों नहीं?

आदित्य ने करवट बदलकर कहा—कुछ करने की जरूरत नहीं प्रिये! कहीं दर्द नहीं। बस, ऐसा मालूम हो रहा है कि दिल बैठा जाता है, जैसे पानी में डूबा जाता हूँ। जीवन की लीला समाप्त हो रही है। दीपक को बुझते हुए देख रहा हूँ। कह नहीं सकता, कब आवाज बन्द हो जाय। जो कुछ कहना है, वह कह डालना चाहता हूँ। क्यों वह लालसा ले जाऊँ? मेरे एक प्रश्न का जवाब दोगी, पूछूँ?

करुणा के मन की सारी दुर्बलता, सारा शोक, सारी वेदना मानो लुप्त हो गयी, और उनकी जगह उस आत्म-बल का उदय हुआ, जो मृत्यु पर हँसता है, और विपत्ति के साँपों से खेलता है। रत्न-जटित, मखमली म्यान में जैसे तेज तलवार छिपी रहती है, जल के कोमल प्रवाह में जैसे असीम शक्ति छिपी रहती है, वैसे ही रमणी का कोमल हृदय साहस और धैर्य को अपने गोद में छिपाये रहता है। क्रोध जैसे तलवार को बाहर खींच लेता है, विज्ञान जैसे जल-शक्ति का उद्‌घाटन कर लेता है, वैसे ही प्रेम रमणी के साहस और धैर्य को प्रदीप्त कर देता है।

करुणा ने पति के सिर पर हाथ रखते हुए कहा—पूछते क्यों नहीं प्यारे!

आदित्य ने करुणा के हाथों के कोमल स्पर्श का अनुभव करते हुए कहा—तुम्हारे विचार में मेरा जीवन कैसा था। बधाई के योग्य? देखो, तुमने मुझसे कभी परदा नहीं रक्खा। इस समय भी स्पष्ट ही कहना। तुम्हारे विचार में मुझे अपने जीवन पर हँसना चाहिये या रोना चाहिये?

करुणा ने उल्लास के साथ कहा—यह प्रश्न क्यों करते हो प्रियतम?

क्या मैंने तुम्हारी कभी उपेक्षा की है? तुम्हारा जीवन देवताओं का-सा जीवन था, नि:स्वार्थ, निर्लिप्त और आदर्श! विघ्न-बाधाओं से तंग आकर मैंने तुम्हें कितनी ही बार संसार की ओर खींचने की चेष्टा की है; पर उस समय भी मैं मन में जानती थी कि मैं तुम्हें ऊँचे आसन से गिरा रही हूँ। अगर तुम माया-मोह में फँसे होते, कदाचित् मेरे मन को अधिक सन्तोष होता; लेकिन मेरी आत्मा को वह गर्व और उल्लास न होता, जो इस समय हो रहा है। मैं अगर किसी को बड़े-से-बड़ा आशीर्वाद दे सकती हूँ, तो वह यही होगा कि उसका जीवन तुम्हारे जैसा हो।

यह कहते-कहते करुणा का आभाहीन मुखमण्डल ज्योतिर्मय हो गया, मानो उसकी आत्मा दिव्य हो गयी हो। आदित्य ने सगर्व नेत्रों से करुणा को देखकर कहा—बस, अब मुझे सन्तोष हो गया करुणा, इस बच्चे की ओर से मुझे कोई शंका नहीं है। मैं उसे इससे अधिक कुशल हाथों में नहीं छोड़ सकता। मुझे विश्वास है कि जीवन का यह ऊँचा और पवित्र आदर्श सदैव तुम्हारे सामने रहेगा। अब मैं मरने को तैयार हूँ।

2

सात वर्ष बीत गए।

बालक प्रकाश अब दस साल का रूपवान, बलिष्ठ, प्रसन्नमुख कुमार था, बला का तेज, साहसी और मनस्वी। भय तो उसे छू भी नहीं गया था। करुणा का सन्तप्त हृदय उसे देखकर शीतल हो जाता। संसार करुणा को अभागिनी और दीन समझे। वह कभी भाग्य का रोना नहीं रोती। उसने उन आभूषणों को बेच डाला, जो पति के जीवन में उसे प्राणों से भी प्रिय थे, और उस धन से कुछ गायें और भैंसें मोल लीं। वह कृषक की बेटी थी, और गो-पालन उसके लिए कोई नया व्यवसाय न था। इसी को उसने अपनी जीविका का साधन बनाया। विशुद्ध दूध कहाँ मयस्सर होता है? सब दूध हाथों-हाथ बिक जाता। करुणा को पहर रात से पहर रात तक काम में लगा रहना पड़ता; पर वह प्रसन्न थी। उसके मुख पर निराशा या दीनता की छाया नहीं, संकल्प और साहस का तेज है। उसके एक-एक अंग से आत्म-गौरव की ज्योति-सी निकल रही है; आँखों में एक दिव्य प्रकाश है—गम्भीर, अथाह और असीम। सारी वेदनाएँ—वैधव्य का शोक

और विधि का निर्दय प्रहार—सब उस प्रकाश की गहराई में विलीन हो गया है। प्रकाश पर वह जान देती है। उसका आनन्द, उसकी अभिलाषा, उसका संसार, उसका स्वर्ग, सब प्रकाश पर न्योछावर है; पर यह मजाल नहीं कि प्रकाश कोई शरारत करे और करुणा आँखें बन्द कर ले। नहीं, वह उसके चरित्र की बड़ी कठोरता से देखभाल करती है। वह प्रकाश की माँ ही नहीं, माँ-बाप दोनों है। उसके पुत्र-स्नेह में माता की ममता के साथ पिता की कठोरता भी मिली हुई है। पति के अन्तिम शब्द अभी तक उसके कानों में गूँज रहे हैं। वह आत्मोल्लास जो उनके चेहरे पर झलकने लगा था, वह गर्वमयी लाली जो उनकी आँखों में छा गयी थी, अभी तक उसकी आँखों में फिर रही है। निरन्तर पति-चिन्तन ने आदित्य को उसकी आँखों में प्रत्यक्ष कर दिया है। वह सदैव उनकी उपस्थिति का अनुभव किया करती है। उसे ऐसा जान पड़ता है कि आदित्य की आत्मा सदैव उसकी रक्षा करती रहती है। उसकी यही हार्दिक आभिलाषा है कि प्रकाश जवान होकर पिता का पदगामी हो।

सन्ध्या हो गयी थी। एक भिखारिन द्वार पर आकर भीख माँगने लगी। करुणा उस समय गउओं को सानी दे रही थी। प्रकाश बाहर खेल रहा था। बालक ही तो! शरारत सूझी! घर में गया, और कटोरे में थोड़ा-सा भूसा लेकर बाहर निकला। भिखारिन ने अपनी झोली फैला दी। प्रकाश ने भूसा उसकी झोली में डाल दिया और जोर-जोर से तालियाँ बजाता हुआ भागा।

भिखारिन ने अग्निमय नेत्रों से देखकर कहा—वाह रे लाड़ले! मुझसे हँसी करने चला है! यही माँ-बाप ने सिखाया है! तब तो खूब कुल का नाम जगाओगे!

करुणा उसकी बोल सुनकर बाहर निकल आयी, और पूछा—क्या है माता? किसे कह रही हो?

भिखारिन ने प्रकाश की तरफ इशारा करके कहा—वह तुम्हारा लड़का है न। देखो, कटोरे में भूसा भरकर मेरी झोली में डाल गया है। चुटकी-भर आटा था, वह भी मिट्टी में मिल गया। कोई इस तरह दुखियों को सताता है? सबके दिन एक से नहीं रहते। आदमी को घमण्ड न करना चाहिए।

करुणा ने कठोर स्वर में पुकारा—प्रकाश!

प्रकाश लज्जित न हुआ। अभिमान से सिर उठाये हुए आया और बोला—यह हमारे घर भीख माँगने क्यों आयी है। कुछ काम क्यों नहीं करती?

करुणा ने उसे समझाने की चेष्टा करके कहा—शर्म तो नहीं आती, उलटे और आँखें दिखाते हो।

प्रकाश—शर्म क्यों आये? यह क्यों रोज भीख माँगने आती है? हमारे यहाँ क्या कोई चीज मुफ्त आती है!

करुणा—तुम्हें कुछ न देना था तो सीधे से कह देते, जाओ। तुमने यह शरारत क्यों की?

प्रकाश—उसकी आदत कैसे छूटती?

करुणा ने बिगड़कर कहा—तुम अब पिटोगे, मेरे हाथों।

प्रकाश—पिटुँगा क्यों, आप जबरदस्ती पीटेंगी? दूसरे मुल्कों में अगर कोई भीख माँगे, तो कैद कर लिया जाय। यह नहीं कि उलटे भिखमंगों को और शह दिया जाय।

करुणा—जो अपंग है, वह कैसे काम करे?

प्रकाश—तो जाकर डूब मरे, जिन्दा क्यों रहती है।

करुणा निरुत्तर हो गयी। बुढ़िया को तो उसने आटा-दाल देकर बिदा किया; किन्तु प्रकाश का कुतर्क उसके हृदय में फोड़े के समान टीसता रहा। इसने यह घृष्टता, यह अविनय कहाँ सीखा। रात को भी उसे बार-बार यही खयाल सताता रहा।

आधी रात के समीप एकाएक प्रकाश की नींद टूटी, तो देखा। लालटेन जल रही है और करुणा बैठी रो रही है। उठ बैठा और बोला—अम्माँ, अभी तुम सोई नहीं?

करुणा ने मुँह फेरकर कहा—नींद नहीं आयी। तुम कैसे जाग गए? प्यास तो नहीं लगी है?

प्रकाश—नहीं अम्माँ, न जाने क्यों आँख खुल गयी। मुझसे आज बड़ा अपराध हुआ अम्माँ—

करुणा ने उसके मुख की ओर स्नेह के नेत्रों से देखा।

प्रकाश—मैंने आज बुढ़िया के साथ बड़ी नटखटी की। मुझे क्षमा करो। फिर कभी ऐसी शरारत न करूँगा।

यह कहकर वह रोने लगा। करुणा ने स्नेहार्द्र होकर उसे गले लगा लिया और उसके कपोलों का चुम्बन करके बोली—बेटा, मुझे खुश करने के लिए यह कह रहे हो; या तुम्हारे मन में सचमुच पछतावा हो रहा है?

प्रकाश ने सिसकते हुए कहा—नहीं अम्माँ, मुझे दिल से अफसोस हो रहा है। अबकी वह बुढ़िया आयेगी, तो मैं उसे बहुत से पैसे दूँगा।

करुणा का हृदय मतवाला हो गया। ऐसा जान पड़ा, आदित्य सामने खड़े बच्चे को आशीर्वाद दे रहे हैं और कह रहे हैं, करुणा, क्षोभ मत कर! प्रकाश अपने पिता का नाम रोशन करेगा। तेरी सम्पूर्ण कामनाएँ पूरी हो जायेंगी।

3

लेकिन प्रकाश के कर्म और वचन में मेल न था, और दिनों के साथ उसके चरित्र का यह अंग प्रत्यक्ष होता जाता था। जहीन था ही, विश्वविद्यालय से उसे वजीफे मिलते थे, करुणा भी उसकी यथेष्ट सहायता करती रहती थी, फिर भी उसका खर्च पूरा न पड़ता था। यह मितव्ययिता और सरल जीवन पर विद्वत्ता से भरे हुए व्याख्यान दे सकता था; पर उसका रहन-सहन फैशन के अँधभक्तों से जौ भर भी घट कर न था। प्रदर्शन की धुन हमेशा सवार रहती थी। उसके मन और बुद्धि में निरन्तर द्वन्द्व होता रहता था। मन जाति की ओर था, बुद्धि अपनी ओर। बुद्धि मन को दबाये रखती थी। उसके सामने मन की एक न चलती थी। जाति-सेवा ऊसर की खेती है, वहाँ बड़े-से-बड़ा उपहार जो मिल सकता है, वह है गौरव और यश; पर वह भी स्थायी नहीं, इतना अस्थिर कि एक क्षण में जीवन भर की कमाई पर पानी फिर सकता है। अतएव उसका अन्त:करण अनिवार्य वेग के साथ विलासमय जीवन की ओर झुकता था। यहाँ तक कि धीरे-धीरे उसे त्याग और निग्रह से घृणा होने लगी। वह दुरवस्था और दरिद्रता को हेय समझता था। उसके हृदय न था, भाव न थे, केवल मस्तिष्क था। मस्तिष्क में दर्द कहाँ, दया कहाँ! वहाँ तो तर्क है, हौसला है, मंसूबे हैं।

सिंध में बाढ़ आयी। हजारों आदमी तबाह हो गए। विद्यालय ने वहाँ

एक सेवा समिति भेजी। प्रकाश के मन में द्वन्द्व होने लगा—जाऊँ या न जाऊँ। इतने दिनों अगर वह परीक्षा की तैयारी करे तो प्रथम श्रेणी में पास हो। चलते समय उसने बीमारी का बहाना कर दिया। करुणा ने लिखा, तुम सिंध न गए, इसका मुझे खेद है। तुम बीमार रहते हुए भी वहाँ जा सकते थे। समिति में चिकित्सक भी तो थे! प्रकाश ने पत्र का उत्तर न दिया।

उड़ीसा में अकाल पड़ा। प्रजा मक्खियों की तरह मरने लगी। काँग्रेस ने पीड़ितों के लिए मिशन तैयार किया। उन्हीं दिनों विद्यालय ने इतिहास के छात्रों को ऐतिहासिक खोज के लिए लंका भेजने का निश्चय किया। करुणा ने प्रकाश को लिखा—तुम उड़ीसा जाओ, किन्तु प्रकाश लंका जाने को लालायित था। वह कई दिन इसी दुविधा में रहा। अन्त को सीलोन ने उड़ीसा पर विजय पायी। करुणा ने अबकी उसे कुछ न लिखा। चुपचाप रोती रही।

सीलोन से लौटकर प्रकाश छुट्टियों में घर गया। करुणा उससे खिंची-खिंची रही। प्रकाश मन में लज्जित हुआ और संकल्प किया कि अबकी कोई अवसर आया, तो अम्माँ को अवश्य प्रसन्न करूँगा। यह निश्चय करके वह विद्यालय लौटा। लेकिन यहाँ आते ही फिर परीक्षा की फिक्र सवार हो गयी। यहाँ तक कि परीक्षा के दिन आ गए; मगर इम्तहान से फुरसत पाकर भी प्रकाश घर न गया। विद्यालय के एक अध्यापक काश्मीर सैर करने जा रहे थे। प्रकाश उन्हीं के साथ काश्मीर चल खड़ा हुआ। जब परीक्षा-फल निकले और प्रकाश प्रथम आया, तब उसे घर की याद आयी। उसने तुरन्त करुणा को पत्र लिखा, और अपने आने की सूचना दी। माता को प्रसन्न करने के लिए उसने दो-चार शब्द जाति-सेवा के विषय में भी लिखे—अब मैं आपकी आज्ञा का पालन करने को तैयार हूँ। मैंने शिक्षा-सम्बन्धी कार्य करने का निश्चय किया है। इसी विचार से मैंने यह विशिष्ट स्थान प्राप्त किया है। हमारे नेता भी तो विद्यालयों के आचार्यों ही का सम्मान करते हैं—अभी तक इन उपाधियों के मोह से मुक्त नहीं हुए हैं। यह उपाधि लेकर वास्तव में मैंने अपने सेवा-मार्ग से एक बाधा हटा दी है। हमारे नेता भी योग्यता, सदुत्साह, लगन का उतना सम्मान नहीं करते, जितना उपाधियों का! अब सब मेरी इज्जत करेंगे, और जिम्मेदारी का काम सौंपेंगे, जो पहले माँगे भी न मिलता।

करुणा की आस फिर बँधी।

4

विद्यालय खुलते ही प्रकाश के नाम रजिस्ट्री का पत्र पहुँचा। उन्होंने प्रकाश को इंगलैंड जाकर विद्याभ्यास करने के लिए सरकार ने वजीफे की मंजूरी की सूचना दी थी। प्रकाश पत्र हाथ में लिये हर्ष के उन्माद में जाकर माँ से बोला—अम्माँ, इंगलैंड जाकर पढ़ने के लिए सरकारी वजीफा मिल गया।

करुणा ने उदासीन भाव से पूछा—तो तुम्हारा क्या इरादा है?

प्रकाश—मेरा इरादा? ऐसा अवसर पाकर भला कौन छोड़ता है!

करुणा—तुम तो स्वयंसेवकों में भरती होने जा रहे थे?

प्रकाश—तो क्या आप समझती हैं, स्वयंसेवक बन जाना ही जाति-सेवा है? मैं इंग्लैंड से आकर भी तो सेवा-कार्य कर सकता हूँ, और अम्माँ सच पूछो, तो एक मैजिस्ट्रेट अपने देश का जितना उपकार कर सकता है, उतना एक हजार स्वयंसेवक मिलकर भी नहीं कर सकते। मैं तो सिविल सर्विस की परीक्षा में बैठूँगा, और मुझे विश्वास है कि सफल हो जाऊँगा।

करुणा ने चकित होकर पूछा—तो क्या तुम मैजिस्ट्रेट हो जाओगे?

प्रकाश—सेवा-भाव रखने वाला एक मैजिस्ट्रेट काँग्रेस के एक हजार सभापतियों से ज़्यादा उपकार कर सकता है। अखबारों में उसकी लम्बी-लम्बी तारीफें न छपेंगी, उसकी वक्तृताओं पर तालियाँ न बजेंगी, जनता उसके जुलूस की गाड़ी न खींचेगी, और न विद्यालयों के छात्र उसको अभिनन्दन-पत्र देंगे; पर सच्ची सेवा मैजिस्ट्रेट ही कर सकता है।

करुणा ने आपत्ति के भाव से कहा—लेकिन यही मैजिस्ट्रेट जो जाति के सेवकों को सजाएँ देते हैं, उन पर गोलियाँ चलाते हैं?

प्रकाश—अगर मैजिस्ट्रेट के हृदय में परोपकार का भाव है तो वह नरमी से वही काम कर सकता है, जो दूसरे गोलियाँ चलाकर भी नहीं कर सकते।

करुणा—मैं यह न मानूँगी। सरकार अपने नौकरों को इतनी स्वाधीनता नहीं देती। वह एक नीति बना देती है, और हर एक सरकारी नौकर को उसका पालन करना पड़ता है! सरकार की पहली नीति यह है कि वह दिन-दिन अधिक संगठित और दृढ़ हो। इसके लिए स्वाधीनता के भावों का दमन करना जरूरी है, अगर कोई मैजिस्ट्रेट इस नीति के विरुद्ध

काम करता है, तो वह मैजिस्ट्रेट न रहेगा। वह हिन्दुस्तानी मैजिस्ट्रेट था, जिसने तुम्हारे बाबू जी को जरा सी बात पर तीन साल की सजा दे दी। इस सजा ने उनके प्राण लिये। बेटा, मेरी इतनी बात मानो। सरकारी पदों पर न गिरो। मुझे यह मंजूर है कि तुम मोटा खाकर और मोटा पहनकर अपने देश की कुछ सेवा करो इसके बदले कि तुम हाकिम बन जाओ; और शान से जीवन बिताओ। यह समझ लो कि जिस दिन तुम हाकिम की कुरसी पर बैठोगे, उस दिन से तुम्हारा दिमाग हाकिमों का-सा हो जायगा। तुम यही चाहोगे कि अफसरों में तुम्हारी नेकनामी और तरक्की हो। एक गँवारूँ मिसाल लो। लड़की जब तक मैके में क्वाँरी रहती है, वह अपने को उसी घर का समझती है; लेकिन जिस दिन ससुराल चली जाती है, वह अपने घर को दूसरों का घर समझने लगती है। माँ-बाप, भाई-बन्द सब वही रहते हैं; लेकिन वह घर अपना नहीं रहता। यही दुनिया का दस्तूर है।

प्रकाश ने खीझकर कहा—तो क्या आप यही चाहती हैं कि मैं जिन्दगी भर चारों तरफ ठोकरें खाता फिरूँ?

करुणा कठोर नेत्रों से देखकर बोली—अगर ठोकर खाकर आत्मा स्वाधीन रह सकती है, तो मैं कहूँगी, ठोकर खाना अच्छा है!

प्रकाश ने निश्चयात्मक भाव से पूछा—तो आपकी यही इच्छा है?

करुणा ने उसी स्वर में उत्तर दिया—हाँ, मेरी यही इच्छा है।

प्रकाश ने कुछ जवाब न दिया। उठकर बाहर चला गया, और तुरन्त रजिस्ट्रार को इनकारी-पत्र लिख भेजा, मगर उसी क्षण से मानो उसके सिर पर विपत्ति ने आसन जमा लिया। विरक्त और विमन अपने कमरे में पड़ा रहता, न कहीं घूमने जाता, न किसी से मिलता। मुँह लटकाये भीतर आता दो-चार कौर खाता, और फिर बाहर चला जाता, यहाँ तक कि एक महीना गुजर गया। न चेहरे पर वह लाली रही, न वह ओज; आँखें अनाथों के मुख की भाँति याचना से भरी हुईं, ओठ हँसना भूल गए, मानो उस इनकारी-पत्र के साथ उसकी सारी सजीवता, सारी चपलता, सारी सरसता बिदा हो गयी। करुणा उसके मनोभाव समझती थी, और उसके शोक को भुलाने की चेष्टा करती थी; पर रूठे देवता प्रसन्न न होते थे।

आखिर एक दिन उसने प्रकाश से कहा—बेटा, अगर तुमने विलायत जाने को ठान ली है, तो चले जाओ। मैं मना न करूँगी। मुझे खेद है कि मैंने तुम्हें रोका। अगर मैं जानती कि तुम्हें इतना आघात पहुँचेगा, तो कभी

न रोकती। मैंने तो केवल एक विचार से रोका था कि तुम्हें जाति-सेवा में मग्न देखकर तुम्हारे बाबू जी की आत्मा प्रसन्न होगी। उन्होंने चलते समय यह वसीयत की थी।

प्रकाश ने रुखाई से जवाब दिया—अब क्या जाऊँगा। इनकारी-ख़त लिख चुका। मेरे लिए कोई अब तक बैठा थोड़े ही होगा। कोई दूसरा लड़का चुन लिया गया होगा। और फिर करना ही क्या है। जब आपकी मर्जी है कि गाँव-गाँव की खाक छानता फिरूँ, तो वही सही।

करुणा का गर्व चूर-चूर हो गया। इस अनुमति से उसने बाधा का काम लेना चाहा था; पर सफल न हुई। बोली—अभी न चुना गया होगा। लिख दो, मैं जाने को तैयार हूँ।

प्रकाश ने झुँझलाकर कहा—अब कुछ नहीं हो सकता। लोग हँसी उड़ायेंगे। मैंने तय कर लिया है कि जीवन को आपकी इच्छा के अनुकूल बनाऊँगा?

करुणा—तुमने अगर शुद्ध मन से यह इरादा किया होता, तो यों न रहते। तुम मुझसे सत्याग्रह कर रहे हो; अगर मन को दबाकर, मुझे अपनी राह का काँटा समझकर, तुमने मेरी इच्छा पूरी भी की, तो क्या। मैं तो जब जानती कि तुम्हारे मन में आप-ही-आप सेवा का भाव उत्पन्न होता। तुम आज ही रजिस्ट्रार साहब को पत्र लिख दो।

प्रकाश—अब नहीं लिख सकता।

'तो इसी शोक में तने बैठे रहोगे?'

'लाचारी है।'

करुणा ने कुछ और न कहा। जरा देर में प्रकाश ने देखा कि वह कहीं जा रही है; मगर वह कुछ बोला नहीं। करुणा के लिए बाहर आना-जाना कोई असाधारण बात न थी; लेकिन जब सन्ध्या हो गयी, और करुणा न आयी, तो प्रकाश को चिन्ता होने लगी। अम्माँ कहाँ गयीं? यह प्रश्न बार-बार उसके मन में उठने लगा।

प्रकाश सारी रात द्वार पर बैठा रहा। भाँति-भाँति की शंकाएँ मन में उठने लगीं। उसे अब याद आया, चलते समय करुणा कितनी उदास थी, उसकी आँखें कितनी लाल थीं। यह बातें प्रकाश को उस समय क्यों न नजर आयीं? वह क्या स्वार्थ में अन्धा हो गया था?

हाँ अब प्रकाश को याद आया—माता ने साफ-सुथरे कपड़े पहने थे। उसके हाथ में छतरी भी थी, तो क्या वह कहीं बहुत दूर गयी हैं? किससे पूछे? अनिष्ट के भय से प्रकाश रोने लगा।

श्रावण की अँधेरी, भयानक रात थी। आकाश में श्याम मेघमालाएँ भीषण स्वप्न की भाँति छाई हुई थीं। प्रकाश रह रहकर आकाश की ओर देखता था, मानो करुणा उन्हीं मेघमालाओं में छिपी बैठी है। उसने निश्चय किया, सबेरा होते ही माँ को खोजने चलूँगा और अगर . . .

किसी ने द्वार खटखटाया। प्रकाश ने दौड़कर खोला, तो देखा, करुणा खड़ी है! उसका मुख-मंडल इतना खोया हुआ, इतना करुणा था, जैसे आज ही उसका सोहाग उठ गया है, जैसे अब संसार में उसके लिए कुछ नहीं रहा, जैसे वह नदी के किनारे खड़ी अपनी लदी हुई नाव को डूबती देख रही है और कुछ कर नहीं सकती।

प्रकाश ने अधीर होकर पूछा—अम्माँ, कहीं चली गयी थीं? बहुत देर लगाई?

करुणा ने भूमि की ओर ताकते हुए जवाब दिया—एक काम से गयी थी। देर हो गयी।

यह कहते हुए उसने प्रकाश के सामने एक बन्द लिफाफा फेंक दिया। प्रकाश ने उत्सुक होकर लिफाफा उठा लिया। ऊपर ही विद्यालय की मुहर थी। तुरन्त ही लिफाफा खोलकर पढ़ा। हलकी-सी लालिमा चेहरे पर दौड़ गयी। पूछा—यह तुम्हें कहाँ मिल गया अम्माँ?

करुणा—तुम्हारे रजिस्ट्रार के पास से लायी हूँ।

'क्या तुम वहाँ चली गयी थीं?'

'और क्या करती।'

'कल तो गाड़ी का समय न था?'

'मोटर ले ली थी!'

प्रकाश एक क्षण तक मौन खड़ा रहा। फिर कुण्ठित स्वर में बोला—जब तुम्हारी इच्छा नहीं है, तो क्यों मुझे भेज रही हो?

करुणा ने विरक्त भाव से कहा—इसलिए कि तुम्हारी जाने की इच्छा है। तुम्हारा यह मलिन वेश नहीं देखा जाता। अपने जीवन के बीस वर्ष तुम्हारी हित-कामना पर अर्पित कर दिये; अब तुम्हारी महत्वाकांक्षा

की हत्या नहीं कर सकती। तुम्हारी यात्रा सफल हो, यही मेरी हार्दिक अभिलाषा है।

करुणा का कण्ठ रुँध गया और कुछ न कह सकी।

5

प्रकाश उसी दिन से यात्रा की तैयारियाँ करने लगा। करुणा के पास जो कुछ था, वह सब खर्च हो गया। कुछ ऋण भी लेना पड़ा। नये सूट बने, सूटकेस लिये गए। प्रकाश अपनी धुन में मस्त था। कभी किसी चीज की फरमाइश लेकर आता, कभी किसी चीज की।

करुणा इस एक सप्ताह में कितनी दुर्बल हो गयी है, उसके बालों पर कितनी सफेदी आ गयी है, चेहरे पर कितनी झुर्रियाँ पड़ गयी हैं, यह उसे कुछ न नजर आता। उसकी आँखों में इंगलैंड के दृश्य समाये हुए थे। महत्वाकांक्षा आँखों पर परदा डाल देती है।

प्रस्थान का दिन आया। आज कई दिन के बाद धूप निकली थी। करुणा स्वामी के पुराने कपड़ों को बाहर निकाल रही थी। उनकी गाढ़े की चादरें, खद्दर के कुरते, पाजामे और लिहाफ अभी तक सन्दूक में संचित थे। प्रतिवर्ष वे धूप में सुखाये जाते और झाड़-पोंछकर रख दिये जाते थे। करुणा ने आज फिर उन कपड़ों को निकाला, मगर सुखाकर रखने के लिए नहीं, गरीबों को बाँट देने के लिए। वह आज पति से नाराज है। वह लुटिया, डोर और घड़ी जो आदित्य की चिरसंगिनी थीं और जिनकी आज बीस वर्ष से करुणा ने उपासना की थी, आज निकालकर आँगन में फेंक दी गयीं; वह झोली जो बरसों आदित्य के कन्धों पर आरूढ़ रह चुकी थी, आज कूड़े में डाल दी गयी; वह चित्र जिसके सामने आज बीस वर्ष से करुणा सिर झुकाती थी, आज बड़ी निर्दयता से भूमि पर डाल दिया गया। पति का कोई स्मृति-चिह्न वह अब अपने घर में नहीं रखना चाहती। उसका अन्तःकरण शोक और निराशा से विदीर्ण हो गया है, और पति के सिवा वह किस पर क्रोध उतारे? कौन उसका अपना है? वह किससे अपनी व्यथा कहे? किसे अपनी छाती चीरकर दिखाये? वह होते तो क्या आज प्रकाश दासता की जंजीर गले में डालकर फूला न समाता! उसे कौन समझाये कि आदित्य भी इस अवसर पर पछताने के सिवा और कुछ

न कर सकते।

प्रकाश के मित्रों ने आज उसे विदाई का भोज दिया था। वहाँ से वह सन्ध्या समय कई मित्रों के साथ मोटर पर लौटा। सफर का सामान मोटर पर रख दिया गया। तब वह अन्दर जाकर माँ से बोला—अम्माँ, जाता हूँ। बम्बई पहुँचकर पत्र लिखूँगा। तुम्हें मेरी कसम, रोना मत, और मेरे ख़तों का जवाब बराबर देना।

जैसे किसी लाश को बाहर निकालते समय सम्बन्धियों का धैर्य छूट जाता है, रुके हुए आँसू निकल पड़ते हैं और शोक की तरंगें उठने लगती हैं, वही दशा करुणा की हुई। कलेजे में एक हाहाकार हुआ, जिसने उसकी दुर्बल आत्मा के एक-एक अणु को कँपा दिया। मालूम हुआ, पाँव पानी में फिसल गया है, और मैं लहरों में बही जा रही हूँ। उसके मुख से शोक या आशीर्वाद का एक शब्द भी न निकला। प्रकाश ने उसके चरण हुए, अश्रुजल से माता के चरणों को पखारा, फिर बाहर चला गया। करुणा पाषाण-मूर्ति की भाँति खड़ी थी।

सहसा ग्वाले ने आकर कहा—बहूजी, भइया चले गए! बहुत रोते थे।

तब करुणा की समाधि टूटी। देखा, सामने कोई नहीं है। घर में मृत्यु का-सा सन्नाटा छाया हुआ है, और मानो हृदय की गति बन्द हो गयी है।

सहसा करुणा की दृष्टि ऊपर उठ गयी। उसने देखा कि आदित्य अपनी गोद में प्रकाश की निर्जीव देह लिये खड़े रो रहे हैं। करुणा पछाड़ खाकर गिर पड़ी।

6

करुणा जीवित थी; पर संसार से उसका कोई नाता न था। उसका छोटा-सा संसार जिसे उसने अपनी कल्पनाओं के हृदय में रचा था, स्वप्न की भाँति अनन्त में विलीन हो गया था। जिस प्रकाश को सामने देखकर वह जीवन की अँधेरी रात में भी हृदय में आशाओं की सम्पत्ति लिये जी रही थी, वह बुझ गया और सम्पत्ति लुट गयी। अब न कोई आश्रय था, और न उसकी जरूरत। जिन गउओं को वह दोनों वक्त अपने हाथों से दाना-चारा देती और सहलाती थी, अब खूँटे पर बँधी निराश नेत्रों से द्वार की ओर

ताकती रहती थीं। बछड़ों को गले लगाकर चुमकारने वाला अब कोई न था। किसके लिए दूध दुहे, मस्का निकाले? खानेवाला कौन था? करुणा ने अपने छोटे-से संसार को अपने ही अन्दर समेट लिया था।

किन्तु एक ही सप्ताह में करुणा के जीवन ने फिर रंग बदला। उसका छोटा-सा संसार फैलते-फैलते विश्वव्यापी हो गया। जिस लंगर ने नौका को तट से एक केन्द्र पर बाँध रक्खा था, वह उखड़ गया। अब नौका सागर के अशेष विस्तार में भ्रमण करेगी, चाहे वह उद्दाम तरंगों के वक्ष में ही क्यों न विलीन हो जाय!

करुणा द्वार पर जा बैठती, और मुहल्ले भर के लड़कों को जमा करके दूध पिलाती। दोपहर तक मक्खन निकालती, और वह मक्खन मुहल्ले के लड़के खाते। फिर भाँति-भाँति के पकवान बनाती और कुत्तों को खिलाती। अब यही उसका नित्य का नियम हो गया। चिड़ियाँ, कुत्ते, बिल्लियाँ, चींटे-चींटियाँ सब अपने हो गए। प्रेम का वह द्वार अब किसी के लिए बन्द न था। उस अंगुल भर जगह में, जो प्रकाश के लिए भी काफी न थी, अब समस्त संसार समा गया।

एक दिन प्रकाश का पत्र आया। करुणा ने उसे उठाकर फेंक दिया। फिर थोड़ी देर के बाद उसे उठाकर फाड़ डाला, और चिड़ियों को दाना चुगाने लगी; मगर जब निशा-योगिनी ने अपनी धूनी जलाई, और वेदनाएँ उससे वरदान माँगने के लिए विकल हो-होकर चलीं, तो करुणा की मनोवेदना भी सजग हो उठी—प्रकाश का पत्र पढ़ने के लिए उसका मन व्याकुल हो उठा। उसने सोचा प्रकाश मेरा कौन है? मेरा उससे क्या प्रयोजन? हाँ, प्रकाश मेरा कौन है? हृदय ने उत्तर दिया; प्रकाश तेरा सर्वस्व है, वह तेरे उस अमर प्रेम की निशानी है, जिससे तू सदैव के लिए वंचित हो गयी। वह तेरे प्राणों का प्राण है, जीवन-दीपक का प्रकाश, तेरे संचित कामनाओं का माधुर्य, तेरे अश्रुजल में विहार करने वाला हास। करुणा उस पत्र के टुकड़ों को जमा करने लगी, मानो उसके प्राण बिखर गए हों। एक-एक टुकड़ा उसे अपने खोये हुए प्रेम का एक-एक पदचिह्न-सा मालूम होता था। जब सारे पुरजे जमा हो गए, तो करुणा दीपक के सामने बैठकर उन्हें जोड़ने लगी, जैसे कोई वियोगी हृदय प्रेम के टूटे हुए तारों को जोड़ रहा हो। हाय री ममता! वह अभागिनी सारी रात उन पुरजों को जोड़ने में लगी रही। पत्र दोनों ओर लिखा हुआ था,

इसलिए पुरजों को ठीक स्थान पर रखना और भी कठिन था। कोई शब्द, कोई वाक्य बीच में गायब हो जाता। उस एक टुकड़े को वह फिर खोजने लगती। सारी रात बीत गयी; पर, पत्र अभी अपूर्ण था।

दिन चढ़ आया, मुहल्ले के लौंडे मक्खन और दूध की चाट में एकत्र हो गए, कुत्तों और बिल्लियों का आगमन हुआ, चिड़ियाँ आ-आकर आँगन में फुदकने लगीं, कोई ओखली पर बैठी, कोई तुलसी के चौतरे पर; पर करुणा को सिर उठाने की फुरसत नहीं।

दोपहर हुआ। करुणा ने सिर न उठाया। न भूख थी, न प्यास थी। फिर सन्ध्या हो गयी; पर वह पत्र अभी तक अधूरा था। पत्र का आशय समझ में आ रहा था—प्रकाश का जहाज कहीं-से-कहीं जा रहा है। उसके हृदय में कुछ उठा हुआ है। क्या उठा हुआ है? पर करुणा न सोच सकी। प्यास से तड़पते हुए आदमी की प्यास क्या ओस से बुझ सकती है? करुणा पुत्र की लेखनी से निकले हुए एक-एक शब्द को पढ़ना और उसे अपने हृदय पर अंकित कर लेना चाहती थी।

इस भाँति तीन दिन गुजर गए! सन्ध्या हो गयी थी। तीन दिन की जगी आँखें ज़रा झपक गयीं। करुणा ने देखा, एक लम्बा-चौड़ा कमरा है; उसमें मेज़े और कुर्सियाँ लगी हुई हैं, बीच में एक ऊँचे मंच पर कोई आदमी बैठा हुआ है। करुणा ने ध्यान से देखा, वह प्रकाश था।

एक क्षण में एक कैदी उसके सामने लाया गया, उसके हाथ-पाँव में जंजीर थी, कमर झुकी हुई, यह आदित्य थे।

करुणा की आँखें खुल गयीं। आँसू बहने लगे। पत्र के टुकड़ों को फिर समेट लिया और उसे जलाकर राख कर डाला। राख की एक चुटकी के सिवा वहाँ कुछ न रहा। यही उस ममता की चिता थी, जो उसके हृदय को विद्रीर्ण किये डालती थी। इसी एक चुटकी राख में उसका गुड़ियों वाला बचपन, उसका सन्तप्त यौवन और उसका तृष्णामय वैधव्य सब समा गया।

प्रात:काल लोगों ने देखा, तो पक्षी पिंजड़े से उड़ चुका था। आदित्य का चित्र अब भी उसके शून्य हृदय से चिपका हुआ था। वह भग्न हृदय पति की स्नेह-स्मृति में विश्राम कर रहा था और प्रकाश का जहाज योरप चला जा रहा था!!

दिल की रानी

जिन वीर तुर्कों के प्रखर प्रताप से ईसाई-दुनिया काँप रही थी, उन्हीं का रक्त आज कुस्तुन्तुनिया की गलियों में बह रहा है। वही कुस्तुन्तुनिया, जो सौ साल पहले तुर्कों के आतंक से आहत हो रहा था, आज उनके गर्म रक्त से अपना कलेजा ठण्डा कर रहा है। सत्तर हजार तुर्क योद्धाओं की लाशें बास-फरस की लहरों पर तैर रही हैं और तुर्की सेनापति एक लाख सिपाहियों के साथ तैमूरी तेज के सामने अपनी किस्मत का फैसला सुनने के लिए खड़ा है।

तैमूर ने विजय से भरी आँखें उठाईं और सेनापति यज़दानी की ओर देखकर सिंह के समान गरजा—क्या चाहते हो, जिन्दगी या मौत?

यज़दानी ने गर्व से सिर उठाकर कहा—इज्जत की जिन्दगी मिले तो जिन्दगी, वरना मौत।

तैमूर का क्रोध प्रचण्ड हो उठा। उसने बड़े-बड़े अभिमानियों का सिर नीचा कर दिया था। यह जवाब इस अवसर पर सुनने की उसे ताब न थी। इन एक लाख आदमियों की जान उसकी मुट्ठी में है। उन्हें वह एक क्षण में मसल सकता है। उस पर भी इतना अभिमान! इज्जत की जिन्दगी! इसका यही तो अर्थ है कि गरीबों का जीवन अमीरों के भोग-विलास पर बलिदान किया जाय, वही शराब की मज़लिसें हमें, वही अरमीनिया और काफ़ की परियाँ . . . नहीं, तैमूर ने खलीफा बायज़ीद का घमण्ड इसलिए नहीं तोड़ा है कि तुर्कों को फिर उस मदान्ध स्वाधीनता में इस्लाम का नाम डुबाने को छोड़ दे। तब उसे इतना रक्त बहाने की जरूरत थी! मानव-रक्त

का प्रवाह संगीत का प्रवाह नहीं, रस का प्रवाह नहीं—एक वीभत्स दृश्य है, जिसे देखकर आँखें मुँह फेर लेती हैं, हृदय सिर झुका लेता है। तैमूर कोई हिंसक पशु नहीं है, जो यह दृश्य देखने के लिए अपने जीवन की बाजी लगा दे।

वह अपने शब्दों में धिक्कार भरकर बोला—जिसे तुम इज्जत की ज़िन्दगी कहते हो, वह गुनाह और जहन्नुम की ज़िन्दगी है।

यज़दानी को तैमूर से दया या क्षमा की आशा न थी। उसकी या उसके योद्धाओं की जान किसी तरह नहीं बच सकती। फिर क्यों दबे और क्यों न जान पर खेलकर तैमूर के प्रति उसके मन में जो घृणा है, उसे प्रकट कर दे। उसने एक बार कातर नेत्रों से उस रूपवान युवक की ओर देखा, जो उसके पीछे खड़ा जैसे अपनी जवानी का लगाम खींच रहा था। सान पर चढ़े हुए, इस्पात के समान अंग-अंग से अतुल क्रोध की चिनगारियाँ निकल रही थीं। यज़दानी ने उसकी सूरत देखी और जैसे अपनी खींची हुई तलवार म्यान में कर ली और खून के घूँट पीकर बोला—जहाँपनाह इस वक्त फतहमन्द हैं, लेकिन अपराध क्षमा हो तो कह दूँ कि अपने जीवन के विषय में तुर्कों को तातारियों से उपदेश लेने की जरूरत नहीं पड़ी। दुनिया से अलग, तातार के ऊसर मैदानों में न त्याग और व्रत की उपासना की जा सकती है और न मयस्सर होने वाले पदार्थों का बहिष्कार किया जा सकता है; पर जहाँ खुदा ने नेमतों की वर्षा की हो, वहाँ उन नेमतों को भोग न करना नाशुक्री है; अगर तलवार ही सभ्यता की सनद होती, तो गाल कौम रोमनों से कहीं ज़्यादा सभ्य होगी।

तैमूर जोर से हँसा और उसके सिपाहियों ने तलवारों पर हाथ रख लिये। तैमूर का ठहाका मौत का ठहाका था, या गिरने वाले वज्र का तड़ाका।

'तातारवाले पशु हैं, क्यों?'

'मैं यह नहीं कहता।'

'तुम कहते हो, खुदा ने तुम्हें ऐश करने के लिए पैदा किया है। मैं कहता हूँ, वह कुफ्र है। खुदा ने इन्सान को बन्दगी के लिए पैदा किया है और इसके खिलाफ जो कोई कुछ करता है, वह काफिर है, जहन्नुमी है। रसूलेपाक हमारी जिन्दगी को पाक करने के लिए आये थे, हमें सच्चा

इन्सान बनाने के लिए आये थे; हमें हराम की तालीम देने नहीं! तैमूर दुनिया को इस कुफ्र से पाक कर देने का बीड़ा उठा चुका है। रसूलेपाक के कदमों की कसम; मैं बेरहम नहीं हूँ, जालिम नहीं, खूँख्वार नहीं हूँ; लेकिन कुफ्र की सजा मेरे ईमान में मौत के सिवा कुछ नहीं है।'

उसने तातारी सिपहसालार की तरफ़ कातिल नजरों से देखा और तत्क्षण एक देव-सा आदमी तलवार सौंतकर यज़दानी के सिर पर आ पहुँचा। तातारी सेना भी तलवारें खींच-खींचकर तुर्की सेना पर टूट पड़ीं और दम-के-दम में कितनी ही लाशें जमीन पर फड़कने लगीं।

2

सहसा वही रूपवान युवक, जो यज़दानी के पीछे खड़ा था, आगे बढ़कर तैमूर के सामने आया और जैसे मौत को अपनी बँधी हुई मुट्ठियों में मसलता हुआ बोला—ऐ अपने को मुसलमान कहने वाले बादशाह! क्या यही वह इस्लाम है, जिसकी तबलीग़ का तूने बीड़ा उठाया है? इस्लाम की यही तालीम हैं कि तू उन बहादुरों का इस बेदर्दी से खून बहाये, जिन्होंने इसके सिवा कोई गुनाह नहीं किया कि अपने खलीफा और अपने मुल्क की हिमायत की।

चारों तरफ सन्नाटा छा गया। एक युवक, जिसकी अभी मसें न भीगी थीं, तैमूर जैसे तेजस्वी बादशाह का इतने खुले हुए शब्दों में तिरस्कार करे और उसकी जबान तालू से न खिंचवा ली जाय! सभी स्तम्भित हो रहे थे और तैमूर सम्मोहित-सा बैठा उस युवक की ओर ताक रहा था।

युवक ने तातारी सिपाहियों की तरफ, जिनके चेहरों पर कुतूहलमय प्रोत्साहन झलक रहा था, देखा और बोला—तू इन मुसलमानों को काफिर कहता है और समझता है कि तू इन्हें कत्ल करके खुदा और इस्लाम की खिदमत कर रहा है। मैं तुझसे पूछता हूँ, अगर वह लोग जो खुदा के सिवा और किसी के सामने सिजदा नहीं करते, जो रसूलेपाक को अपना रहबर समझते हैं, मुसलमान नहीं हैं तो कौन मुसलमान है? मैं कहता हूँ, हम काफिर सही, लेकिन तेरे कैदी तो हैं? क्या इस्लाम जंजीर में बँधे हुए क़ैदियों के कत्ल की इजाजत देता है? खुदा ने अगर तुझे ताकत दी है, अख्तियार दिया है, तो क्या इसलिए कि तू खुदा के बन्दों का खून बहाये?

क्या गुनहगारों को कत्ल करके उन्हें सीधे रास्ते पर ले जायगा? तूने कितनी बेरहमी से सत्तर हजार बहादुर तुर्कों को धोखा देकर सुरंग से उड़वा दिया; और उनके मासूम बच्चों और निरपराध स्त्रियों को अनाथ कर दिया, तुझे कुछ अनुमान है? क्या यही कारनामे हैं, जिन पर तू अपने को मुसलमान होने का गर्व करता है? क्या इसी कत्ल, खून और जुल्म की सियाही से तू दुनिया में अपना नाम रोशन करेगा? तूने तुर्कों के खून बहते दरिया में अपने घोड़ों के सुम नहीं भिगाये हैं, बल्कि इस्लाम को जड़ से खोदकर फेंक दिया है। यह वीर तुर्कों का ही आत्मोत्सर्ग है, जिसने यूरोप में इस्लाम की तौहीद फैलाई। आज सोफिया के गिरजे में तुझे अल्लाहो अकबर की सदा सुनाई दे रही है, सारा यूरोप इस्लाम का स्वागत करने को तैयार है। क्या ये कारनामे इसी लायक हैं कि उनका यह ईनाम मिले? इस खयाल को दिल से निकाल दे कि तू खूँरेज़ी से इस्लाम की खिदमत कर रहा है। एक दिन तुझे भी परवरदिगार के सामने अपने कर्मों का जवाब देना पड़ेगा और तेरा कोई उज्र न सुना जायगा; क्योंकि अगर तुझमें अब भी नेक और बद की तमीज बाकी है, तो अपने दिल से पूछ! तूने यह जिहाद खुदा की राह में किया या अपनी हविस के लिए, और मैं जानता हूँ तुझे जो जवाब मिलेगा, वह तेरी गर्दन शर्म से झुका देगा।

खलीफा अभी सिर झुकाये ही था कि यज़दानी ने काँपते हुए शब्दों में अर्ज़ की—जहाँपनाह, यह गुलाम का लड़का है। इसके दिमाग में कुछ फितूर है। हुजूर इसकी गुस्ताखियों को मुआफ करें। मैं उसकी सजा झेलने को तैयार हूँ।

तैमूर उस युवक के चेहरे की तरफ स्थिर नेत्रों से देख रहा था। आज जीवन में पहली बार उसे ऐसे निर्भीक शब्दों को सुनने का अवसर मिला। उसके सामने बड़े-बड़े सेनापतियों, मंत्रियों और बादशाहों की जबान न खुलती थी। वह जो कुछ करता या कहता था, वही कानून था, किसी को उसमें चूँ करने की ताकत न थी। उनकी खुशामदों ने उसकी अहमन्यता को आसमान पर चढ़ा दिया था। उसे विश्वास हो गया था कि खुदा ने इस्लाम को जगाने और सुधारने के लिए ही उसे दुनिया में भेजा है। उसने पैगम्बरी का दावा तो आज तक नहीं किया था; पर उसके मन में यह भावना दृढ़ हो गयी थी; इसलिए जब युवक ने प्राणों का मोह छोड़ उसकी कीर्ति का पर्दा खोल दिया तो उसकी चेतना जैसे जाग उठी।

उसके मन में क्रोध और हिंसा की जगह श्रद्धा का उदय हुआ। उसकी आँखों का एक इशारा इस युवक की जिन्दगी का चिराग गुल कर सकता था। उसकी संसार-विजयिनी शक्ति के सामने यह दुधमुँहा बालक मानो अपने नन्हे-नन्हे हाथों से समुद्र के प्रवाह को रोकने के लिए खड़ा हो। कितना हास्यास्पद साहस था; पर उसके साथ ही कितना आत्मविश्वास से भरा हुआ। तैमूर को ऐसा जान पड़ा कि इस निहत्थे बालक के सामने वह कितना निर्बल है। मनुष्य में ऐसे साहस का एक ही स्रोत हो सकता है और वह सत्य पर अटल विश्वास है। उनकी आत्मा दौड़कर उस युवक के दामन में चिमट जाने के लिए अधीर हो गयी; वह दार्शनिक न था, जो सत्य में शंका करता है। वह सरल सैनिक था जो असत्य को भी अपने विश्वास से सत्य बना देता है।

यज़दानी ने उसी स्वर में कहा—जहाँपनाह, इसकी बदजबानी का ख्याल न फरमावें। . . .

तैमूर ने तुरन्त तख्त से उठकर यज़दानी को गले लगा लिया और बोला—काश, ऐसी गुस्ताखियों और बदजबानियों के सुनने का पहले इत्तफाक होता, तो आज इतने बेगुनाहों का खून मेरी गर्दन पर न होता। मुझे इस जवान में किसी फ़रिश्ते की रूह का जलवा नजर आता है, जो मुझ जैसे गुमराहों को सच्चा रास्ता दिखाने के लिए भेजी गयी है। मेरे दोस्त, तुम खुशनसीब हो कि ऐसे फ़रिश्ता-सिफ़त बेटे के बाप हो। क्या मैं उसका नाम पूछ सकता हूँ?

यज़दानी पहले आतशपरस्त था, पीछे मुसलमान हो गया था; पर अभी तक कभी-कभी उसके मन में शंकाएँ उठती रहती थीं कि उसने क्यों इस्लाम कबूल किया। जो कैदी फाँसी के तख्ते पर खड़ा सूखा जा रहा था कि एक क्षण में रस्सी उसकी गर्दन में पड़ेगी और वह लटकता रह जायेगा; उसे जैसे किसी फरिश्ते ने गोद में ले लिया। वह गद्गद कण्ठ से बोला—उसे हबीब कहते हैं।

तैमूर ने युवक के सामने जाकर उसका हाथ पकड़ लिया और उसे आँखों से लगाता हुआ बोला—मेरे जवान दोस्त, तुम सचमुच खुदा के हबीब हो। मैं वह गुनहगार हूँ, जिसने अपनी जहालत में हमेशा अपने गुनाहों को सबाब समझा, इसलिए कि मुझसे कहा जाता था, तेरी जात

बेऐब है। आज मुझे मालूम हुआ कि मेरे हाथों इस्लाम को कितना नुकसान पहुँचा। आज से मैं तुम्हारा ही दामन पकड़ता हूँ। तुम्हीं मेरे खिज्र, तुम्हीं मेरे रहनुमा हो। मुझे यकीन हो गया कि तुम्हारे ही वसीले से मैं खुदा के दरगाह तक पहुँच सकता हूँ।

यह कहते हुए उसने युवक के चेहरे पर नजर डाली, तो उस पर शर्म की लाली छायी हुयी थी। उस कठोरता की जगह मधुर संकोच झलक रहा था।

युवक ने सिर झुकाकर कहा—यह हुजूर की कदरदानी है, वरना मेरी क्या हस्ती है!

तैमूर ने उसे खींचकर अपनी बगल में तख्त पर बैठा दिया और अपने सेनापति को हुक्म दिया, सारे तुर्क कैदी छोड़ दिये जाएँ, उनके हथियार वापस कर दिये जायँ और जो माल लूटा गया है, वह सिपाहियों में बराबर बाँट दिया जाय।

वजीर तो इधर इस हुक्म की तामील करने लगा, उधर तैमूर हबीब का हाथ पकड़े हुए अपने खेमे में गया और दोनों मेहमानों की दावत का प्रबन्ध करने लगा। और जब भोजन समाप्त हो गया, तो उसने अपने जीवन की सारी कथा रो-रोकर सुनायी, जो आदि से अन्त तक मिश्रित पशुता और बर्बरता के कृत्यों से भरी हुई थी। और उसने यह सब कुछ इस भ्रम में किया कि वह ईश्वरीय आदेश का पालन कर रहा है। वह खुदा को कौन मुँह दिखायेगा? रोते-रोते उसकी हिचकियाँ बँध गयीं।

अन्त में उसने हबीब से कहा—मेरे जवान दोस्त, अब मेरा बेड़ा आप ही पार लगा सकते हैं। आपने मुझे राह दिखाई है तो मन्जिल पर पहुँचाइए। मेरी बादशाहत को अब आप ही सँभाल सकते हैं। मुझे अब मालूम हो गया कि मैं उसे तबाही के रास्ते पर लिये जाता था। मेरी आप से यही इल्तमास (प्रार्थना) है कि आप उसकी वजारत कबूल करें। देखिए, खुदा के लिए इन्कार न कीजिएगा, वरना मैं कहीं का न रहूँगा।

यज़दानी ने अरज की—हुजूर, इतनी कदरदानी फरमाते हैं, यह आपकी इनायत है, लेकिन अभी इस लड़के की उम्र ही क्या है। वजारत की खिदमत यह क्या अन्जाम दे सकेगा? अभी तो इसकी तालीम के दिन हैं।

इधर से इन्कार होता रहा और उधर तैमूर आग्रह करता रहा। यज़दानी इन्कार तो कर रहे थे; पर छाती फूली जाती थी। मूसा आग लेने गए थे, पैगम्बरी मिल गयी। कहाँ मौत के मुँह में जा रहे थे, वजारत मिल गयी। लेकिन यह शंका भी थी कि ऐसे अस्थिर-चित्त आदमी का क्या ठिकाना? आज खुश हुए, वजारत देने को तैयार हैं, कल नाराज हो गए, तो जान की खैरियत नहीं। उन्हें हबीब की लियाकत पर भरोसा तो था, फिर भी जी डरता था कि बिराने देश में न जाने कैसे पड़े, कैसी न पड़े? दरबार वालों में षड्यंत्र होते ही रहते हैं! हबीब नेक है, समझदार है, अवसर पहचानता है, लेकिन वह तजरबा कहाँ से लायेगा, जो उम्र ही से आता है।

उन्होंने इस प्रश्न पर विचार करने के लिए एक दिन की मुहलत माँगी और रुखसत हुए।

3

हबीब यज़दानी का लड़का नहीं, लड़की थी। उसका नाम उम्मतुल हबीब था। जिस वक्त यज़दानी और उसकी पत्नी मुसलमान हुए, तो लड़की की उम्र कुल बारह साल की थी; पर प्रकृति ने उसे बुद्धि और प्रतिभा के साथ विचार-स्वातंत्र्य भी प्रदान किया था। वह जब तक सत्यासत्य की परीक्षा न कर लेती, कोई बात स्वीकार न करती। माँ-बाप के धर्म-परिवर्तन से उसे अशान्ति तो हुई; पर जब तक इस्लाम का अच्छी तरह अध्ययन न कर ले, वह केवल माँ-बाप को खुश करने के लिए इस्लाम की दीक्षा न ले सकती थी। माँ-बाप भी उस पर किसी तरह का दबाव न डालना चाहते थे। जैसे उन्हें अपने धर्म को बदल देने का अधिकार है, वैसे ही उसे अपने धर्म पर आरूढ़ रहने का भी अधिकार है। लड़की को सन्तोष हुआ; लेकिन उसने इस्लाम और जरतुश्त धर्म—दोनों ही का तुलनात्मक अध्ययन आरम्भ किया, और पूरे दो साल के अन्वेषण और परीक्षण के बाद उसने भी इस्लाम की दीक्षा ले ली। माता-पिता फूले न समाये। लड़की उनके दबाव से मुसलमान नहीं हुई है; बल्कि स्वेच्छा से, स्वाध्याय से और ईमान से। दो साल तक उन्हें जो एक शंका घेरे रहती थी, वह मिट गयी।

यज़दानी के कोई पुत्र न था और उस युग में, जब कि आदमी की तलवार ही सबसे बड़ी अदालत थी, पुत्र का न रहना संसार का सबसे

बड़ा दुर्भाग्य था। यज़दानी बेटे का अरमान बेटी से पूरा करने लगा। लड़कों की ही भाँति उसकी शिक्षा-दीक्षा होने लगी। बालकों के-से कपड़े पहनती, घोड़े पर सवार होती, शस्त्र-विद्या सीखती और अपने बाप के साथ अक्सर खलीफा बायजीद के महलों में जाती और राजकुमारों के साथ शिकार खेलने जाती। इसके साथ ही वह दर्शन, काव्य, विज्ञान और अध्यात्म का भी अभ्यास करती थी। यहाँ तक कि सोलहवें वर्ष में वह फौजी विद्यालय में दाखिल हो गयी और दो साल के अन्दर वहाँ की सबसे ऊँची परीक्षा पास करके फौज में नौकर हो गयी। शस्त्र-विद्या और सेना-संचालन-कला में वह इतनी निपुण थी और खलीफा बायज़ीद उसके चरित्र से इतना प्रसन्न था कि पहले ही पहल उसे एकहजारी मनसब मिल गया। ऐसी युवती के चाहने वालों की क्या कमी? उसके साथ के कितने ही अफसर; राज-परिवार के कितने ही युवक उस पर प्राण देते थे; पर कोई उसकी नजरों में न जँचता था। नित्य ही निकाह के पैगाम आते रहते थे; पर वह हमेशा इन्कार कर देती थी। वैवाहिक जीवन ही से उसे अरुचि थी। उसकी स्वाधीन प्रकृति इस बन्धन में न पड़ना चाहती थी। फिर नित्य ही वह देखती थी कि युवतियाँ कितने अरमानों से ब्याह कर लायी जाती हैं और फिर कितने निरादर से महलों में बन्द कर दी जाती हैं। उनका भाग्य पुरुषों की दया के अधीन है। अक्सर ऊँचे घराने की महिलाओं से उसको मिलने-जुलने का अवसर मिलता था। उनके मुख से उनकी करुण कथा सुन-सुनकर वह वैवाहिक पराधीनता से और भी घृणा करने लगती थी। और यज़दानी उसकी स्वाधीनता में बिल्कुल बाधा न देता था। लड़की स्वाधीन है। उसकी इच्छा हो विवाह करे या क्वाँरी रहे, वह अपनी आप मुख़तार है। उसके पास पैगाम आते, तो वह साफ ज़वाब दे देता—मैं इस बारे में कुछ नहीं जानता इसका फैसला वही करेगी। यद्यपि एक युवती का पुरुष वेष में रहना, युवकों से मिलना-जुलना समाज में आलोचना का विषय था; पर यज़दानी और उसकी स्त्री दोनों ही को उसके सतीत्व पर विश्वास था। हबीब के व्यवहार और आचार में उन्हें कोई ऐसी बात नजर न आती थी, जिससे उन्हें किसी तरह की शंका होती। यौवन की आँधी और लालसाओं के तूफान में भी वह चौबीस वर्ष की वीरबाला अपने हृदय की सम्पत्ति लिये अटल और अजेय खड़ी थी, मानो सभी युवक उसके सगे भाई हैं।

4

कुस्तुन्तुनिया में कितनी खुशियाँ मनायी गयीं, हबीब का कितना सम्मान और स्वागत हुआ, तो कितनी बधाइयाँ मिलीं; यह सब लिखने की बात नहीं। शहर तबाह हुआ जाता था। सम्भव था, आज उसके महलों और बाजारों से आग की लपटें निकलती होतीं। राज्य और नगर को उस कल्पनातीत विपत्ति से बचानेवाला आदमी कितने आदर, प्रेम, श्रद्धा और उल्लास का पात्र होगा; इसकी तो कल्पना भी नहीं की जा सकती। उस पर कितने फूलों और कितने लाल और जवाहर की वर्षा हुई, इसका अनुमान तो कोई कवि ही कर सकता है। और नगर की महिलाएँ हृदय के अक्षय भण्डार से असीसें निकाल-निकाल कर उस पर लुटाती थीं और गर्व से फूली हुई उसका मुख निहारकर अपने को धन्य मानती थीं। उसने देवियों का मस्तक ऊँचा कर दिया था।

रात को तैमूर के प्रस्ताव पर विचार होने लगा। सामने गद्देदार कुर्सी पर यज़दानी था—सौम्य, विशाल, तेजस्वी। उसकी दाहिनी तरफ उसकी पत्नी थी, ईरानी लिबास में, आँखों में दया और विश्वास की ज्योति भरे हुए। बायीं तरफ उम्मतुल हबीब थी, जो इस समय रमणी-वेष में मोहिनी बनी हुई थी, ब्रह्मचर्य के तेज से दीप्त।

यज़दानी ने प्रस्ताव का विरोध करते हुए कहा—मैं अपनी तरफ से कुछ नहीं कहना चाहता; लेकिन यदि मुझे सलाह देने का अधिकार है, तो मैं स्पष्ट कहता हूँ कि तुम्हें इस प्रस्ताव को कभी स्वीकार न करना चाहिए। तैमूर से यह बात बहुत दिन तक छिपी नहीं रह सकती कि तुम क्या हो। उस वक्त क्या परिस्थिति होगी, मैं नहीं कह सकता। और यहाँ इस विषय में जो कुछ टीकाएँ होंगी, वह तुम मुझसे ज़्यादा जानती हो। यहाँ मैं मौजूद था और कुत्सा को मुँह न खोलने देता था; पर वहाँ पर तुम अकेली रहोगी और कुत्सा को मनमाने आरोप करने का अवसर मिलता रहेगा।

उसकी पत्नी स्वेच्छा को इतना महत्व न देना चाहती थी। बोली—मैंने सुना है, तैमूर निगाहों का अच्छा आदमी नहीं है। मैं किसी तरह तुझे न जाने दूँगी। कोई बात हो जाय तो सारी दुनिया हँसे। योंही हँसनेवाले क्या कम हैं?

इसी तरह स्त्री-पुरुष बड़ी देर तक ऊँच-नीच सुझाते और तरह-तरह की शंकाएँ करते रहे; लेकिन हबीब मौन साधे बैठी हुई थी। यज़दानी ने समझा, हबीब भी उनसे सहमत है। इन्कार की सूचना देने के लिए ही था कि हबीब ने पूछा—आप तैमूर से क्या कहेंगे?

'यही, जो यहाँ तय हुआ है।'

'मैंने तो अभी कुछ नहीं कहा।'

'मैंने तो समझा, तुम भी हमसे सहमत हो।'

'जी नहीं। आप उनसे जाकर कह दें, मैं स्वीकार करती हूँ।'

माता ने छाती पर हाथ रखकर कहा—यह क्या गजब करती है बेटी, सोच तो दुनिया क्या कहेगी?

यज़दानी भी सिर थामकर बैठ गए, मानो हृदय में गोली लग गयी हो। मुँह से एक शब्द भी न निकला।

हबीब त्योरियों पर बल डालकर बोली—अम्मीजान, मैं आपके हुक्म से जौ-भर भी मुँह नहीं फेरना चाहती। आपको पूरा अख्तियार है, मुझे जाने दें या न जाने दें, लेकिन मुल्क की खिदमत का ऐसा मौका शायद मुझे जिन्दगी में फिर न मिले। इस मौके को हाथ से खो देने का अफसोस मुझे उम्र भर रहेगा। मुझे यकीन है कि अमीर तैमूर को मैं अपनी दियानत, बेगरजी और सच्ची वफादारी से इन्सान बना सकती हूँ और शायद उसके हाथों खुदा के बन्दों का खून इतनी कसरत से न बहे। वह दिलेर है; मगर बेरहम नहीं! कोई दिलेर आदमी बेरहम नहीं हो सकता। उसने अब तक जो कुछ किया है; मजहब के अँधे जोश से किया है। आज खुदा ने मुझे वह मौका दिया है कि मैं उसे दिखा दूँ कि मजहब खिदमत का नाम है, लूट और कत्ल का नहीं। अपने बारे में मुझे मुतलक अन्देशा नहीं है। मैं अपनी हिफाजत आप कर सकती हूँ। मुझे दावा है कि अपने फर्ज को नेकनीयती से अदा करके मैं दुश्मनों की जबान भी बन्द कर सकती हूँ और मान लीजिए मुझे नाकामी भी हो, तो क्या सचाई और हक के लिए कुर्बान हो जाना जिन्दगी की सबसे शानदार फतह नहीं है? अब तक मैंने जिस उसूल पर जिन्दगी बसर की है, उसने मुझे धोखा नहीं दिया और उसी के फैज से आज मुझे यह दर्जा हासिल हुआ है जो बड़ों-बड़ों के लिए जिन्दगी का ख्वाब है। ऐसे आजमाये हुए दोस्त मुझे कभी धोखा

नहीं दे सकते। तैमूर पर मेरी हकीकत खुल भी जाय, तो क्या खौफ? मेरी तलवार मेरी हिफाजत कर सकती है। शादी पर मेरे खयाल आपको मालूम हैं। अगर मुझे कोई ऐसा आदमी मिलेगा, जिसे मेरी रूह कबूल करती हो, जिसकी जात अपनी हस्ती को खोकर मैं अपनी रूह को ऊँचा उठा सकूँ, तो मैं उसके कदमों पर गिरकर अपने को उसकी नजर कर दूँगी।

यज़दानी ने खुश होकर बेटी को गले लगा लिया। उसकी स्त्री इतनी जल्द आश्वस्त न हो सकी। वह किसी तरह बेटी को अकेली न छोड़ेगी। उसके साथ वह भी जायगी।

5

कई महीने गुजर गए। युवक हबीब तैमूर का वजीर है, लेकिन वास्तव में वही बादशाह है। तैमूर उसी की आँखों से देखता है, उसी के कानों से सुनता है और उसी की अक्ल से सोचता है। वह चाहता है, हबीब आठों पहर उसके पास रहे। उसके सामीप्य में, उसे स्वर्ग का-सा सुख मिलता है। समरकन्द में एक प्राणी भी ऐसा नहीं, जो उससे जलता हो। उसके बर्ताव ने सभी को मुग्ध कर लिया है, क्योंकि वह इन्साफ से जौ-भर भी कदम नहीं हटाता। जो लोग उसके हाथों चलती हुई न्याय की चक्की में पिस जाते हैं; वे भी उससे सद्भाव ही रखते हैं, क्योंकि वह न्याय को जरूरत से ज़्यादा कटु नहीं होने देता।

सन्ध्या हो गयी थी। राज्य कर्मचारी जा चुके थे। शमादान में मोम की बत्तियाँ जल रही थीं। अगर की सुगन्ध से सारा दीवान महक रहा था। हबीब भी उठने ही को था कि चोबदार ने खबर दी—हुजूर, जहाँपनाह तशरीफ ला रहे हैं।

हबीब इस खबर से कुछ प्रसन्न नहीं हुआ। अन्य मंत्रियों की भाँति वह तैमूर की सोहबत का भूखा नहीं है। वह हमेशा तैमूर से दूर रहने की चेष्टा करता है। ऐसा शायद ही कभी हुआ हो उसने शाही दस्तरखान पर भोजन किया हो। तैमूर की मजलिसों में भी वह कभी शरीक नहीं होता। उसे जब शान्ति मिलती है, तब एकान्त में अपनी माता के पास बैठकर दिन भर का माजरा उससे कहता है और वह उस पर अपनी पसन्द की मुहर लगा देती है।

उसने द्वार पर जाकर तैमूर का स्वागत किया। तैमूर ने मसनद पर बैठते हुए कहा—मुझे ताज्जुब होता है कि तुम इस जवानी में जाहिदों की-सी जिन्दगी कैसे बसर करते हो हबीब! खुदा ने तुम्हें वह हुस्न दिया है कि हसीन-से-हसीन नाज़नीन भी तुम्हारी माशूक बनकर अपने को खुशनसीब समझेंगी। मालूम नहीं तुम्हें खबर है या नहीं जब तुम अपने मुश्की घोड़े पर सवार होकर निकलते हो, तो समरकन्द की खिड़कियों पर हजारों आँखें तुम्हारी एक झलक देखने के लिए मुन्तजिर बैठी रहती हैं; पर तुम्हें किसी ने किसी तरह आँखें उठाते नहीं देखा। मेरा खुदा गवाह है, मैं जितना चाहता हूँ कि तुम्हारे कदमों के नक्शा पर चलूँ; पर दुनिया मेरी गर्दन नहीं छोड़ती। क्यों अपनी पाक जिन्दगी का जादू मुझ पर नहीं डालते? मैं चाहता हूँ जैसे तुम दुनिया में रहकर भी दुनिया से अलग रहते हो, वैसे मैं भी रहूँ; लेकिन मेरे पास न वह दिल है, न वह दिमाग। मैं हमेशा अपने आप पर, सारी दुनिया पर दाँत पीसता रहता हूँ। जैसे मुझे हरदम खून की प्यास लगी रहती है, जिसे तुम बुझने नहीं देते, और यह जानते हुए भी कि तुम जो कुछ करते हो, इससे बेहतर कोई दूसरा नहीं कर सकता। मैं अपने गुस्से को काबू में नहीं कर सकता। तुम जिधर से निकलते हो, मुहब्बत और रोशनी फैला देते हो। जिसको तुम्हारा दुश्मन होना चाहिए, वह भी तुम्हारा दोस्त है। मैं जिधर से निकलता हूँ, नफरत और शुबहा फैलाता हुआ निकलता हूँ। जिसे मेरा दोस्त होना चाहिए, वह भी मेरा दुश्मन है। दुनिया में बस यही एक जगह है, जहाँ मुझे आफियत मिलती है। अगर तुम समझते हो, यह ताज और तख्त मेरे रास्ते के रोड़े हैं तो खुदा की कसम मैं आज इन पर लात मार दूँ। मैं आज तुम्हारे पास यही दरख्वास्त लेकर आया हूँ कि तुम मुझे वह रास्ता दिखाओ, जिससे मैं सच्ची खुशी पा सकूँ। मैं चाहता हूँ तुम इसी महल में रहो ताकि मैं तुमसे सच्ची जिन्दगी का सबक सीखूँ।

हबीब का हृदय धक से हो उठा। कहीं अमीर पर उसके नारीत्व का रहस्य खुल तो नहीं गया? उसकी समझ में न आया कि उसे क्या जवाब दे। उसका कोमल हृदय तैमूर की इस करुण आत्मग्लानि पर द्रवित हो गया। जिसके नाम से दुनिया काँपती है, वह उसके सामने एक दयनीय प्रार्थी बना हुआ उससे प्रकाश की भिक्षा माँग रहा है! तैमूर की उस कठोर विकृत, शुष्क, हिंसात्मक मुद्रा में उसे एक स्निग्ध मधुर ज्योति दिखाई

दी, मानो उसका जाग्रत विवेक भीतर से झाँक रहा हो। उसे अपना स्थिर जीवन, जिसमें ऊपर उठने की स्मृति ही न रही थी, इस विफल उद्योग के सामने तुच्छ जान पड़ा।

उसने मुग्ध कण्ठ से कहा—हुजूर, इस गुलाम की इतनी कद्र करते हैं, यह मेरी खुशनसीबी है। लेकिन मेरा शाही महल में रहना मुनासिब नहीं।

तैमूर ने पूछा—क्यों?

'इसलिए कि जहाँ दौलत ज़्यादा होती है, वहाँ डाके पड़ते हैं और जहाँ कद्र ज़्यादा होती है, वहाँ दुश्मन भी ज़्यादा होते हैं।'

'तुम्हारा दुश्मन भी कोई हो सकता है?'

'मैं खुद अपना दुश्मन हो जाऊँगा। आदमी का सबसे बड़ा दुश्मन गरूर है।'

तैमूर को जैसे कोई रत्न मिल गया। उसे अपनी मन:तुष्टि का आभास हुआ। 'आदमी का सबसे बड़ा दुश्मन गरूर है' इस वाक्य को मन-ही-मन दोहराकर उसने कहा—तुम मेरे काबू में कभी न आओगे हबीब। तुम वह परन्द हो, जो आसमान में ही उड़ सकता है। उसे सोने के पिंजरे में भी रखना चाहो तो फड़फड़ाता रहेगा। खैर, खुदा हाफिज!

वह तुरन्त अपने महल की ओर चला, मानो उस रत्न को सुरक्षित स्थान में रख देना चाहता हो। यह वाक्य आज पहली बार उसने न सुना था, पर आज इसमें जो ज्ञान, जो आदेश, जो सद्प्रेरणा उसे मिली, वह कभी न मिली थी।

6

इस्तखर के इलाके से बगावत की खबर आयी है। हबीब को शंका है कि तैमूर वहाँ पहुँचकर कहीं कत्लेआम न कर दे। वह शान्तिमय उपायों से इस विद्रोह को ठण्डा करके तैमूर को दिखाना चाहता है कि सद्भावना में कितनी शक्ति है। तैमूर उसे इस मुहिम पर नहीं भेजना चाहता; लेकिन हबीब के आग्रह के सामने बेबस है। हबीब को जब और कोई युक्ति न सूझी, तो उसने कहा—गुलाम के रहते हुए हुजूर अपनी जान ख़तरे में

डालें, यह नहीं हो सकता।

तैमूर मुस्कराया—मेरी जान की तुम्हारी जान के मुकाबले में कोई हकीकत नहीं है हबीब। फिर मैंने तो कभी जान की परवाह न की। मैंने दुनिया में कत्ल और लूट के सिवा और क्या यादगार छोड़ी? मेरे मर जाने पर दुनिया मेरे नाम को रोयेगी नहीं, यकीन मानो। मेरे जैसे लुटेरे हमेशा पैदा होते रहेंगे; लेकिन खुदा न करे, तुम्हारे दुश्मनों को कुछ हो गया, तो यह सल्तनत खाक में मिल जायगी, और तब मुझे भी सीने में खंजर चुभा लेने के सिवा और कोई रास्ता नहीं रहेगा। मैं नहीं कह सकता हबीब, तुमसे मैंने कितना पाया। काश, दस-पाँच साल पहले तुम मुझे मिल जाते, तो तैमूर तारीख में इतना रुसियाह न होता। आज अगर जरूरत पड़े तो अपने जैसे सौ तैमूरों को तुम्हारे ऊपर निसार कर दूँ। यही समझ लो कि तुम मेरी रूह को अपने साथ लिये जा रहे हो। आज मैं तुमसे कहता हूँ हबीब कि मुझे तुमसे इश्क है, वह इश्क जो मुझे आज तक किसी हसीना से नहीं हुआ। इश्क क्या चीज है, इसे मैं अब जान पाया हूँ। मगर इसमें क्या बुराई है कि मैं भी तुम्हारे साथ चलूँ?

हबीब ने धड़कते हुए हृदय से कहा—अगर मैं आपकी जरूरत समझूँगा तो इत्तला दूँगा।

तैमूर ने दाढ़ी पर हाथ रखकर कहा—जैसी तुम्हारी मर्जी, लेकिन रोजाना क़ासिद भेजते रहना, वरना शायद मैं बेचैन होकर चला आऊँ।

तैमूर ने कितनी मुहब्बत से हबीब के सफर की तैयारियाँ कीं। तरह-तरह के आराम और तकल्लुफ की चीजें उसके लिए जमा कीं। उस कोहिस्तान में यह चीजें कहाँ मिलेंगी। वह ऐसा संलग्न था, मानो माता अपनी लड़की को ससुराल भेज रही हो।

जिस वक्त हबीब फौज के साथ चला; तो सारा समरकन्द उसके साथ था और तैमूर आँखों पर रुमाल रक्खे, अपने तख्त पर ऐसा सिर झुकाये बैठा था, मानो कोई पक्षी आहत हो गया हो।

7

इस्तख़र अरमनी ईसाइयों का इलाका था। मुसलमानो ने उन्हें परास्त

करके वहाँ अपना अधिकार जमा लिया था और ऐसे नियम बना दिये थे, जिनसे ईसाइयों को पग-पग पर अपनी पराधीनता का स्मरण होता रहता था। पहला नियम जजिए का था, जो हरेक को देना पड़ता था, जिससे मुसलमान मुक्त थे। दूसरा नियम था कि गिर्जों में घण्टा न बजे। तीसरा नियम मदिरा का था, जिसे मुसलमान हराम समझते थे। ईसाइयों ने इन नियमों का क्रियात्मक विरोध किया और मुसलमान अधिकारियों ने शस्त्र-बल से काम लेना चाहा, तो ईसाइयों ने बगावत कर दी, मुसलमान सूबेदार को कैद कर लिया और किले पर सलीबी झण्डा उड़ने लगा।

हबीब को यहाँ आज दूसरा दिन है; पर इस समस्या को कैसे हल करे। उसका उदार हृदय कहता था, ईसाइयों पर इन बन्धनों का कोई अर्थ नहीं, हरेक धर्म का समान रूप से आदर होना चाहिए। लेकिन मुसलमान इन कैदों को उठा देने पर कभी राजी न होंगे। और यह लोग मान भी जाएँ तो तैमूर क्यों मानने लगा? उसके धार्मिक विचारों में कुछ उदारता आयी है, फिर भी वह इन कैदों को उठाना कभी मंजूर न करेगा। लेकिन क्या वह इसलिए ईसाइयों को सजा दे कि वे अपनी धार्मिक स्वाधीनता के लिए लड़ रहे हैं। जिसे वह सत्य समझता है, उसकी हत्या कैसे करे? नहीं, उसे सत्य का पालन करना होगा, चाहे इसका नतीजा कुछ भी हो। अमीर समझेंगे, मैं जरूरत से ज़्यादा बढ़ा जा रहा हूँ। कोई मुजायका नहीं।

दूसरे दिन हबीब ने प्रात:काल डंके की चोट ऐलान कराया—जजिया माफ किया गया, शराब और घण्टों पर कोई कैद नहीं है।

मुसलमानों में तहलका पड़ गया। यह कुफ्र है, हरामपरस्ती है। अमीर तैमूर ने जिस इस्लाम को अपने खून से सींचा, उसकी जड़ उन्हीं के वजीर हबीब पाशा के हाथों खुद रही है! पाँसा पलट गया। शाही फौजें मुसलमानों से जा मिलीं। हबीब ने इस्तखर के किले में पनाह ली। मुसलमानों की ताकत शाही फौज से मिल जाने से बहुत बढ़ गयी थी। उन्होंने किला घेर लिया और यह समझकर कि हबीब ने तैमूर से बगावत की है, तैमूर के पास इसकी सूचना देने और परिस्थिति समझाने के लिए कासिद भेजा।

8

आधी रात गुजर चुकी थी। तैमूर को दो दिनों से इस्तख़र की कोई खबर न मिली थी। तरह-तरह की शंकाएँ हो रही थीं। मन में पछतावा हो रहा था कि उसने क्यों हबीब को अकेला जाने दिया। माना कि वह बड़ा नीतिकुशल है; पर बगावत कहीं जोर पकड़ गई, तो मुट्ठी भर आदमियों से वह क्या कर सकेगा? और बगावत यकीनन ज़ोर पकड़ेगी। वहाँ के ईसाई बला के सरकश हैं। जब उन्हें मालूम होगा कि तैमूर की तलवार में जंग लग गया और उसे अब महलों की जिन्दगी ज़्यादा पसन्द है, तो उनकी हिम्मतें दूनी हो जायेंगी। हबीब कहीं दुश्मनों में घिर गया, तो बड़ा गजब हो जायगा।

उसने अपने ज़ानू पर हाथ मारा और पहलू बदलकर अपने ऊपर झुँझलाया। वह इतना पस्त-हिम्मत क्यों हो गया? क्या उसका तेज और शौर्य उससे विदा हो गया? जिसका नाम सुनकर दुश्मनों में कम्पन पड़ जाता था, वह आज अपना मुँह छिपाकर महलों में बैठा हुआ है। दुनिया की आँखों में इसका एक ही अर्थ हो सकता है कि तैमूर अब मैदान का शेर नहीं, कालीन का शेर हो गया। हबीब फरिश्ता है, इन्सान की बुराइयों से वाकिफ नहीं। जो रहम और साफदिल और बेगरजी का देवता है, वह क्या जाने इन्सान कितना शैतान हो सकता है। अमन के दिनों में तो ये बातें कौम और मुल्क को तरक्की के रास्ते पर ले जाती हैं; पर जंग में, जब कि शैतानी जोश का तूफान उठता है, खूबियों की गुंजाइश नहीं। उस वक्त तो उसी की जीत होती है, जो इन्सानी खून का रंग खेले, खेतों-खलियानों की होली जलाये, जंगलों को बसाये और बस्तियों को वीरान करे! अमन का कानून जंग के कानून से बिल्कुल जुदा है।

सहसा चोबदार ने इस्तख़र से एक कासिद के आने की खबर दी। कासिद ने जमीन चूमी और एक किनारे अदब से खड़ा हो गया। तैमूर का रोब ऐसा छा गया कि जो कुछ कहने आया था, वह सब भूल गया।

तैमूर ने त्योरियाँ चढ़ाकर पूछा—क्या खबर लाया है? तीन दिन के बाद आया भी तो इतनी रात गए?

कासिद ने फिर जमीन चूमी और बोला—खुदाबन्द, वजीर साहब

ने जजिया मुआफ कर दिया।

तैमूर गरज उठा—क्या कहता है; जजिया माफ कर दिया?

'हाँ खुदाबन्द।'

'किसने?'

'वजीर साहब ने।'

'किसके हुक्म से?'

'अपने हुक्म से हुजूर।'

'हूँ!'

'और हुजूर, शराब का भी हुक्म दे दिया।'

'हूँ!'

'गिरजों में घण्टे बजाने का भी हुक्म हो गया है।'

'हूँ!'

'और खुदाबन्द, ईसाइयों से मिलकर मुसलमानों पर हमला कर दिया!'

'तो मैं क्या करूँ?'

'हुजूर हमारे मालिक हैं। अगर हमारी कुछ मदद न हुई, तो वहाँ एक मुसलमान भी जिन्दा न बचेगा।'

'हबीब पाशा इस वक्त कहाँ है?'

'इस्तख़र के किले में हुजूर।'

'और मुसलमान क्या कर रहे हैं?'

'हमने ईसाइयों को किले में घेर लिया है।'

'उन्हीं के साथ हबीब को भी?'

'हाँ हुजूर, वह हुजूर से बागी हो गए।'

'और इसलिए मेरे वफादार इस्लाम के खादिमों ने उन्हें कैद कर रक्खा है। मुमकिन है मेरे पहुँचते-पहुँचते उन्हें कत्ल भी कर दें। बदजात, दूर हो जा मेरे सामने से। मुसलमान समझते हैं, हबीब मेरा नौकर है और मैं उसका आका हूँ। यह गलत है, झूठ है। बस सल्तनत का मालिक हबीब है, तैमूर उसका अदना गुलाम है। उसके फैसले में तैमूर दस्तन्दाजी नहीं

कर सकता। बेशक जजिया मुआफ होना चाहिए। मुझे कोई मजाज नहीं कि दूसरे मजहब वालों से उनके ईमान का तावान लूँ। कोई मजाज नहीं है; अगर मस्जिद में अजान होती है तो कलीसा में घण्टा क्यों न बजे? घण्टे की आवाज में कुफ्र नहीं है। सुनता है बदजात! घण्टे की आवाज में कुफ्र नहीं है। काफिर वह है, जो दूसरों का हक छीन ले, जो गरीबों को सताये, दगाबाज हो खुदगरज हो। काफिर वह नहीं, जो मिट्टी या पत्थर के टुकड़े में खुदा का नूर देखता है; जो नदियों और पहाड़ों में; दरख्तों पर झाड़ियों में, खुदा का जलवा पाता हो। वह हमसे और तुमसे ज़्यादा खुदापरस्त हैं, जो मस्जिद में खुदा को बन्द समझते हैं। तू समझता है, मैं कुफ्र बक रहा हूँ? किसी को काफिर समझना ही कुफ्र है। हम सब खुदा के बन्दे हैं, सब। बस जा और उन बागी मुसलमानों से कह दे, अगर फौरन मुहासरा न उठा लिया गया, तो तैमूर कयामत की तरह आ पहुँचेगा।'

कासिद हतबुद्धि-सा खड़ा ही था कि बाहर ख़तरे का बिगुल बज उठा और फौजें किसी समर-यात्रा की तैयारी करने लगीं।

तीसरे दिन तैमूर इस्तखर पहुँचा, तो किले का मुहासरा उठ चुका था। किले की तोपों ने उसका स्वागत किया। हबीब ने समझा तैमूर ईसाइयों को सजा देने आ रहा है। ईसाइयों के हाथ-पाँव फूले हुए थे, मगर हबीब मुकाबले के लिए तैयार था। ईसाइयों के स्वत्व की रक्षा में यदि उसकी जान भी जाय; तो कोई गम नहीं। इस मुआमले पर किसी तरह का समझौता नहीं हो सकता। तैमूर अगर तलवार से काम लेना चाहता है, तो उसका जवाब तलवार से दिया जायगा।

मगर यह क्या बात है! शाही फौज सुफेद झण्डा दिखा रही है। तैमूर लड़ने नहीं सुलह करने आया है। उसका स्वागत दूसरी तरह का होगा। ईसाई सरदारों को साथ लिये हबीब किले के बाहर निकला। तैमूर अकेला घोड़े पर सवार चला आ रहा था। हबीब घोड़े से उतर कर आदाब बजा लाया। तैमूर भी घोड़े से उतर पड़ा और हबीब का माथा चूम लिया और बोला—मैं सब कुछ सुन चुका हूँ हबीब! तुमने बहुत अच्छा किया और वही किया जो तुम्हारे सिवा दूसरा नहीं कर सकता था। मुझे ज़जिया लेने का या ईसाइयों के मजहबी हक छीनने का कोई मजाज न था। मैं आज दरबार करके इन बातों की तसदीक कर दूँगा और तब मैं एक ऐसी तजबीज करूँगा, जो कई दिन से मेरे जेहन में आ रही है, और मुझे उम्मीद

है कि तुम उसे मंजूर कर लोगे। मंजूर करना पड़ेगा।

हबीब के चेहरे का रंग उड़ रहा था। कहीं हकीकत खुल तो नहीं गयी? वह क्या तजबीज है उसके मन में खलबली पड़ गयी।

तैमूर ने मुस्कराकर पूछा—तुम मुझसे लड़ने को तैयार थे?

हबीब ने शरमाते हुए कहा—हक के सामने अमीर तैमूर की भी कोई हकीकत नहीं।

'बेशक, बेशक! तुममें फरिश्तों का दिल है, तो शेरों की हिम्मत भी है, लेकिन अफसोस यही है कि तुमने गुमान ही क्यों किया कि तैमूर तुम्हारे फैसले को मन्सूख कर सकता है? यह तुम्हारी जात है, जिसने मुझे बतलाया है कि सल्तनत किसी आदमी की जायदाद नहीं बल्कि एक ऐसा दरख्त है जिसकी हरेक शाख और पत्ती एक-सी खुराक पाती है।'

दोनों किले में दाखिल हुए। सूरज डूब चुका था। आन-की-आन में दरबार लग गया और उसमें तैमूर ने ईसाइयों के धार्मिक अधिकारों को स्वीकार किया।

चारों तरफ से आवाज आयी—खुदा हमारे शाहंशाह की उम्र दराज करे।

तैमूर ने उसी सिलसिले में कहा—दोस्तों, मैं इस दुआ का हकदार नहीं हूँ। जो चीज मैंने आपसे जबरन छीन ली थी, उसे आपको वापस देकर मैं दुआ का काम नहीं कर रहा हूँ। इससे कहीं ज़्यादा मुनासिब यह है कि आप मुझे लानत दें कि मैंने इतने दिनों तक आपके हकों से आपको महरूम रखा।

चारों तरफ से आवाज आयी—महरबा! महरबा!!

'दोस्तों, उन हकों के साथ-साथ मैं अपकी सल्तनत भी आपको वापस करता हूँ; क्योंकि खुदा की निगाह में सभी इन्सान बराबर हैं और किसी कौम या शख्स को दूसरी कौम पर हुकूमत करने का अख्तियार नहीं है। आज से आप अपने बादशाह हैं। मुझे उम्मीद है कि आप भी मुस्लिम आबादी को उसके जायज हकों से मरहूम न करेंगे। अगर कभी ऐसा मौका आये कि कोई जाबिर कौम आप की आजादी छीनने की कोशिश करे, तो तैमूर आपकी मदद करने को हमेशा तैयार रहेगा।'

किले में जश्न ख़त्म हो चुका है। उमरा और हुक्काम रुखसत हो

चुके हैं। दीवाने-खास में सिर्फ तैमूर और हबीब रह गए हैं। हबीब ने मुख पर आज स्मित हास्य की वह छटा है, जो सदैव गम्भीरता के नीचे दबी रहती थी। आज उसके कपोलों पर जो लाली, आँखों में जो नशा, अंगों में जो चंचलता है, वह तो और कभी नजर न आयी थी। वह कई बार तैमूर से शोखियाँ कर चुका है, कई बार हँसी कर चुका है, उसकी युवती चेतना, पद और अधिकार को भूलकर चहकती फिरती है।

सहसा तैमूर ने कहा—हबीब, मैंने आज तक तुम्हारी हरेक बात मानी है। अब मैं तुमसे यह तजबीज करता हूँ, जिसका मैंने जिक्र किया, उसे तुम्हें कबूल करना पड़ेगा।

हबीब ने धड़कते हुए हृदय से सिर झुकाकर कहा—फरमाइये!

'पहले वादा करो कि तुम कबूल करोगे।'

'मैं तो आपका गुलाम हूँ!'

'नहीं, तुम मेरे मालिक हो, मेरी जिन्दगी की रोशनी हो। तुमसे मैंने कितना फैज पाया है, उसका अन्दाजा नहीं कर सकता। मैंने अब तक सल्तनत को अपनी जिन्दगी की सबसे प्यारी चीज समझा था। इसके लिए मैंने सब कुछ किया, जो मुझे न करना चाहिए था। अपनों के खून से भी इन हाथों को दागदार किया, गैरों के खून से भी। मेरा काम अब ख़त्म हो चुका। मैंने बुनियाद जमा दी, इस पर महल बनाना तुम्हारा काम है। मेरी यही इल्तजा है कि आज से तुम इस बादशाहत के अमीन हो जाओ, मेरी जिन्दगी में भी और मेरे मरने के बाद भी।'

हबीब ने आकाश में उड़ते हुए कहा—इतना बड़ा बोझ! मेरे कन्धे इतने मजबूत नहीं हैं।

तैमूर ने दीन आग्रह के स्वर में कहा—नहीं, मेरे प्यारे दोस्त, मेरी यह इल्तजा तुम्हें माननी पड़ेगी।

हबीब की आँखों में हँसी थी, अधरों पर संकोच। उसने आहिस्ता से कहा—मंजूर है।

तैमूर ने प्रफुल्लित स्वर में कहा—खुदा तुम्हें सलामत रखे।

'लेकिन अगर आपको मालूम हो जाय कि हबीब एक कच्ची अक्ल की क्वाँरी बालिका है तो?'

'तो वह मेरी बादशाहत के साथ मेरे दिल की भी रानी हो जायगी।'

'आपको बिल्कुल ताज्जुब नहीं हुआ?'

'मैं जानता था।'

'कब से?'

'जब तुमने पहली बार अपनी जालिम आँखों से मुझे देखा।'

'मगर आपने छिपाया खूब!!'

'तुम्हीं ने तो सिखाया। शायद मेरे सिवा यहाँ किसी को यह बात मालूम नहीं!'

'आपने कैसे पहचान लिया!'

तैमूर ने मतवाली आँखों से देखकर कहा—यह न बताऊँगा।

यही हबीब तैमूर की 'बेगम हमीदा' के नाम से मशहूर है।

तगादा

सेठ चेतराम ने स्नान किया, शिवजी को जल चढ़ाया, दो दाने मिर्च चबाये, दो लोटे पानी पिया और सोटा लेकर तगादे पर चले।

सेठजी की उम्र कोई पचास की थी। सिर के बाल झड़ गए थे और खोपड़ी ऐसी साफ़-सुथरी निकल आयी थी, जैसे ऊसर खेत। आपकी आँखें थीं तो छोटी लेकिन बिल्कुल गोल। चेहरे के नीचे पेट था और पेट के नीचे टाँगें, मानों किसी पीपे में दो मेखें गाड़ दी गई हों। लेकिन, यह खाली-पीपा न था। इसमें सजीवता और कर्मशीलता कूट-कूटकर भरी हुई थी। किसी बाकीदार असामी के सामने इस पीपे का उछलना-कूदना और पैंतरे बदलना देखकर किसी नट का चिगिया भी लज्जित हो जाता। ऐसी आँखें लाल-पीली करते, ऐसे गरजते कि दर्शकों की भीड़ लग जाती थी। उन्हें कंजूस तो नहीं कहा जा सकता क्योंकि, जब वह दूकान पर होते, तो हरेक भिखमंगे के सामने एक कौड़ी फेंक देते। हाँ, उस समय उनके माथे पर कुछ ऐसा बल पड़ जाता, आँखें कुछ ऐसी प्रचंड हो जातीं, नाक कुछ ऐसी सिकुड़ जाती कि भिखारी फिर उनकी दूकान पर न आता। लहने का बाप तगादा है, इस सिद्धान्त के वह अनन्य भक्त थे। जलपान करने के बाद सन्ध्या तक बराबर तगादा करते रहते थे। इसमें एक तो घर का भोजन बचता था, दूसरे असामियों के माथे दूध, पूरी, मिठाई आदि पदार्थ खाने को मिल जाते थे। एक वक्त का भोजन बच जाना कोई साधारण बात नहीं है! एक भोजन का एक आना भी रख लें, तो केवल इसी मद में उन्होंने अपने तीस वर्षों के महाजनी जीवन में कोई आठ सौ रुपये बचा लिये थे। फिर लौटते समय दूसरी बेला के लिए भी दूध, दही, तेल, तरकारी,

उपले ईंधन मिल जाते थे। बहुधा सन्ध्या का भोजन भी न करना पड़ता था। इसलिए तगादे से न चूकते थे। आसमान फटा पड़ता हो, आग बरस रही हो, आँधी आती हो; पर सेठ जी प्रकृति के अटल नियम की भाँति तगादे पर जरूर निकल जाते।

सेठानी ने पूछा—भोजन?

सेठ जी ने गरजकर कहा—नहीं।

'साँझ का?'

'आने पर देखी जायगी।'

2

सेठजी के एक किसान पर पाँच रुपये आते थे। छः महीने से दुष्ट ने सूद-ब्याज कुछ न दिया था और न कभी कोई सौगात लेकर हाजिर हुआ था। उसका घर तीन कोस से कम न था, इसलिये सेठजी टालते आते थे। आज उन्होंने उसी गाँव चलने का निश्चय कर लिया। आज बिना दुष्ट से रुपये लिये न मानूँगा, चाहे कितना ही रोये, घिघियाये। मगर इतनी लम्बी यात्रा पैदल करना निन्दास्पद था। लोग कहेंगे—नाम बड़े दर्शन थोड़े। कहलाने को सेठ, चलते हैं पैदल इसलिए मन्थर गति से इधर-उधर ताकते, राहगीरों से बातें करते चले जाते थे कि लोग समझें वायु-सेवन करने जा रहे हैं।

सहसा एक खाली इक्का उनकी तरफ जाता हुआ मिल गया। इक्केवान ने पूछा—कहाँ लाला, कहाँ जाना है?

सेठजी ने कहा—जाना तो कहीं नहीं है, दो परग तो और है; लेकिन लाओ बैठ जायँ।

इक्केवाले ने चुभती हुई आँखों से सेठजी को देखा, सेठजी ने भी अपनी लाल आँखों से उसे घूरा। दोनों समझ गए, आज लोहे के चने चबाने पड़ेंगे।

इक्का चला। सेठजी ने पहला वार किया—कहाँ घर है मियाँ साहब?

'घर कहाँ है हुजूर, जहाँ पड़ रहूँ, वहीं घर है। जब घर था तब था। अब तो बेघर, बेदर हूँ और सबसे बड़ी बात यह है कि बेपर हूँ। तकदीर ने पर काट लिये। लँडूरा बनाकर छोड़ दिया। मेरे दादा नवाबी में चकलेदार

थे हजूर, सात जिले के मालिक, जिसे चाहें तोप-दम कर दें, फाँसी पर लटका दें। निकलने के पहले लाखों की थैलियाँ नजर चढ़ जाती थीं हुजूर। नवाब साहब भाई की तरह मानते थे। एक दिन वह थे, एक दिन यह है कि हम आप लोगों की गुलामी कर रहे हैं। दिनों का फेर है।'

सेठजी को हाथ मिलाते ही मालूम हो गया, पक्का फिकैत है, अखाड़ेबाज, इससे पेश पाना मुश्किल है, पर अब तो कुश्ती बन्द हो गई थी, अखाड़े में उतर पड़े थे। बोले—तो यह कहो कि बादशाही घराने के हो। यह सूरत ही गवाही दे रही है। दिनों का फेर है भाई, सब दिन बराबर नहीं जाते। हमारे यहाँ लक्ष्मी को चंचला कहते हैं, बराबर चलती रहती हैं, आज मेरे घर कल तुम्हारे घर। तुम्हारे दादा ने रुपये तो खूब छोड़े होंगे?

इक्केवाला—अरे सेठ, उस दौलत का कोई हिसाब था। न जाने कितने तहखाने भरे हुए थे! बोरों में सोने-चाँदी के डले रखे हुए थे। जवाहरात टोकरियों में भरे पड़े थे। एक-एक पत्थर पचास-पचास लाख का। चमक-दमक ऐसी थी, कि चिराग मात। मगर तकदीर भी तो कोई है। इधर दादा का चालीसवाँ हुआ; उधर नवाबी बुर्द हुई। सारा खजाना लुट गया। छकड़ों पर लाद-लाद कर लोग जवाहरात ले गए फिर भी घर में इतना बच रहा था कि अब्बाजान ने जिन्दगी भर ऐश किया—ऐसा ऐश किया, कि क्या कोई भकुवा करेगा। सोलह कहारों के सुखपाल पर निकलते थे। आगे-पीछे चोबदार दौड़ते चलते थे। फिर भी मेरे गुजर भर को उन्होंने बहुत छोड़ा। अगर हिसाब-किताब से रहता तो आज भला आदमी होता; लेकिन रईस का बेटा रईस ही तो होगा। एक बोतल चढ़ाकर बिस्तर से उठता था। रात-रात भर मुजरे होते रहते थे। क्या जानता था, एक दिन यह ठोकरें खानी पड़ेंगी।

सेठ—अल्ला मियाँ का सुकुर करो भाई कि ईमानदारी से अपने बाल-बच्चों की परवरिश तो करते हो। नहीं तो हमारे-तुम्हारे कितने ही भाई रात-दिन कुकर्म करते रहते हैं, फिर भी दाने-दाने को मुहताज रहते हैं। ईमान की सलामती चाहिए, नहीं दिन तो सभी के कट जाते हैं, दूध-रोटी खाकर कटे तो क्या, सूखे चने चबाकर कटे तो क्या। बड़ी बात तो ईमान है। मुझे तो तुम्हारी सूरत देखते ही मालूम हो गया था, कि नीयत के साफ सच्चे आदमी हो। बेईमानों की तो सूरत ही से फटकार बरसती है।

इक्केवाला—सेठजी, आपने ठीक कहा कि ईमान सलामत रहे, तो सब कुछ है। आप लोगों से चार पैसे मिल जाते हैं, वही बाल-बच्चों को खिला-पिलाकर पड़ रहता हूँ। हुजूर, और इक्केवालों को देखिए, तो कोई किसी मर्ज में मुब्तिला है, कोई किसी मर्ज में। मैंने तोबा बोला! ऐसा काम ही क्यों करें, कि मुसीबत में फँसें। बड़ा कुनबा है हुजूर, माँ हैं, बच्चे हैं, कई बेवाएँ हैं, और कमाई यही इक्का है। फिर भी अल्लाह मियाँ किसी तरह निबाहे जाते हैं।

सेठ—वह बड़ा कारसाज है खाँ साहब, तुम्हारी कमाई में हमेशा बरकत होगी।

इक्केवाला—आप लोगों की मेहरबानी चाहिए।

सेठ—भगवान की मेहरबानी चाहिए। तुमसे खूब भेंट हो गई। मैं इक्केवालों से बहुत घबराता हूँ, लेकिन अब मालूम हुआ, अच्छे-बुरे सभी जगह होते हैं। तुम्हारे जैसा सच्चा, दीनदार आदमी मैंने नहीं देखा। कैसी साफ तबियत पायी है तुमने कि वाह!

सेठ जी की ये लच्छेदार बातें सुनकर इक्केवाला समझ गया कि यह महाशय परले सिरे के बैठकबाज हैं। यह सिर्फ मेरी तारीफ करके मुझे चकमा दिया चाहते हैं। अब और किसी पहलू से अपना मतलब निकालना चाहिए। इनकी दया से तो कुछ ले मरना मुश्किल है, शायद इनसे भय से कुछ ले मरूँ। बोला—मगर लाला, यह न समझिए कि मैं जितना सीधा और नेक नजर आता हूँ, उतना सीधा और नेक हूँ भी। नेकों के साथ नेक हूँ लेकिन बुरों के साथ पक्का बदमाश हूँ। यों कहिए आपकी जूतियाँ सीधी कर दूँ; लेकिन किराये के मामले में किसी के साथ रिआयत नहीं करता। रिआयत करूँ तो खाऊँ क्या?

सेठजी ने समझा था, इक्केवाले को हत्थे पर चढ़ा लिया, अब यात्रा निर्विघ्न और नि:शुल्क समाप्त हो जायगी! लेकिन यह अलाप सुना, तो कान खड़े हुए। बोले—भाई, रुपये-पैसे के मामले में मैं भी किसी से रिआयत नहीं करता; लेकिन कभी-कभी जब यार-दोस्तों का मामला आ पड़ता है तो झक मारकर दबना ही पड़ता है। तुम्हें भी कभी-कभी बल खाना ही पड़ता होगा। दोस्तों से बेमुरौवती तो नहीं की जाती।

इक्केवाले ने रूखेपन से कहा—मैं किसी के साथ मुरौवत नहीं

करता। मुरौवत का सबक तो उस्ताद ने पढ़ाया ही नहीं। एक ही चंडूल हूँ। मजाल क्या कि कोई एक पैसा दबा ले। घरवाली तक को तो मैं एक पैसा देता नहीं, दूसरों की बात ही क्या है। और इक्केवाले अपने महाजन की खुशामद करते हैं। उसके दरवाजे पर खड़े रहते हैं। यहाँ महाजनों को भी धता बताता हूँ। सब मेरे नाम को रोते हैं। रुपये लिये और साफ डकार गया। देखें, अब कैसे वसूल करते हो बच्चा, नालिश करो, घर में क्या धरा है, जो ले लोगे।

सेठजी को मानो जूड़ी चढ़ आयी। समझ गए, यह शैतान बिना पैसे लिये न मानेगा। जानते कि यह विपत्ति गले पड़ेगी, तो भूलकर भी इक्के पर पाँव न रखते। इतनी दूर पैदल चलने में कौन पैर टूटे जाते थे। अगर इस तरह रोज पैसे देने पड़े, तो फिर लेन-देन कर चुका।

सेठजी भक्त जीव थे। शिवजी को जल चढ़ाने में, जब से होश सँभाला, एक नागा भी न किया। क्या भक्तवत्सल शंकर भगवान इस अवसर पर मेरी सहायता न करेंगे। इष्टदेव का सुमिरन करके बोले—खाँ साहब और किसी से चाहे न दबो; पर पुलिस से तो दबना ही पड़ता होगा। वह तो किसी के सगे नहीं होते।

इक्केवाले ने कहकहा मारा—कभी नहीं, उनसे उल्टे और कुछ-न-कुछ वसूल करता हूँ। जहाँ कोई शिकार मिला, झट सस्ते भाड़े बैठाता हूँ और थाने पर पहुँचा देता हूँ। किराया भी मिल जाता है और ईनाम भी। क्या मजाल कि कोई बोल सके। लाइसन नहीं लिया आज तक लाइसन! मजे में सदर में इक्का दौड़ाता फिरता हूँ। कोई साला चूँ नहीं कर सकता। मेले-ठेलों में अपनी खूब बन आती है। अच्छे-अच्छे माल चुनकर कोतवाली पहुँचाता हूँ। वहाँ कौन किसी की दाल गलती है। जिसे चाहें रोक लें, एक दिन, दो दिन, तीन दिन। बीस बहाने हैं। कह दिया, शक था कि यह औरत को भगाये लिये जाता था। फिर कौन बोल सकता है। साहब भी छोड़ना चाहें; तो नहीं छोड़ सकते। मुझे सीधा न समझिएगा। एक ही हरामी हूँ। सवारियों से पहले किराया तय नहीं करता, ठिकाने पर पहुँचकर एक के दो लेता हूँ। जरा भी चीं-चपड़ किया, तो आस्तीन चढ़ा, पैतरे बदलकर खड़ा हो जाता हूँ। फिर कौन है जो सामने ठहर सके।

सेठजी को रोमांच हो आया। हाथ में एक सोटा तो था, पर उसका

व्यवहार करने की शक्ति का उनमें अभाव था। आज बुरे फँसे, न जाने किस मनहूस का मुँह देखकर घर से चले थे। कहीं यह दुष्ट उलझ पड़े, तो दस-पाँच दिन हल्दी-सोंठ पीना पड़े। अब से भी कुशल है, यहाँ उतर जाऊँ, जो बच जाय वही सही। भीगी बिल्ली बनकर बोले-अच्छा, अब रोक लो खाँ साहब, मेरा गाँव आ गया। बोलो, तुम्हें क्या दे दूँ?

इक्केवाले ने घोड़ी को एक चाबुक और लगाया और निर्दयता से बोला—मजूरी सोच लो भाई। तुमको न बैठाया होता, तो तीन सवारियाँ बैठा लेता। तीनों चार-चार आने भी देते, तो बारह आने हो जाते। तुम आठ ही आने दे दो।

सेठजी की बधिया बैठ गई। इतनी बड़ी रकम उन्होंने उम्र भर इस मद में नहीं खर्च की थी। इतनी-सी दूर के लिए इतना किराया, वह किसी तरह न दे सकते थे। मनुष्य के जीवन में एक ऐसा अवसर भी आता है, जब परिणाम की उसे चिन्ता नहीं रहती। सेठजी के जीवन में यह ऐसा ही अवसर था। अगर आने दो-आने की बात होती, तो खून का घूँट पीकर दे देते, लेकिन आठ आने के लिए कि जिसका द्विगुण एक कलदार होता है, अगर तू-तू मैं-मैं ही नहीं हाथा-पाई की भी नौबत आये, तो वह करने को तैयार थे। यह निश्चय करके वह दृढ़ता के साथ बैठे रहे।

सहसा सड़क के किनारे एक झोंपड़ा नजर आया। इक्का रुक गया, सेठ जी उतर पड़े और कमर से एक दुअन्नी निकालकर इक्केवान की ओर बढ़ाई।

इक्केवान ने सेठजी के तेवर देखे, तो समझ गया, ताव बिगड़ गया। चाशनी कड़ी होकर कठोर हो गई। अब यह दाँतों से लड़ेगी। इसे चुबल कर ही मिठास का आनन्द लिया जा सकता है। नम्रता से बोला—मेरी ओर से इसकी रेवड़ियाँ लेकर बाल-बच्चों को खिला दीजिएगा। अल्लाह आपको सलामत रखे।

सेठजी ने एक आना और निकाला और बोले—बस, अब जबान न हिलाना एक कौड़ी भी बेसी न दूँगा।

इक्केवाला—नहीं मालिक, आप ही ऐसा कहेंगे, तो हम गरीबों के बाल-बच्चे कहाँ से पलेंगे। हम लोग भी आदमी पहचानते हैं हुजूर।

इतने में झोपड़ी में से एक स्त्री गुलाबी साड़ी पहने, पान चबाती हुई

निकल आई और बोली—आज बड़ी देर लगाई (यकायक सेठजी को देखकर) अच्छा आज लालाजी तुम्हारे इक्के पर थे। फिर आज तुम्हारा मिजाज काहे को मिलेगा। एक चेहरेशाही तो मिली ही होगी। इधर बढ़ा दो सीधे से।

यह कहकर वह सेठजी के समीप आकर बोली—आराम से चरपैया पर बैठो लाला! बड़े भाग थे कि आज सबेरे-सबेरे आपके दर्शन हुए।

उसके वस्त्र मन्द-मन्द महक रहे थे। सेठ जी का दिमाग ताजा हो गया। उसकी ओर कनखियों से देखा। औरत चंचल, बाँकी-कटीली, तेज-तर्रार थी। सेठानीजी की मूर्ति आँखों के सामने आ गई—भद्दी, थुल-थुल, पिल-पिल, पैरों में बेवाय फटी हुई, कपड़ों से दुर्गन्ध उड़ती हुई। सेठजी नाममात्र को भी रसिक न थे, पर इस समय आँखों से हार गए। आँखों को उधर से हटाने की चेष्टा करके चारपाई पर बैठ गए। अभी कोस भर की मंजिल बाकी है, इसका ख्याल ही न रहा।

स्त्री एक छोटी-सी पंखिया उठा लायी और सेठजी को झलने लगी। हाथ की प्रत्येक गति के साथ सुगन्ध का एक झोंका आकर सेठजी को उन्मत्त करने लगा।

सेठजी ने जीवन में ऐसा उल्लास कभी अनुभव न किया था। उन्हें प्राय: सभी घृणा की दृष्टि से देखते थे। चोला मस्त हो गया। उसके हाथ से पंखिया छीन लेनी चाही।

‘तुम्हे कष्ट हो रहा है, लाओ मैं झल लूँ।’

‘यह कैसी बात है लालाजी! आप हमारे दरवाजे पर आये हैं। क्या इतनी खातिर भी न करने दीजियेगा। और हम किस लायक हैं। इधर कहीं दूर जाना है? अब तो बहुत देर हो गई। कहाँ जाइएगा।’

सेठजी ने पापी आँखों को फेर कर और पापी मन को दबा कर कहा—यहाँ से थोड़ी दूर पर एक गाँव है, वहीं जाना है। साँझ को इधर ही से लौटूँगा।

सुन्दरी ने प्रसन्न होकर कहा—तो फिर आज यहीं रहिएगा। साँझ को फिर कहाँ जाइएगा। एक दिन घर के बाहर की हवा भी खाइए। फिर न जाने कब मुलाकात होगी।

इक्केवाले ने आकर सेठजी के कान में कहा—पैसे निकालिए तो

दाने चारे का इन्तजाम करूँ।

सेठजी ने चुपके से अठन्नी निकालकर दे दी।

इक्केवाले ने फिर पूछा—आपके लिए कुछ मिठाई लेता आऊँ? यहाँ आपके लायक मिठाई तो क्या मिलेगी, हाँ मुँह मीठा हो जायगा।

सेठजी बोले—मेरे लिये कोई जरूरत नहीं, हाँ बच्चों के लिए यह चार आने की मिठाई लिवाते आना।

चवन्नी निकालकर सेठजी ने उसके सामने ऐसे गर्व से फेंकी मानो इसकी उनके सामने कोई हकीकत नहीं है। सुन्दरी के मुँह का भाव तो देखना चाहते थे; पर डरते थे कि कहीं वह यह न समझे, लाला चवन्नी क्या दे रहे हैं, मानो किसी को मोल ले रहे हैं।

इक्केवाला चवन्नी उठाकर जा ही रहा था कि सुन्दरी ने कहा—सेठजी की चवन्नी लौटा दो। लपककर उठा ली, शर्म नहीं आती। यह मुझसे रुपया ले लो। आठ आने की ताजी मिठाई बनवाकर लाओ।

उसने रुपया निकाल कर फेंका! सेठजी मारे लाज के गड़ गए। एक इक्केवान की भठियारिन जिसकी टके की भी औकात नहीं, इतनी खातिरदारी करे कि उनके लिए पूरा रुपया निकालकर दे दे, यह भला वह कैसे सह सकते थे। बोले—नहीं-नहीं, यह नहीं हो सकता। तुम अपना रुपया रख लो। (रसिक आँखों को तृप्त करके) मैं रुपया दिये देता हूँ। यह लो, आठ आने की ले लेना।

इक्केवान तो उधर मिठाई और दाना-चारे की फिक्र में चला, इधर सुन्दरी ने सेठ से कहा—वह तो अभी देर में आयेगा लाला, तब तक पान तो खाओ।

सेठजी ने इधर-उधर ताककर कहा—यहाँ तो कोई तम्बोली नहीं है।

सुन्दरी उनकी ओर कटाक्षपूर्ण नेत्रों से देखकर बोली—क्या मेरे लगाये पान तम्बोली के पानों से भी खराब होंगे?

सेठजी ने लज्जित होकर कहा—नहीं-नहीं, यह बात नहीं, तुम मुसलमान हो न?

सुन्दरी ने विनोदमय आग्रह से कहा—खुदा की कसम, इसी बात पर मैं तुम्हें पान खिलाकर छोड़ूँगी!

यह कहकर उसने पानदान से एक बीड़ा निकाला और सेठजी की तरफ चली। सेठजी ने एक मिनिट तक तो हाँ! हाँ! किया, फिर दोनों हाथ बढ़ाकर उसे हटाने की चेष्टा की, फिर जोर से दोनों ओंठ बन्द कर लिए पर जब सुन्दरी किसी तरह न मानी, तो सेठजी अपना धर्म लेकर बेतहाशा भागे। सोंटा वहीं चारपाई पर रह गया। बीस कदम पर जाकर आप रुक गए और हाँफकर बोले—देखो, इस तरह किसी का धर्म नहीं लिया जाता। हम लोग तुम्हारा छुआ पानी पी लें तो धर्म भ्रष्ट हो जाय।

सुन्दरी ने फिर दौड़ाया। सेठजी फिर भागे। इधर पचास वर्ष से उन्हें इस तरह भागने का अवसर न पड़ा था। धोती खिसककर गिरने लगी मगर इतना अवकाश न था कि धोती बाँध लें। बेचारे धर्म को कन्धे पर रखे दौड़े चले जाते थे। न मालूम कब कमर से रुपयों का बटुआ खिसक पड़ा। जब एक पचास कदम पर फिर रुके और धोती ऊपर उठाई, तो बटुआ नदारद। पीछे फिर कर देखा। सुन्दरी हाथ में बटुआ लिये उन्हें दिखा रही थी और इशारे से बुला रही थी। मगर सेठजी को धर्म रुपये से कहीं प्यारा था। दो चार कदम चले फिर रुक गए।

यकायक धर्म-बुद्धि ने डाँट बताई। थोड़े रुपये के लिए धर्म छोड़े देते हो। रुपये बहुत मिलेंगे। धर्म कहाँ मिलेगा।

यह सोचते हुए वह अपनी राह चले, जैसे कोई कुत्ता झगड़ालू कुत्तों के बीच से आहत, दुम दबाये भागा जाता हो और बार-बार पीछे फिरकर देख लेता हो कि कहीं वे दुष्ट आ तो नहीं रहे हैं।

कायर

युवक का नाम केशव था, युवती का प्रेमा। दोनों एक ही कालेज के और एक ही क्लास के विद्यार्थी थे। केशव नये विचारों का युवक था, जात-पाँत के बन्धनों का विरोधी। प्रेमा पुराने संस्कारों की कायल थी, पुरानी मर्यादाओं और प्रथाओं में पूरा विश्वास रखनेवाली; लेकिन फिर भी दोनों में गाढ़ा प्रेम हो गया था। और यह बात सारे कालेज में मशहूर थी। केशव ब्राह्मण होकर भी वैश्य कन्या प्रेमा से विवाह करके अपना जीवन सार्थक करना चाहता था। उसे अपने माता-पिता की परवाह न थी। कुल-मर्यादा का विचार भी उसे स्वाँग-सा लगता था। उसके लिए सत्य कोई वस्तु थी, तो प्रेम थी; किन्तु प्रेमा के लिए माता-पिता और कुल-परिवार के आदेश के विरुद्ध एक कदम बढ़ाना भी असम्भव था।

सन्ध्या का समय है। विक्टोरिया-पार्क के एक निर्जन स्थान में दोनों आमने-सामने हरियाली पर बैठे हुए हैं। सैर करने वाले एक-एक करके विदा हो गए; किन्तु ये दोनों अभी वहीं बैठे हुए हैं। उनमें एक ऐसा प्रसंग छिड़ा हुआ है, जो किसी तरह समाप्त नहीं होता।

केशव ने झुँझलाकर कहा—इसका यह अर्थ है कि तुम्हें मेरी परवाह नहीं है?

प्रेमा ने उसको शान्त करने की चेष्टा करके कहा—तुम मेरे साथ अन्याय कर रहे हो, केशव! लेकिन मैं इस विषय को माता-पिता के सामने कैसे छेड़ूँ, यह मेरी समझ में नहीं आता। वे लोग पुरानी रूढ़ियों के भक्त हैं। मेरी तरफ से कोई ऐसी बात सुनकर मन में जो-जो शंकाएँ होंगी,

उनकी तुम कल्पना कर सकते हो?

केशव ने उग्र भाव से पूछा—तो तुम भी उन्हीं पुरानी रूढ़ियों की गुलाम हो?

प्रेमा ने अपनी बड़ी-बड़ी आँखों में मृदु-स्नेह भरकर कहा—नहीं, मैं उनकी गुलाम नहीं हूँ, लेकिन माता-पिता की इच्छा मेरे लिए और सब चीजों से अधिक मान्य है।

'तुम्हारा व्यक्तित्व कुछ नहीं है?'

'ऐसा ही समझ लो।'

'मैं तो समझता था कि ये ढकोसले मूर्खों के लिए ही हैं; लेकिन अब मालूम हुआ कि तुम-जैसी विदुषियाँ भी उनकी पूजा करती हैं। जब मैं तुम्हारे लिए संसार को छोड़ने पर तैयार हूँ तो तुमसे भी यही आशा करता हूँ।'

प्रेमा ने मन में सोचा, मेरा अपनी देह पर क्या अधिकार है। जिन माता-पिता ने अपने रक्त से मेरी सृष्टि की है, और अपने स्नेह से उसे पाला है, उनकी मरजी के खिलाफ कोई काम करने का उसे कोई हक नहीं।

उसने दीनता के साथ केशव से कहा—क्या प्रेम स्त्री और पुरुष के रूप ही में रह सकता है, मैत्री के रूप में नहीं? मैं तो आत्मा का बन्धन समझती हूँ।

केशव ने कठोर भाव से कहा—इन दार्शनिक विचारों से तुम मुझे पागल कर दोगी, प्रेमा! बस, इतना ही समझ लो मैं निराश होकर जिन्दा नहीं रह सकता। मैं प्रत्यक्षवादी हूँ, और कल्पनाओं के संसार में प्रत्यक्ष का आनन्द उठाना मेरे लिए असम्भव है।

यह कहकर उसने प्रेमा का हाथ पकड़कर अपनी ओर खींचने की चेष्टा की। प्रेमा ने झटके से हाथ छुड़ा लिया और बोली—नहीं केशव, मैं कह चुकी हूँ कि मैं स्वतंत्र नहीं हूँ। तुम मुझसे वह चीज न माँगो, जिस पर मेरा कोई अधिकार नहीं है।

केशव को अगर प्रेमा ने कठोर शब्द कहे होते तो भी उसे इतना दु:ख न हुआ होता। एक क्षण तक वह मन मारे बैठा रहा, फिर उठकर निराशा भरे स्वर में बोला—'जैसी तुम्हारी इच्छा! अहिस्ता-अहिस्ता कदम-सा

उठाता हुआ वहाँ से चला गया। प्रेमा अब भी वहीं बैठी आँसू बहाती रही।

2

रात को भोजन करके प्रेमा जब अपनी माँ के साथ लेटी, तो उसकी आँखों में नींद न थी। केशव ने उसे एक ऐसी बात कह दी थी, जो चंचल पानी में पड़ने वाली छाया की तरह उसके दिल पर छाई हुई थी। प्रतिक्षण उसका रूप बदलता था। वह उसे स्थिर न कर सकती थी। माता से इस विषय में कुछ कहे तो कैसे? लज्जा मुँह बन्द कर देती थी। उसने सोचा, अगर केशव के साथ मेरा विवाह न हुआ तो उस समय मेरा क्या कर्त्तव्य होगा। अगर केशव ने कुछ उद्दंडता कर डाली तो मेरे लिए संसार में फिर क्या रह जायगा; लेकिन मेरा बस ही क्या है। इन भाँति-भाँति के विचारों में एक बात जो उसके मन में निश्चित हुई, वह यह थी कि केशव के सिवा वह और किसी से विवाह न करेगी।

उसकी माता ने पूछा—क्या तुझे अब तक नींद न आयी? मैंने तुझसे कितनी बार कहा कि थोड़ा-बहुत घर का काम-काज किया कर; लेकिन तुझे किताबों से ही फुरसत नहीं मिलती। चार दिन में तू पराये घर जायगी, कौन जाने कैसा घर मिले। अगर कुछ काम करने की आदत न रही, तो कैसे निबाह होगा?

प्रेमा ने भोलेपन से कहा—मैं पराये घर जाऊँगी ही क्यों?

माता ने मुस्कराकर कहा—लड़कियों के लिए यही तो सबसे बड़ी विपत्ति है, बेटी! माँ-बाप की गोद में पलकर ज्यों ही सयानी हुई, दूसरों की हो जाती है। अगर अच्छे प्राणी मिले, तो जीवन आराम से कट गया, नहीं रो-रोकर दिन काटना पड़ा। सब कुछ भाग्य के अधीन है। अपनी बिरादरी में तो मुझे कोई घर नहीं भाता। कहीं लड़कियों का आदर नहीं; लेकिन करना तो बिरादरी में ही पड़ेगा। न जाने यह जात-पाँत का बन्धन कब टूटेगा?

प्रेमा डरते-डरते बोली—कहीं-कहीं तो बिरादरी के बाहर भी विवाह होने लगे हैं!

उसने कहने को कह दिया; लेकिन उसका हृदय काँप रहा था कि

माता जी कुछ भाँप न जायँ।

माता ने विस्मय के साथ पूछा—क्या हिन्दुओं में ऐसा हुआ है!

फिर उसने आप-ही-आप उस प्रश्न का जवाब भी दिया—और दो-चार जगह ऐसा हो भी गया, तो उससे क्या होता है?

प्रेमा ने इसका कुछ जवाब न दिया, भय हुआ कि माता कहीं उसका आशय समझ न जायँ। उसका भविष्य एक अँधेरी खाई की तरह उसके सामने मुँह खोले खड़ा था, मानो उसे निगल जायगा।

उसे न जाने कब नींद आ गयी।

3

प्रात:काल प्रेमा सोकर उठी, तो उसके मन में एक विचित्र साहस का उदय हो गया था। सभी महत्वपूर्ण फैसले हम आकस्मिक रूप से कर लिया करते हैं, मानो कोई दैवी-शक्ति हमें उनकी ओर खींच ले जाती है; वही हालत प्रेमा की थी। कल तक वह माता-पिता के निर्णय को मान्य समझती थी, पर संकट को सामने देखकर उसमें उस वायु की हिम्मत पैदा हो गयी थी, जिसके सामने कोई पर्वत आ गया हो। वही मन्द वायु प्रबल वेग से पर्वत के मस्तक पर चढ़ जाती है और उसे कुचलती हुई दूसरी तरफ जा पहुँचती है। प्रेमा मन में सोच रही थी—मानो,यह देह माता-पिता की है; किन्तु आत्मा तो मेरी है। मेरी आत्मा को जो कुछ भुगतना पड़ेगा, वह इसी देह से तो भुगतना पड़ेगा। अब वह इस विषय में संकोच करना अनुचित ही नहीं, घातक समझ रही थी। अपने जीवन को क्यों एक झूठे सम्मान पर बलिदान करे? उसने सोचा विवाह का आधार अगर प्रेम न हो, तो वह देह का विक्रय है। आत्मसमर्पण क्यों बिना प्रेम के भी हो सकता है? इस कल्पना ही से कि न जाने किस अपरिचित युवक से उसका विवाह हो जायगा, उसका हृदय विद्रोह कर उठा।

वह अभी नाश्ता करके कुछ पढ़ने जा रही थी कि उसके पिता ने प्यार से पुकारा—मैं कल तुम्हारे प्रिन्सिपल के पास गया था, वे तुम्हारी बड़ी तारीफ कर रहे थे।

प्रेमा ने सरल भाव से कहा—आप तो यों ही कहा करते हैं।

'नहीं, सच।'

यह कहते हुए उन्होंने अपनी मेज की दराज खोली, और मखमली चौखटों में जड़ी हुई एक तस्वीर निकालकर उसे दिखाते हुए बोले—यह लड़का आई० सी० एस० के इम्तहान में प्रथम आया है। इसका नाम तो तुमने सुना होगा?

बूढ़े पिता ने ऐसी भूमिका बाँध दी थी कि माँ उनका आशय न समझ सकी लेकिन प्रेमा भाँप गयी! उसका मन तीर की भाँति लक्ष्य पर जा पहुँचा। उसने बिना तस्वीर की ओर देखे ही कहा—नहीं, मैंने तो उसका नाम नहीं सुना।

पिता ने बनावटी आश्चर्य से कहा—क्या! तुमने उसका नाम ही नहीं सुना? आज के दैनिक पत्र में उसका चित्र और जीवन-वृत्तान्त छपा है।

प्रेमा ने रूखाई से जवाब दिया—होगा, मगर मैं तो उस परीक्षा का कोई महत्व नहीं समझती। मैं तो समझती हूँ, जो लोग इस परीक्षा में बैठते हैं वे पल्ले सिर के स्वार्थी होते हैं। आखिर उनका उद्देश्य इसके सिवा और क्या होता है कि अपने गरीब, निर्धन, दलित भाइयों पर शासन करें और खूब धन संचय करें। यह तो जीवन का कोई ऊँचा उद्देश्य नहीं है।

इस आपत्ति में जलन थी, अन्याय था, निर्दयता थी। पिता जी ने समझा था, प्रेमा यह बखान सुनकर लट्टू हो जायगी। यह जवाब सुनकर तीखे स्वर में बोले—तू तो ऐसी बातें कर रही है जैसे तेरे लिए धन और अधिकार का कोई मूल्य ही नहीं।

प्रेमा ने ढिठाई से कहा—हाँ, मैं तो इसका मूल्य नहीं समझती। मैं तो आदमी में त्याग देखती हूँ। मैं ऐसे युवकों को जानती हूँ, जिन्हें यह पद जबरदस्ती भी दिया जाये, तो स्वीकार न करेंगे।

पिता ने उपहास के ढंग से कहा—यह तो आज मैंने नई बात सुनी। मैं तो देखता हूँ कि छोटी-छोटी नौकरियों के लिए लोग मारे-मारे फिरते हैं। मैं जरा उस लड़के की सूरत देखना चाहता हूँ, जिसमें इतना त्याग हो। मैं तो उसकी पूजा करूँगा।

शायद किसी दूसरे अवसर पर ये शब्द सुनकर प्रेमा लज्जा से सिर झुका लेती; पर इस समय उसकी दशा उस सिपाही की सी थी, जिसके पीछे गहरी खाई हो। आगे बढ़ने के सिवा उसके लिए और कोई मार्ग न

था। अपने आवेश को संयम से दबाती हुई, आँखों में विद्रोह भरे, वह अपने कमरे में गयी, और केशव के कई चित्रों में से वह एक चित्र चुनकर लायी, जो उसकी निगाह में सबसे खराब था, और पिता के सामने रख दिया। बूढे पिता जी ने चित्र को उपेक्षा के भाव से देखना चाहा; लेकिन पहली दृष्टि ही में उसने उन्हें आकर्षित कर लिया। ऊँचा कद था और दुर्बल होने पर भी उसका गठन, स्वास्थ्य और संयम का परिचय दे रहा था। मुख पर प्रतिभा का तेज न था; पर विचारशीलता का कुछ ऐसा प्रतिबिम्ब था, जो उसके मन में विश्वास पैदा करता था।

उन्होंने उस चित्र की ओर देखते हुए पूछा—यह किसका चित्र है?

प्रेमा ने संकोच से सिर झुकाकर कहा—यह मेरे ही क्लास में पढ़ते हैं।

'अपनी ही बिरादरी का है?'

प्रेमा की मुखमुद्रा धूमिल हो गयी। इसी प्रश्न के उत्तर पर उसकी किस्मत का फैसला हो जायगा। उसके मन में पछतावा हुआ कि व्यर्थ मैं इस चित्र को यहाँ लायी। उसमें एक क्षण के लिए जो दृढ़ता आयी थी, वह इस पैने प्रश्न के सामने कातर हो उठी। दबी हुई आवाज में बोली—'जी नहीं, वह ब्राह्मण हैं।' और यह कहने के साथ ही क्षुब्ध होकर कमरे से निकल गयी मानो यहाँ की वायु में उसका गला घुटा जा रहा हो और दीवार की आड़ में होकर रोने लगी।

लाला जी को तो पहले ऐसा क्रोध आया कि प्रेमा को बुलाकर साफ-साफ कह दें कि यह असम्भव है। वे उसी गुस्से में दरवाजे तक आये, लेकिन प्रेमा को रोते देखकर नम्र हो गए। इस युवक के प्रति प्रेमा के मन में क्या भाव थे, यह उनसे छिपा न रहा। वे स्त्री-शिक्षा के पूरे समर्थक थे; लेकिन इसके साथ ही कुल-मर्यादा की रक्षा भी करना चाहते थे। अपनी ही जाति के सुयोग्य वर के लिए अपना सर्वस्व अर्पण कर सकते थे; लेकिन उस क्षेत्र के बाहर कुलीन से कुलीन और योग्य से योग्य वर की कल्पना भी उनके लिए असह्य थी। इससे बड़ा अपमान वे सोच ही न सकते थे।

उन्होंने कठोर स्वर में कहा—आज से कालेज जाना बन्द कर दो, अगर शिक्षा कुल-मर्यादा को डुबोना ही सिखाती है, तो कु-शिक्षा है।

प्रेमा ने कातर कंठ से कहा—परीक्षा तो समीप आ गयी है।

लाला जी ने दृढ़ता से कहा—आने दो।

और फिर अपने कमरे में जाकर विचारों में डूब गए।

4

छः महीने गुजर गए।

लाला जी ने घर में आकर पत्नी को एकान्त में बुलाया और बोले—जहाँ तक मुझे मालूम हुआ है, केशव बहुत ही सुशील और प्रतिभाशाली युवक है। मैं तो समझता हूँ प्रेमा इस शोक में घुल-घुलकर प्राण दे देगी। तुमने भी समझाया, मैंने भी समझाया, दूसरों ने भी समझाया; पर उस पर कोई असर ही नहीं होता। ऐसी दशा में हमारे लिए और क्या उपाय है।

उनकी पत्नी ने चिन्तित भाव से कहा—कर तो दोगे; लेकिन रहोगे कहाँ? न जाने कहाँ से यह कुलच्छनी मेरी कोख में आयी?

लाला जी ने भवें सिकोड़कर तिरस्कार के साथ कहा—यह तो हजार दफा सुन चुका; लेकिन कुल-मर्यादा के नाम को कहाँ तक रोयें। चिड़िया का पर खोलकर यह आशा करना कि वह तुम्हारे आँगन में ही फुदकती रहेगी भ्रम है। मैंने इस प्रश्न पर ठण्डे दिल से विचार किया है और इस नतीजे पर पहुँचा हूँ कि हमें इस आपद्-धर्म को स्वीकार कर लेना ही चाहिए। कुल-मर्यादा के नाम पर मैं प्रेमा की हत्या नहीं कर सकता। दुनिया हँसती हो, हँसे; मगर वह जमाना बहुत जल्द आनेवाला है, जब ये सभी बन्धन टूट जायेंगे। आज भी सैकड़ों विवाह जात-पाँत के बन्धनों को तोड़कर हो चुके हैं। अगर विवाह का उद्देश्य स्त्री और पुरुष का सुखमय जीवन है, तो हम प्रेमा की उपेक्षा नहीं कर सकते हैं।

वृद्धा ने क्षुब्ध होकर कहा—जब तुम्हारी यही इच्छा है, तो मुझसे क्या पूछते हैं? लेकिन मैं कहे देती हूँ, कि मैं इस विवाह के नजदीक न जाऊँगी, न कभी इस छोकरी का मुँह देखूँगी, समझ लूँगी, जैसे और सब लड़के मर गए वैसे यह भी मर गयी।

'तो फिर आखिर तुम क्या करने को कहती हो?'

'क्यों नहीं उस लड़के से विवाह कर देते, उसमें क्या बुराई है? वह

दो साल में सिविल सरविस पास करके आ जायगा। केशव के पास क्या रखा है, बहुत होगा किसी दफ्तर में क्लर्क हो जायगा।'

'और अगर प्रेमा प्राण-हत्या कर ले, तो?'

'तो कर ले, तुम तो उसे और शह देते हो? जब उसे हमारी परवाह नहीं है, तो हम उसके लिए अपने नाम को क्यों कलंकित करें? प्राण-हत्या करना कोई खेल नहीं है। यह सब धमकी है। मन घोड़ा है, जब तक उसे लगाम न दो, पुट्ठे पर हाथ भी न रखने देगा। जब उसके मन का यह हाल है, तो कौन कहे, केशव के साथ ही जिन्दगी भर निबाह करेगी। जिस तरह आज उससे प्रेम है, उसी तरह कल दूसरे से हो सकता है। तो क्या पत्ते पर अपना माँस बिकवाना चाहते हो?'

लालाजी ने स्त्री को प्रश्न-सूचक दृष्टि से देखकर कहा—और अगर वह कल खुद जाकर केशव के विवाह कर ले, तो तुम क्या कर लोगी? फिर तुम्हारी कितनी इज्जत रह जायगी। वह चाहे संकोच-वश, या हम लोगों के लिहाज से यों ही बैठी रहे; पर यदि जिद पर कमर बाँध ले, हम-तुम कुछ नहीं कर सकते।

इस समस्या का ऐसा भीषण अन्त भी हो सकता है, यह इस वृद्धा के ध्यान में भी न आया था। यह प्रश्न बम के गोले की तरह उसके मस्तक पर गिरा। एक क्षण तक वह अवाक बैठी रह गयी, मानो इस आघात ने उसकी बुद्धि की धज्जियाँ उड़ा दी हों। फिर पराभूत होकर बोली—तुम्हें अनोखी ही कल्पनाएँ सूझती हैं। मैंने तो आज तक कभी भी नहीं सुना कि किसी कुलीन कन्या ने अपनी इच्छा से विवाह किया है।

'तुमने न सुना हो; लेकिन मैंने सुना है, और देखा है और ऐसा होना बहुत सम्भव है।'

'जिस दिन ऐसा होगा; उस दिन तुम मुझे जीती न देखोगे।'

'मैं यह नहीं कहता कि ऐसा होगा ही; लेकिन होना सम्भव है।'

'तो जब ऐसा होना है, तो इससे तो यही अच्छा है कि हमीं इसका प्रबन्ध करें। जब नाक ही कट रही है, तो तेज छुरी से क्यों न कटे। कल केशव को बुलाकर देखो, क्या कहता है।'

5

केशव के पिता सरकारी पेन्शनर थे, मिजाज के चिड़चिड़े और कृपण। धर्म के आडम्बरों में ही उनके चित्त को शान्ति मिलती थी। कल्पना-शक्ति का अभाव था। किसी के मनोभावों का सम्मान न कर सकते थे। वे अब भी उस संसार में रहते थे, जिसमें उन्होंने अपने बचपन और जवानी के दिन काटे थे। नवयुग की बढ़ती हुई लहर को वे सर्वनाश कहते थे, और कम-से-कम अपने घर को दोनों हाथों और दोनों पैरों का जोर लगाकर उससे बचाये रखना चाहते थे; इसलिए जब एक दिन प्रेमा के पिता उसके पास पहुँचे और केशव से प्रेमा के विवाह का प्रस्ताव किया, तो बूढ़े पण्डित जी अपने आप में न रह सके। धुँधली आँखें फाड़कर बोले—आप भंग तो नहीं खा गए हैं? इस तरह का सम्बन्ध और चाहे जो कुछ हो, विवाह नहीं है। मालूम होता है, आपको भी नये जमाने की हवा लग गयी।

बूढ़े बाबू जी ने नम्रता से कहा—मैं खुद ऐसा सम्बन्ध नहीं पसन्द करता। इस विषय में मेरे भी वही विचार हैं, जो आपके; पर बात ऐसी आ पड़ी है कि मुझे विवश होकर आपकी सेवा में आना पड़ा। आजकल के लड़के और लड़कियाँ कितने स्वेच्छाचारी हो गए हैं, यह तो आप जानते ही हैं। हम बूढ़े लोगों के लिए अब अपने सिद्धान्तों की रक्षा करना कठिन हो गया है। मुझे भय है कि कहीं ये दोनों निराश होकर अपनी जान पर न खेल जायँ।

बूढे पण्डित जी जमीन पर पाँव पटकते हुए गरज उठे—आप क्या कहते हैं, साहब! आपको शरम नहीं आती? हम ब्राह्मण हैं और ब्राह्मणों में भी कुलीन। ब्राह्मण कितने ही पतित हो गए हों, इतने मर्यादा-शून्य नहीं हुए हैं कि बनिये-बक्कालों की लड़की से विवाह करते फिरें! जिस दिन कुलीन ब्राह्मणों में लड़कियाँ न रहेंगी, उस दिन यह समस्या उपस्थित हो सकती है। मैं कहता हूँ, आपको मुझसे यह बात कहने का साहस कैसे हुआ?

बूढ़े बाबू जी जितना ही दबते थे, उतना ही पण्डित जी बिगड़ते थे। यहाँ तक कि लाला जी अपना अपमान ज़्यादा न सह सके, और अपनी तकदीर को कोसते हुए चले गए।

उसी वक्त केशव कालेज से आया। पण्डित जी ने तुरन्त उसे बुलाकर कठोर कंठ से कहा—मैंने सुना है, तुमने किसी बनिये की लड़की से अपना विवाह कर लिया है। यह खबर कहाँ तक सही है?

केशव ने अनजान बनकर पूछा—आपसे किसने कहा?

'किसी ने कहा। मैं पूछता हूँ, यह बात ठीक है, या नहीं? अगर ठीक है, और तुमने अपनी मर्यादा को डुबाना निश्चय कर लिया है, तो तुम्हारे लिए हमारे घर में कोई स्थान नहीं। तुम्हें मेरी कमाई पर एक धेला भी नहीं मिलेगा। मेरे पास जो कुछ है, वह मेरी अपनी कमाई है, मुझे अख्तियार है कि मैं उसे जिसे चाहूँ, दे दूँ। तुम यह अनीति करके मेरे घर में कदम नहीं रख सकते।'

केशव पिता के स्वभाव से परिचित था। प्रेमा से उसे प्रेम था। वह गुप्त रूप से प्रेमा से विवाह कर लेना चाहता था! बाप हमेशा तो बैठे न रहेंगे। माता के स्नेह पर उसे विश्वास था। उस प्रेम की तरंग में वह सारे कष्टों को झेलने के लिए तैयार मालूम होता था; लेकिन जैसे कोई कायर सिपाही बन्दूक के सामने जाकर हिम्मत खो बैठता है और कदम पीछे हटा लेता है, वही दशा केशव की हुई। वह साधारण युवकों की तरह सिद्धान्तों के लिए बड़े-बड़े तर्क कर सकता था, जबान से उनमें अपनी भक्ति की दोहाई दे सकता था; लेकिन इसके लिए यातनाएँ झेलने की सामर्थ्य उसमें न थीं। अगर वह अपनी जिद पर अड़ा और पिता ने भी अपनी टेक रखी, तो उसका कहाँ ठिकाना लगेगा? उसका जीवन ही नष्ट हो जायगा।

उसने दबी जबान से कहा—जिसने आपसे यह कहा है, बिल्कुल झूठ कहा है।

पंडित जी ने तीव्र नेत्रों से देखकर कहा—तो यह खबर बिलकुल गलत है?

'जी हाँ, बिलकुल गलत।'

'तो तुम आज ही इसी वक्त उस बनिये को ख़त लिख दो और याद रखो कि अगर इस तरह की चर्चा फिर कभी उठी, तो तुम्हारा सबसे बड़ा शत्रु होऊँगा। बस, जाओ।'

केशव और कुछ न कह सका। वह यहाँ से चला, तो ऐसा मालूम होता था कि पैरों में दम नहीं है।

6

दूसरे दिन प्रेमा ने केशव के नाम यह पत्र लिखा—

'प्रिय केशव!'

तुम्हारे पूज्य पिता जी ने लाला जी के साथ जो अशिष्ट और अपमानजनक व्यवहार किया है, उसका हाल सुनकर मेरे मन में बड़ी शंका उत्पन्न हो रही है। शायद उन्होंने तुम्हें भी डाँट-फटकार बताई होगी, ऐसी दशा में मैं तुम्हारा निश्चय सुनने के लिए विकल हो रही हूँ। तुम्हारे साथ हर तरह का कष्ट झेलने को तैयार हूँ। मुझे तुम्हारे पिताजी की सम्पत्ति का मोह नहीं है, मैं तो केवल तुम्हारा प्रेम चाहती हूँ और उसी में प्रसन्न हूँ। आज शाम को यहीं आकर भोजन करो। दादा और माँ दोनों तुमसे मिलने के लिए बहुत इच्छुक हैं। मैं वह स्वप्न देखने में मग्न हूँ जब हम दोनों उस सूत्र में बँध जायेंगे, जो टूटना नहीं जानता। जो बड़ी-से-बड़ी आपत्ति में भी अटूट रहता है।

तुम्हारी—

प्रेमा!

सन्ध्या हो गयी और इस पत्र का कोई जवाब न आया। उसकी माता बार-बार पूछती थी—केशव आये नहीं? बूढ़े लाला भी द्वार की ओर आँख लगाये बैठे थे। यहाँ तक कि रात के नौ बज गए, पर न तो केशव ही आये, न उनका पत्र।

प्रेमा के मन में भाँति-भाँति के संकल्प-विकल्प उठ रहे थे, कदाचित उन्हें पत्र लिखने का अवकाश न मिला होगा, या आज आने की फुरसत न मिली होगी, कल अवश्य आ जायेंगे। केशव ने पहले उसके पास जो प्रेम-पत्र लिखे थे, उन सबको उसने फिर पढ़ा। उनके एक-एक शब्द से कितना अनुराग टपक रहा था, उनमें कितना कम्पन था, कितनी विकलता, कितनी तीव्र आकांक्षा! फिर उसे केशव के वे वाक्य याद आये; जो उसने सैकड़ों ही बार कहे थे। कितनी बार वह उसके सामने रोया था। इतने प्रमाणों के होते हुए निराशा के लिए कहाँ स्थान था, मगर फिर भी

सारी रात उसका मन जैसे सूली पर टँगा रहा।

प्रात:काल केशव का जवाब आया। प्रेमा ने काँपते हुए हाथों से पत्र लेकर पढ़ा। पत्र हाथ से गिर गया। ऐसा जान पड़ा, मानो उसकी देह का रक्त स्थिर हो गया हो। लिखा था—

> 'मैं बड़े संकट में हूँ, कि तुम्हें क्या जवाब दूँ! मैंने इधर इस समस्या पर खूब ठण्डे दिल से विचार किया है और इस नतीजे पर पहुँचा हूँ कि वर्तमान दशाओं में मेरे लिए पिता की आज्ञा की उपेक्षा करना दु:सह है। मुझे कायर न समझना। मैं स्वार्थी भी नहीं हूँ, लेकिन मेरे सामने जो बाधाएँ हैं उन पर विजय पाने की शक्ति मुझमें नहीं है। पुरानी बातों को भूल जाओ। उस समय मैंने इस बाधाओं की कल्पना न की थी!'

प्रेमा ने एक लम्बी, गहरी, जलती हुई साँस खीची और उस ख़त को फाड़कर फेंक दिया। उसकी आँखों से अश्रुधार बहने लगी। जिस केशव को उसने अपने अन्त:करण से वर लिया था, वह इतना निष्ठुर हो जायगा, इसकी उसको रत्ती भर भी आशा न थी। ऐसा मालूम पड़ा, मानो, अब तक वह कोई सुनहला स्वप्न देख रही थी; पर आँख खुलने पर वह सब कुछ अदृश्य हो गया। जीवन में जब आशा ही लुप्त हो गयी, तो अब अँधकार के सिवा और क्या रहा! अपने हृदय की सारी सम्पत्ति लगाकर उसने एक नाव लदवायी थी, वह नाव जलमग्न हो गयी। अब दूसरी नाव कौन वहाँ से लदवाये; अगर वह नाव टूटी है तो उसके साथ वह भी डूब जायगी।

माता ने पूछा—क्या केशव का पत्र है?

प्रेमा ने भूमि की ओर ताकते हुए कहा—हाँ, उनकी तबियत अच्छी नहीं है—इसके सिवा वह और क्या कहे? केशव की निष्ठुरता और बेवफाई का समाचार कहकर लज्जित होने का साहस उसमें न था।

दिन भर वह घर के काम-धन्धों में लगी रही, मानो उसे कोई चिन्ता ही नहीं है। रात को उसने सबको भोजन कराया, खुद भी भोजन किया और बड़ी देर तक हारमोनियम पर गाती रही।

मगर सबेरा हुआ, तो उसके कमरे में उसकी लाश पड़ी हुई थी। प्रभात की सुनहरी किरणें उसके पीले मुख को जीवन की आभा प्रदान कर रही थीं।

शिकार

फटे वस्त्रों वाली मुनिया ने रानी वसुधा के चाँद से मुखड़े की ओर सम्मान भरी आँखों से देखकर राजकुमार को गोद में उठाते हुए कहा—हम गरीबों का इस तरह कैसे निबाह हो सकता है महारानी! मेरी तो अपने आदमी से एक दिन न पटे। मैं उसे घर में बैठने न दूँ। ऐसी-ऐसी गालियाँ सुनाऊँ कि छठी का दूध याद आ जाय।

रानी वसुधा ने गम्भीर विनोद के भाव से कहा—क्यों, वह कहेगा नहीं, तू मेरे बीच में बोलनेवाली कौन है? मेरी जो इच्छा होगी वह करूँगा। तू अपना रोटी-कपड़ा मुझसे लिया कर। तुझे मेरी दूसरी बातों से क्या मतलब? मैं तेरा गुलाम नहीं हूँ।

मुनिया तीन ही दिन से यहाँ लड़कों को खेलाने के लिए नौकर हुई थी। पहले दो-चार घरों में चौका-बरतन कर चुकी थी; पर रानियों से अदब के साथ बातें करना अभी न सीख पायी थी। उसका सूखा हुआ सांवला चेहरा उत्तेजित हो उठा। कर्कश स्वर में बोली—जिस दिन ऐसी बातें मुँह से निकालेगा, मूँछे उखाड़ लूँगी सरकार! वह मेरा गुलाम नहीं है, तो क्या मैं उसकी लौंडी हूँ? अगर वह मेरा गुलाम है, तो मैं उसकी लौंडी हूँ। मैं आप नहीं खाती, उसे खिला देती हूँ; क्योंकि वह मर्द-बच्चा है। पल्लेदारी में उसे बहुत कसाला करना पड़ता है। आप चाहे फटे पहनूँ; पर उसे फटे-पुराने नहीं पहनने देती। जब मैं उसके लिए इतना करती हूँ, तो मजाल है, कि वह मुझे आँख दिखाये। अपने घर को आदमी इसलिए तो छाता-छोपता है, कि उससे बर्खा-बूँदी में बचाव हो। अगर यह डर लगा

रहे, कि घर न जाने कब गिर पड़ेगा, तो ऐसे घर में कौन रहेगा। उससे तो रूख की छाँह ही कहीं अच्छी। कल न जाने कहाँ बैठा गाता-बजाता रहा। दस बजे रात को घर आया। मैं रात-भर उससे बोली ही नहीं। लगा पैरों पड़ने, घिघियाने, तब मुझे दया आ गयी! यही मुझमें एक बुराई है। मुझसे उसकी रोनी सूरत नहीं देखी जाती। इसी से वह कभी-कभी बहक जाता है; पर अब मैं पक्की हो गई हूँ। फिर किसी दिन झगड़ा किया, तो या वही रहेगा, या मैं ही रहूँगी। क्यों किसी की धौंस सहूँ सरकार? जो बैठकर खाय, वह धौंस सहे! यहाँ तो बराबर की कमाई करती हूँ।

वसुधा ने उसी गम्भीर भाव से फिर पूछा—अगर वह तुझे बैठाकर खिलाता तब उसकी धौंस सहती।

मुनिया जैसे लड़ने पर उतारू हो गयी! बोली—बैठाकर कोई क्या खिलायेगा सरकार? मर्द बाहर काम करता है, तो हम भी घर में काम करती हैं कि घर के काम में कुछ लगता ही नहीं? बाहर से काम से तो रात को छुट्टी मिल जाती है। घर के काम से तो रात को भी छुट्टी नहीं मिलती। पुरुष यह चाहे कि मुझे घर में बिठाकर आप सैर-सपाटा करे, तो मुझसे तो न सहा जाय—यह कहती हुई मुनिया राजकुमार को लिये हुए बाहर चली गयी।

वसुधा ने थकी हुई, रुआँसी आँखों से खिड़की की ओर देखा। बाहर हरा-भरा बाग था, जिसके रंग-बिरंगे फूल यहाँ से साफ नजर आ रहे थे और पीछे एक विशाल मन्दिर आकाश में अपना सुनहला मस्तक उठाये, सूर्य से आँखें मिला रहा था। स्त्रियाँ रंग-बिरंगे वस्त्राभूषण पहने पूजन करने आ रही थीं। मन्दिर की दाहिनी तरफ तालाब में कमल प्रभात के सुनहले आनन्द से मुस्करा रहे थे। और कार्तिक की शीतल रवि-छवि-जीवन-ज्योति लुटाती फिरती थी; पर प्रकृति की यह सुरम्य शोभा वसुधा को कोई हर्ष न प्रदान कर सकी। उसे जान पड़ा—प्रकृति उसकी दशा पर व्यंग्य से मुसकिरा रही है। उसी सरोवर के तट पर केवट का एक टूटा-फूटा झोपड़ा किसी अभागिनी वृद्धा की भाँति रो रहा था। वसुधा की आँखें सजल हो गयीं। पुष्प और उद्यान के मध्य में खड़ा वह सूना झोपड़ा उसके विलास और ऐश्वर से घिरे हुए मन का सजीव मित्र था। उसके जी में आया, जाकर झोपड़े के गले लिपट जाऊँ! और खूब रोऊँ!

वसुधा को इस घर में आये पाँच वर्ष हो गए। पहले उसने अपने भाग्य को सराहा था। माता-पिता के छोटे-से कच्चे आनन्दहीन घर को छोड़कर, वह एक विशाल भवन में आयी थी, जहाँ सम्पत्ति उसके पैरों को चूमती हुई जान पड़ती थी। उस समय सम्पत्ति ही उसकी आँखों में सब कुछ थी। पति-प्रेम गौण-सी वस्तु थी; पर उसका लोभी मन सम्पत्ति पर सन्तुष्ट न रह सका, पति-प्रेम के लिए हाथ फैलाने लगा। कुछ दिनों में उसे मालूम हुआ, मुझे परम-रत्न भी मिल गया; पर थोड़े ही दिनों में वह भ्रम जाता रहा। कुँवर गजराज सिंह रूपवान थे, उदार थे, बलवान् थे, शिक्षित थे, विनोदप्रिय थे और प्रेम का अभिनय भी करना जानते थे; उनके जीवन में प्रेम से कंपित होने वाला तार न था। वसुधा का खिला हुआ यौवन और देवताओं को भी लुभाने वाला रूप-रंग केवल विनोद का सामान था। घुड़दौड़ और शिकार सट्टे और मकार जैसे सनसनी पैदा करने वाले मनोरंजन में प्रेम दबकर पीला और निर्जीव हो गया था। और प्रेम से वंचित होकर वसुधा की प्रेम-तृष्णा अब अपने भाग्य को रोया करती थी। दो पुत्र-रत्न पाकर भी वह सुखी न थी। कुंवर साहब एक महीने से ज़्यादा हुआ, शिकार खेलने गए और अभी तक लौटकर नहीं आये। और यह ऐसा, पहला ही अवसर न था। हाँ, अब उनकी अवधि बढ़ गयी थी। पहले वह एक सप्ताह में लौट आते थे; फिर दो सप्ताह का नम्बर चला और अब कई बार से एक-एक महीने की खबर लेने लगे। साल में तीन-तीन महीने शिकार की भेंट हो जाते थे। शिकार से लौटते, तो घुड़दौड़ का राग छिड़ता। कभी मेरठ, कभी पूना, कभी बम्बई, कभी कलकत्ता। घर पर भी रहते, तो अधिकतर लम्पट रईसजादों के साथ गप्पें उड़ाया करते। पति के यह रंग-ढंग देखकर वसुधा मन-ही-मन कुढ़ती और घुलती जाती थी। कुछ दिनों से हल्का-हल्का ज्वर भी रहने लगा था।

वसुधा बड़ी देर तक बैठी उदास आँखों से यह दृश्य देखती रही। फिर टेलीफोन पर आकर उसने रियासत के मैनेजर से पूछा—कुँवर साहब का कोई पत्र आया?

फोन ने जवाब दिया—जी हाँ, अभी ख़त आया है। कुँवर साहब ने एक बहुत बड़े शेर को मारा है।

वसुधा ने जलकर कहा—मैं यह नहीं पूछती! आने को कब लिखा है?

'आने के बारे में तो कुछ नहीं लिखा।'

'यहाँ से उनका पड़ाव कितनी दूर है?'

'यहाँ से! दो सौ मील से कम न होगा। पीलीभीत के जंगलों में शिकार हो रहा है।'

'मेरे लिए दो मोटरों का इन्तजाम कर दीजिए। मैं आज वहाँ जाना चाहती हूँ।'

फोन ने कई मिनट बाद जवाब दिया—एक मोटर तो वह साथ ले गए हैं। एक हाकिम जिला के बँगले पर भेज दी गयी, तीसरी बैंक के मैनेजर की सवारी में, चौथी की मरम्मत हो रही है।

वसुधा का चेहरा क्रोध से तमतमा उठा। बोली—किसके हुक्म से बैंक के मैनेजर और हाकिम जिला को मोटरें भेजी गयीं? आप दोनों मँगवा लीजिए। मैं आज जरूर जाऊँगी।

'उन दोनों साहबों के पास हमेशा मोटरें भेजी जाती रही हैं; इसलिए मैंने भेज दीं। अब आप हुक्म दे रही हैं, तो मँगवा लूँगा!'

वसुधा ने फोन से आकर सफर का सामान ठीक करना शुरू किया। उसने उसी आवेश में आकर अपने भाग्य-निर्णय करने का निश्चय कर लिया था। परित्यक्ता की भाँति पड़ी रहकर जीवन को समाप्त न करना चाहती थी। वह जाकर कुँवर साहब से कहेगी—अगर आप समझते हैं कि मैं आपकी सम्पत्ति की लौंडी बनकर रहूँ, तो यह मुझसे न होगा। आपकी सम्पत्ति आपको मुबारक हो। मेरा अधिकार आपकी सम्पत्ति पर नहीं, आपके ऊपर है। अगर आप मुझसे जौ-भर हटना चाहते हैं, तो मैं आपसे हाथ भर हट जाऊँगी! इस तरह की और कितनी ही विराग-भरी बातें उसके मन में बगूलों की भाँति उठ रही थीं।

डाक्टर साहब ने द्वार पर आकर पुकारा—मैं अन्दर आऊँ?

वसुधा ने नम्रता से कहा—आज क्षमा कीजिए, मैं जरा पीलीभीत जा रही हूँ।

डाक्टर ने आश्चर्य से कहा—आप पीलीभीत जा रही हैं! आपका ज्वर बढ़ जायगा। इस दशा में मैं आपको जाने की सलाह न दूँगा।

वसुधा ने विरक्त-स्वर में कहा—बढ़ जायगा, बढ़ जाय; मुझे इसकी

चिन्ता नहीं है!

वृद्ध डाक्टर परदा उठाकर आ गया और वसुधा के चेहरे की ओर ताकता हुआ बोला—लाइए मैं टेम्परेचर ले लूँ। अगर टेम्परेचर बढ़ा होगा, तो मैं आपको हरगिज न जाने दूँगा।

'टेम्परेचर लेने की जरूरत नहीं। मेरा इरादा पक्का हो गया है।'

'स्वास्थ्य पर ध्यान रखना आपका पहला कर्त्तव्य है।'

वसुधा ने मुस्कराकर कहा—आप निश्चिन्त रहिए, मैं इतनी जल्द मरी नहीं जा रही हूँ! फिर अगर किसी बीमारी की दवा मौत ही हो, तो आप क्या करेंगे?

डाक्टर ने दो-एक बार आग्रह किया। फिर विस्मय से सिर हिलाता चला गया!

2

रेलगाड़ी से जाने में आखिरी स्टेशन से दस कोस तक जंगली सुनसान रास्ता तय करना पड़ता था, इसलिए कुँवर साहब बराबर मोटर ही पर जाते थे। वसुधा ने भी उसी से जाने का निश्चय किया। दस बजते-बजते दोनों मोटरें आयीं। वसुधा ने ड्राइवरों पर गुस्सा उतारा—अब मेरे हुक्म के बगैर कहीं मोटर ले गए, तो मोटर का किराया तुम्हारी तलब से काट लूँगी। अच्छी दिल्लगी है! घर को रोयें, बन की गायें! हमने अपने आराम के लिए मोटरें रखी हैं, किसी की खुशामद करने के लिए नहीं। जिसे मोटर पर सवार होने का शौक हो, मोटर खरीदे। यह नहीं कि हलवाई की दूकान देखी और दादे का फातिहा पढ़ने बैठ गए!

वह चली, तो दोनों बच्चे कुनमुनाये, मगर जब मालूम हुआ, कि अम्माँ बड़ी दूर हौआ को मारने जा रही हैं तो उनका यात्रा-प्रेम ठण्डा पड़ा। वसुधा ने आज सुबह से उन्हें प्यार न किया था। उसने जलन में सोचा—मैं ही क्यों इन्हें प्यार करूँ, मैंने ही इनका ठेका लिया है! वह तो वहाँ जाकर चैन करें और मैं यहाँ इन्हें छाती से लगाये बैठी रहूँ! लेकिन चलते समय माता का हृदय पुलक उठा। दोनों को बारी-बारी से गोद में लिया चूमा, प्यार किया और घण्टे भर में लौट आने का वचन देकर वह

सजल नेत्रों के साथ घर से निकली। मार्ग में भी उसे बच्चों की याद बार-बार आती रही। रास्ते में कोई गाँव आ जाता और छोटे-छोटे बालक मोटर की दौड़ देखने के लिए घरों से निकल आते, और सड़क पर खड़े होकर तालियाँ बजाते हुए मोटर का स्वागत करते, तो वसुधा का जी चाहता, इन्हें गोद में उठाकर प्यार कर लूँ? मोटर जितने वेग से आगे जा रही थी, उतने ही वेग से उसका मन सामने के वृक्ष-समूहों के पीछे की ओर उड़ा जा रहा था। कई बार इच्छा हुई, घर लौट चलूँ। जब उन्हें मेरी रत्ती भर परवाह नहीं है, तो मैं ही क्यों उनकी फिक्र में प्राण दूँ? जी चाहे आवें या न आवें; लेकिन एक बार पति से मिलकर उनसे खरी-खरी बात करने के प्रलोभन को वह न रोक सकी। सारी देह थककर चूर-चूर हो रही थी, ज्वर भी हो आया था, सिर पीड़ा से फटा पड़ता था; पर वह संकल्प से सारी बाधाओं को दबाये आगे बढ़ती जाती थी। यहाँ तक कि जब वह दस बजे रात को जंगल के उस डाक-बँगले में पहुँची, तो उसे तन-बदन की सुधि न थी। जोर का ज्वर चढ़ा हुआ था।

3

शोफर की आवाज सुनते ही कुँवर साहब निकल आये और पूछा—तुम यहाँ कैसे आये जी? कुशल तो है?

शोफर ने समीप आकर कहा—रानी साहब आयी हैं हुजूर! रास्ते में बुखार हो आया। बेहोश पड़ी हुई हैं।

कुँवर साहब ने वहीं खड़े कठोर स्वर में पूछा—तो तुम उन्हें वापस क्यों न ले गए? क्या तुम्हें मालूम नहीं था, यहाँ कोई वैद्य-हकीम नहीं है।

शोफर ने सिटपिटाकर जवाब दिया—हुजूर, वह किसी तरह मानती ही न थीं, तो मैं क्या करता?

कुँवर साहब ने डाँटा—चुप रहो जी, बातें न बनाओ। तुमने समझा होगा, शिकार की बहार देखेंगे और पड़े-पड़े सोयेंगे। तुमने वापस चलने को कहा ही न होगा।

शोफर—वह मुझे डाँटती थीं हुजूर!

'तुमने कहा था?'

'मैंने कहा तो नहीं हुजूर!'

'बस तो चुप रहो! मैं तुमको भी पहचानता हूँ। तुम्हें मोटर लेकर इसी वक्त लौटना पड़ेगा। और कौन-कौन साथ हैं?'

शोफर ने दबी हुई आवाज में कहा—एक मोटर पर बिस्तर और कपड़े हैं एक पर खुद रानी साहब हैं।

'यानी और कोई साथ नहीं है?'

'हुजूर! मैं तो हुक्म का ताबेदार हूँ।'

'बस, चुप रहो!'

यों झल्लाते हुए कुँवर साहब वसुधा के पास गए और आहिस्ता से पुकारा। जब कोई जवाब न मिला तो उन्होंने धीरे से उनके माथे पर हाथ रखा। सिर गर्म तवा हो रहा था। उस ताप ने मानो उनकी सारी क्रोध-ज्वाला को खींच लिया। लपककर बँगले में आये, सोये हुए आदमियों को जगाया, पलंग बिछवाया, अचेत वसुधा को गोद में उठाकर कमरे में लाये और पलंग पर लिटा दिया। फिर उसके सिरहाने खड़े होकर उसे व्यथित नेत्रों से देखने लगे। उस धूल से भरे मुखमंडल और बिखरे हुए रज-रंजित केशों में आज उन्होंने आग्रहमय प्रेम की झलक देखी। अब तक उन्होंने वसुधा को विलासिनी के रूप में देखा था, जिसे उनके प्रेम की परवाह न थी, जो अपने बनाव-सिंगार ही में मगन थी, आज धूल के पौडर और पोमेड में वह उसके नारीत्व का दर्शन कर रहे थे। उसमें कितना आग्रह था, कितनी लालसा थी! अपनी उड़ान के आनन्द में डूबी हुई; अब वह पिंजरे के द्वार पर आकर पंख फड़फड़ा रही थी। पिंजरे का द्वार खुलकर क्या उसका स्वागत न करेगा?

रसोइये ने पूछा—क्या सरकार अकेले आयी हैं?

कुँवर साहब ने कोमल कण्ठ से कहा—हाँ जी, और क्या। इतने आदमी हैं, किसी को साथ न लिया। आराम से रेलगाड़ी से आ सकती थीं। यहाँ से मोटर भेज दी जाती। मन ही तो है। कितने जोर का बुखार है कि हाथ नहीं रखा जाता। जरा-सा पानी गर्म करो और देखो, कुछ खाने को बना लो।

रसोइये ने ठकुर-सोहाती की—सौ कोस की दौड़ बहुत होती है सरकार! सारा दिन बैठे-बैठे बीत गया।

कुँवर साहब ने वसुधा के सिर के नीचे तकिया सीधा करके कहा—कचूमर तो हम लोगों का निकल जाता है। दो दिन तक कमर नहीं सीधी होती फिर इनकी क्या बात है। ऐसी बेहूदा सड़क दुनिया में न होगी।

यह कहते हुए उन्होंने एक शीशी से तेल निकाला और वसुधा के सिर में मलने लगे।

4

वसुधा का ज्वर इक्कीस दिन तक न उतरा। घर के डाक्टर आये। दोनों बालक, मुनिया, नौकर-चाकर, सभी आ गए। जंगल में मंगल हो गया।

वसुधा खाट पर पड़ी-पड़ी कुँवर साहब की शुश्रुषाओं में अलौकिक आनन्द और सन्तोष का अनुभव किया करती। वह दोपहर दिन चढ़े तक सोने के आदी थे, कितने सबेरे उठते, उसके पथ्य और आराम की जरा-जरा सी बातों का कितना खयाल रखते। जरा देर के लिए स्नान और भोजन करते जाते, फिर आकर बैठ जाते। एक तपस्या-सी कर रहे थे। उसका स्वास्थ्य बिगड़ता जाता था, चेहरे पर स्वास्थ्य की लाली न थी। कुछ व्यस्त से रहते थे।

एक दिन वसुधा ने कहा—तुम आजकल शिकार खेलने क्यों नहीं जाते? मैं तो शिकार खेलने ही आयी थी, मगर न जाने किस बुरी साइत से चली कि तुम्हें इतनी तपस्या करनी पड़ गयी। अब मैं बिलकुल अच्छी हूँ। जरा आईने में अपनी सूरत तो देखो।

कुँवर साहब को इतने दिनों शिकार का कभी ध्यान ही न आया था। इसकी चर्चा ही न होती थी। शिकारियों का आना-जाना, मिलना-जुलना बन्द था। एक बार साथ के एक शिकारी ने किसी शेर का जिक्र किया था। कुँवर साहब ने उसकी ओर कुछ ऐसी कड़वी आँखों से देखा कि वह सूख-सा गया। वसुधा के पास बैठने, उससे कुछ बातें करके उसका मन बहलाने, दवा और पथ्य बनाने में ही उन्हें आनन्द मिलता था। उनका भोग-विलास जीवन के इस कठोर व्रत में जैसे बुझ गया। वसुधा की एक हथेली पर अंगुलियों से रेखा खींचने में मग्न थे। शिकार की बात किसी और के मुँह से सुनी होती, तो फिर उसी आग्नेय नेत्रों से देखते। वसुधा के मुँह से यह चर्चा सुनकर उन्हें दु:ख हुआ। वह उन्हें इतना शिकार का

आसक्त समझती है! अमर्ष भरे स्वर में बोले—हाँ, शिकार खेलने का इससे अच्छा और कौन अवसर मिलेगा!

वसुधा ने आग्रह किया—मैं तो अब अच्छी हूँ, सच! देखो (आईने की ओर दिखाकर) मेरे चेहरे पर वह पीलापन नहीं रहा। तुम अलबत्ता बीमार से होते जाते हो। जरा मन बहल जायगा। बीमार के पास बैठने से आदमी सचमुच बीमार हो जाता है।

वसुधा ने साधारण-सी बात कही थी; पर कुँवर साहब के हृदय पर वह चिनगारी के समान लगी। इधर वह अपने शिकार के खब्त पर कई बार पछता चुके थे। अगर वह शिकार के पीछे यों न पड़ते, तो वसुधा यहाँ क्यों आती और क्यों बीमार पड़ती। उन्हें मन-ही-मन इसका बड़ा दु:ख था। इस वक्त कुछ न बोले। शायद कुछ बोला ही न गया। फिर वसुधा की हथेली पर रेखाएँ बनाने लगे।

वसुधा ने उसी सरल भाव से कहा—अब की तुमने क्या-क्या तोहफे जमा किये, जरा मँगाओ, देखूँ। उनमें से जो सबसे अच्छा होगा, उसे मैं ले लूँगी। अब की मैं भी तुम्हारे साथ शिकार खेलने चलूँगी। बोले, मुझे ले चलोगे न? मैं मानूँगी नहीं। बहाने मत करने लगना।

अपने शिकारी तोहफे दिखाने का कुँवर साहब को मरज था। सैकड़ों ही खालें जमा कर रखी थीं। उनके कई कमरों में फर्श गद्दे, कोच, कुर्सियाँ, मोढ़े सब खालों ही के थे। ओढ़ना और बिछौना भी खालों ही का था! बाघम्बरों के कई सूट बनवा रखे थे। शिकार में वही सूट पहनते थे। अब की भी बहुत से सींग, सिर, पंजे, खालें जमा कर रखी थीं। वसुधा का इन चीजों से अवश्य मनोरंजन होगा। यह न समझे कि वसुधा ने सिंह-द्वार से प्रवेश न पाकर चोर दरवाजे से घुसने का प्रयत्न किया है। जाकर वह चीजें उठवा लाये; लेकिन आदमियों को परदे की आड़ में खड़ा करके पहले अकेले ही उसके पास गए! डरते थे; कहीं मेरी उत्सुकता वसुधा को बुरी न लगे।

वसुधा ने उत्सुक होकर पूछा—चीजें नहीं लाये?

'लाया हूँ, मगर कहीं डाक्टर साहब न हों।'

'डाक्टर ने पढ़ने-लिखने को मना किया था।'

तोहफे लाये गए। कुँवर साहब एक-एक चीज निकालकर दिखाने

लगे। वसुधा के चेहरे पर हर्ष की ऐसी लाली हफ्तों से न दिखी थी, जैसे कोई बालक तमाशा देखकर मगन हो रहा हो। बीमारी के बाद हम बच्चों की तरह जिद्दी; उतने ही आतुर, उतने ही सरल हो जाते हैं। जिन किताबों में भी मन न लगा हो, वह बीमारी के बाद पढ़ी जाती हैं। वसुधा जैसे उल्लास की गोद में खेलने लगी। चीतों की खालें थीं, बाघों की, मृगों की, शेरों की। वसुधा हरेक खाल को नयी उमंग से देखती, जैसे बायस्कोप के एक चित्र के बाद दूसरा चित्र आ रहा हो। कुँवर साहब एक-एक तोहफे का इतिहास सुनाने लगे। यह जानवर कैसे मारा गया, उसके मारने में क्या-क्या बाधाएँ पड़ीं, क्या-क्या उपाय करने पड़े, पहले कहाँ गोली लगी आदि। वसुधा हरेक की कथा आँखें फाड़-फाड़कर सुन रही थी। इतना सजीव, स्फूर्तिमय आनन्द उसे आज तक किसी कविता, संगीत या आमोद में भी न मिला था। सबसे सुन्दर एक सिंह की खाल थी। वही उसने छाँटी।

कुँवर साहब की यह सबसे बहुमूल्य वस्तु थी। इसे अपने कमरे में लटकाने को रखे हुए थे। बोले—तुम बाघम्बरों में से कोई ले लो। यह तो कोई अच्छी चीज नहीं।

वसुधा ने खाल को अपनी ओर खींचकर कहा—रहने दीजिए अपनी सलाह। मैं खराब ही लूँगी।

कुँवर साहब ने जैसे अपनी आँखों से आँसू पोंछकर कहा—तुम वही ले लो, मैं तो तुम्हारे खयाल से कह रहा था। मैं फिर वैसा ही मार लूँगा।

'तो तुम मुझे चकमा क्यों देते थे?'

'चकमा कौन देता था?'

'अच्छा, खाओ मेरे सिर की कसम, कि यह सबसे सुन्दर खाल नहीं है?' कुँवर साहब ने हार की हँसी हँस कर कहा—कसम क्यों खायँ, इस एक खाल के लिए? ऐसी-ऐसी एक लाख खालें हों, तो तुम्हारे ऊपर न्योछावर कर दूँ।

जब शिकारी सब खालें लेकर चला गया, तो कुँवर साहब ने कहा—मैं इस खाल पर काले ऊन से अपना समर्पण लिखूँगा।

वसुधा ने थकान से पलंग पर लेटते हुए कहा—अब मैं भी शिकार खेलने चलूँगी।

फिर वह सोचने लगी, वह भी कोई शेर मारेगी और उसकी खाल

पतिदेव को भेंट करेगी। उस पर लाल ऊन से लिखा जायगा—प्रियतम!

जिस ज्योति के मन्द पड़ जाने से हरेक व्यापार, हरेक व्यंजन पर अन्धकार छा गया था, वह ज्योति अब प्रदीप्त होने लगी थी।

5

शिकारों का वृतान्त सुनने की वसुधा को चाट-सी पड़ गयी। कुँवर साहब को कई-कई बार अपने अनुभव सुनाने पड़े। उसका सुनने से जी ही न भरता था। अब तक कुँवर साहब का संसार अलग था, जिसके दु:ख-सुख, हानि-लाभ, आशा-निराशा से वसुधा को कोई सरोकार न था। वसुधा को इस संसार के व्यापार से कोई रुचि न थी, बल्कि अरुचि थी। कुँवर साहब इस पृथक संसार की बातें उससे छिपाते थे; पर अब वसुधा उनके इस संसार में एक उज्ज्वल प्रकाश, एक वरदानों वाली देवी के समान अवतरित हो गयी थी।

एक दिन वसुधा ने आग्रह किया—मुझे बन्दूक चलाना सिखा दो।

डाक्टर साहब की अनुमति मिलने में विलम्ब न हुआ। वसुधा स्वस्थ हो गयी थी। कुँवर साहब ने शुभ मुहूर्त में उसे दीक्षा दी। उस दिन से जब देखो, वृक्षों की छाँह में खड़ी निशाने का अभ्यास कर रही है, और कुँवर साहब खड़े उसकी परीक्षा ले रहे हैं।

जिस दिन उसने पहली चिड़िया मारी, कुँवर साहब हर्ष से उछल पड़े। नौकरों को ईनाम दिये; ब्राह्मणों को दान दिया गया। इस आनन्द की शुभ-स्मृति में उस पक्षी की ममी बनाकर रखी गयी।

वसुधा के जीवन में अब एक नया उत्साह एक नया उल्लास, एक नयी आशा थी। पहले की भाँति उसका वंचित हृदय अशुभ कल्पनाओं से त्रस्त न था। अब उसमें विश्वास था, बल था, अनुराग था।

6

कई दिनों के बाद वसुधा की साध पूरी हुई। कुँवर साहब उसे साथ लेकर शिकार खेलने पर राजी हुए और शिकार था शेर का और शेर भी वह जिसने इधर एक महीने से आस-पास के गाँवों में तहलका मचा दिया था।

चारों तरफ अन्धकार था, ऐसा सघन की पृथ्वी उसके भार से कराहती हुई जान पड़ती। कुँवर साहब और वसुधा एक ऊँचे मचान पर बन्दूक लिए दम साधे बैठे हुए थे। बहुत भयंकर जन्तु था। अभी पिछली रात को वह एक सोते हुए आदमी को खेत में मचान पर खींचकर ले भागा था। उसकी चालाकी पर लोग दाँतों तले अंगुली दबाये थे। मचान इतना ऊँचा था कि चीता उछलकर न पहुँच सकता था। हाँ, उसने यह देख लिया कि वह आदमी मचान पर बाहर की तरफ सिर किये सो रहा था। दुष्ट को एक चाल सूझी। वह पास के गाँव में गया और वहाँ से एक लम्बा बाँस उठा लाया। बाँस के एक सिरे को उसने दाँतों से कुचला और जब उसकी कूँची-सी बन गयी, तो उसे न जाने अगले पंजों या दाँतों से उठाकर सोने वाले आदमी के बालों में फिराने लगा। वह जानता था, बाल बाँस के रेशों में फँस जायेंगे। एक झटके में वह अभागा आदमी नीचे आ रहा। इसी मानस-भक्षी चीते की घात में दोनों शिकारी बैठे हुए थे। नीचे कुछ दूर पर भैंसा बाँध दिया गया था और शेर के आने की राह देखी जा रही थी। कुँवर साहब शान्त थे; पर वसुधा की छाती धड़क रही थी। जरा-सा भी पत्ता खड़कता, तो वह चौंक पड़ती और बन्दूक सीधी करने के बदले में चौंक कर कुँवर साहब से चिपक जाती। कुँवर साहब बीच-बीच में उसकी हिम्मत बँधाते जाते थे।

'ज्यों ही भैंसे पर आया, मैं उसका काम तमाम कर दूँगा। तुम्हारी गोली की नौबत ही न आने पावेगी।'

वसुधा ने सिहरकर कहा—और जो कहीं निशाना चूक गया तो उछलेगा?

'तो फिर दूसरी गोली चलेगी। तीनों बन्दूकें तो भरी तैयार रक्खी हैं। तुम्हारा जी घबड़ाता तो नहीं?'

'बिलकुल नहीं। मैं तो चाहती हूँ, पहला मेरा निशाना होता।'

पत्ते खड़खड़ा उठे। वसुधा चौंककर पति के कन्धों से लिपट गयी। कुँवर साहब ने उसकी गर्दन में हाथ डालकर कहा—दिल मजबूत करो प्रिये। वसुधा ने लज्जित होकर कहा—नहीं-नहीं, मैं डरती नहीं, जरा चौंक पड़ी थी।

सहसा भैंसे के पास दो चिनगारियाँ-सी चमक उठीं। कुँवर साहब

ने धीरे से वसुधा का हाथ दबाकर शेर के आने की सूचना दी और सतर्क हो गए। जब शेर भैंसे पर आ गया, तो उन्होंने निशाना मारा। खाली गया। दूसरा फैर किया। चीता जख्मी तो हुआ; पर गिरा नहीं। क्रोध से पागल होकर इतनी जोर से गरजा कि वसुधा का कलेजा दहल उठा। कुँवर साहब तीसरा फैर करने जा रहे थे कि चीते ने मचान पर जस्त मारी उसके अगले पंजों के धक्के से मचान ऐसा हिला कि कुँवर साहब हाथ में बन्दूक लिये झोंके से नीचे गिर पड़े। कितना भीषण अवसर था! अगर एक पल का भी विलम्ब होता, तो कुँवर साहब की खैरियत न थी। शेर की जलती हुई आँखें वसुधा के सामने चमक रही थीं। उसकी दुर्गन्धमय साँस देह में लग रही थी। हाथ-पाँव फूले हुए थे। आँखें भीतर को सिकुड़ी जा रही थीं; पर इस ख़तरे ने जैसे उसकी नाड़ियों मे बिजली भर दी। उसने अपनी बन्दूक सँभाली। शेर के और उसके बीच में दो हाथ से ज़्यादा अन्तर न था। वह उचककर आना ही चाहता था कि वसुधा ने बन्दूक की नली उसकी आँखों में डालकर बन्दूक छोड़ी। धायँ! शेर के पंजे ढीले पड़े। नीचे गिर पड़ा। अब समस्या और भीषण थी। शेर से तीन ही चार कदम पर कुँवर साहब गिरे पड़े थे। शायद चोट ज़्यादा आयी हो। शेर में अगर अभी दम है, तो वह उन पर जरूर वार करेगा। वसुधा के प्राण आँखों में थे और बल कलाइयों में। इस वक्त कोई उसकी देह में भाला भी चुभा देता, तो उसे खबर न होती! वह अपने होश में न थी। उसकी मूर्च्छा ही चेतना का काम कर रही थी। उसने बिजली की बत्ती जलाई। देखा शेर उठने की चेष्टा कर रहा है। दूसरी गोली सिर पर मारी और उसके साथ ही रिवाल्वर लिये नीचे कूदी। शेर जोर से गुर्राया वसुधा ने उसके मुँह के सामने रिवाल्वर खाली कर दिया। कुँवर साहब सँभलकर खड़े हो गए। दौड़कर उसे छाती से चिपटा लिया। अरे! यह क्या। वसुधा बेहोश थी। भय उसके प्राणों को मुट्ठी में लिये उसकी आत्म-रक्षा कर रहा था। भय के शान्त होते ही मूर्च्छा आ गयी।

7

तीन घंटों के बाद वसुधा की मूर्च्छा टूटी। उसकी चेतना अब भी उन्हीं भयप्रद परिस्थितियों में विचर रही थी। उसने धीरे से डरते-डरते आँखें

खोलीं। कुँवर साहब ने पूछा—कैसा जी है प्रिये?

वसुधा ने उनकी रक्षा के लिए दोनों हाथों का घेरा बनाते हुए कहा—वहाँ से हट जाओ! ऐसा न हो, झपट पड़े।

कुँवर साहब ने हँसकर कहा—शेर कब का ठंडा हो गया। वह बरामदे में पड़ा है। ऐसे डील-डौल का और इतना भयंकर सिंह मैंने नहीं देखा।

वसुधा—तुम्हें चोट तो नहीं आयी?

कुँवर—बिलकुल नहीं। तुम कूद क्यों पड़ीं? पैरों में बड़ी चोट आयी होगी। तुम जीती कैसे बचीं, यह आश्चर्य है। मैं तो इतनी ऊँचाई से कभी न कूद सकता।

वसुधा ने चकित होकर कहा—मैं! मैं कहाँ कूदी? शेर मचान पर आया, इतना याद है। उसके बाद क्या हुआ, मुझे कुछ याद नहीं।

कुँवर को भी विस्मय हुआ—वाह! तुमने उस पर दो गोलियाँ चलाईं। जब वह नीचे गिरा, तो तुम भी कूद पड़ीं और उसके मुँह में रिवाल्वर की नली ठूँस दी। बस वहीं ठंडा हो गया। बड़ा बेहया जानवर था। अगर तुम चूक जातीं, तो वह नीचे आते ही मुझ पर जरूर चोट करता। मेरे पास तो छुरी भी न थी। बन्दूक हाथ से छूटकर दूसरी तरफ गिर गयी थी। अँधेरे में कुछ सुझाई न देता था। तुम्हारे ही प्रभाव से इस वक्त मैं यहाँ खड़ा हूँ, तुमने मुझे प्राण-दान दिया।

दूसरे दिन प्रात:काल यहाँ से कूच हुआ।

जो घर वसुधा को फाड़े खाता था, उसमें आज जाकर ऐसा आनन्द आया, जैसे किसी बिछुड़े मित्र से मिली हो। हरेक वस्तु उसका स्वागत करती हुई मालूम होती थी! जिन नौकरों और लौंडियों से वह महीनों से सीधे मुँह न बोली थी, उनसे वह आज हँस-हँसकर कुशल पूछती और गले मिलती थी, जैसे अपनी पिछली रुखाइयों की पटौती कर रही हो।

सन्ध्या का सूर्य, आकाश के स्वर्ण सागर में अपनी नौका खेता हुआ चला जा रहा था! वसुधा खिड़की के सामने कुरसी पर बैठकर सामने का दृश्य देखने लगी। उस दृश्य में आज जीवन था, विकास था, उन्माद था। केवट का वह सूना झोपड़ा भी आज कितना सुहावना लग रहा था। प्रकृति में मोहिनी भरी हुई थी।

मन्दिर के सामने मुनिया राजकुमारों को खिला रही थी। वसुधा के मन में आज कुलदेव के प्रति श्रद्धा जागृत हुई, जो बरसों से पड़ी सो रही थी। उसने पूजा के सामान मँगवाये और पूजा करने चली। आनन्द से भरे भण्डार से अब वह कुछ दान भी कर सकती थी। जलते हुए हृदय से ज्वाला के सिवा और क्या निकलती।

उसी वक्त कुँवर साहब आकर बोले—अच्छा, पूजा करने जा रही हो। मैं भी वहीं जा रहा था। मैंने एक मनौती मान रक्खी है।

वसुधा ने मुस्कराती हुई आँखों से पूछा—कैसी मनौती है?

कुँवर साहब ने हँसकर कहा—यह न बताऊँगा।

ढपोरसंख

मुरादाबाद में मेरे एक पुराने मित्र हैं, जिन्हें दिल में तो मैं एक रत्न समझता हूँ पर पुकारता हूँ ढपोरसंख कहकर और वह बुरा भी नहीं मानते। ईश्वर ने उन्हें जितना हृदय दिया है, उसकी आधी बुद्धि दी होती, तो आज वह कुछ और होते! उन्हें हमेशा तंगहस्त ही देखा; मगर किसी के सामने कभी हाथ फैलाते नहीं देखा। हम और वह बहुत दिनों तक साथ पढ़े हैं, खासी बेतकल्लुफी है; पर यह जानते हुए भी कि मेरे लिये सौ-पचास रुपये से उनकी मदद करना कोई बड़ी बात नहीं और मैं बड़ी खुशी से करूँगा, कभी मुझसे एक पाई के रवादार न हुए। अगर हीले से बच्चों को दो-चार रुपये दे देता हूँ, तो बिदा होते समय उसकी दुगनी रकम के मुरादाबादी बर्तन लादने पड़ते हैं। इसलिए मैंने यह नियम बना लिया है कि उनके पास जाता हूँ, तो एक-दो दिन में जितनी बड़ी-से-बड़ी चपत दे सकता हूँ, देता हूँ। मौसम में जो महँगी-से-महँगी चीज होती है, वही खाता हूँ और माँग-माँगकर खाता हूँ। मगर दिल के ऐसे बेहया हैं, कि अगर एक बार भी उधर से निकल जाऊँ और उनसे न मिलूँ तो बुरी तरह डाँट बताते हैं। इधर दो-तीन साल से मुलाकात न हुई थी। जी देखने को चाहता था। मई में नैनीताल जाते हुए उनसे मिलने के लिए उतर पड़ा। छोटा-सा घर है, छोटा-सा परिवार, छोटा-सा डील। द्वार पर आवाज दी—ढपोरसंख! तुरन्त बाहर निकल आये और गले से लिपट गए। ताँगे पर से मेरे ट्रंक को उतारकर कन्धे पर रखा, बिस्तर बगल में दबाया और घर में दाखिल हो गए। कहता हूँ, बिस्तर मुझे दे दो मगर कौन सुनता है। भीतर कदम रखा तो देवीजी के दर्शन हुए। छोटे बच्चे ने आकर प्रणाम किया। बस

यही परिवार है।

कमरे में गया तो देखा ख़तों का दफ्तर फैला हुआ है। ख़तों को सुरक्षित रखने की तो इनकी आदत नहीं? इतने ख़त किसके हैं? कुतूहल से पूछा—यह क्या कूड़ा फैला रखा है जी, समेटो।

देवीजी मुस्कराकर बोलीं—कूड़ा न कहिए, एक-एक पत्र साहित्य का रत्न है। आप तो इधर आये नहीं। इनके एक नये मित्र पैदा हो गए हैं। यह उन्हीं के कर-कमलों के प्रसाद हैं।

ढपोरसंख ने अपनी नन्हीं-नन्हीं आँखें सिकोड़कर कहा—तुम उसके नाम से क्यों इतना जलती हो, मेरी समझ में नहीं आता? अगर तुम्हारे दो-चार सौ रुपये उस पर आते हैं, तो उनका देनदार मैं हूँ। वह भी अभी जीता-जागता है। किसी को बेईमान क्यों समझती हो? यह क्यों नहीं समझतीं कि उसे अभी सुविधा नहीं है। और फिर दो-चार सौ रुपये एक मित्र के हाथों डूब ही जायें, तो क्यों रोओ। माना हम गरीब हैं, दो-चार सौ रुपये हमारे लिए दो-चार लाख से कम नहीं; लेकिन खाया तो एक मित्र ने!

देवीजी जितनी रूपवती थीं, उतनी ही जबान की तेज थीं। बोलीं—अगर ऐसों ही का नाम मित्र है, तो मैं नहीं समझती, शत्रु किसे कहते हैं।

ढपोरसंख ने मेरी तरफ देखकर, मानो मुझसे हामी भराने के लिए कहा—औरतों का हृदय बहुत ही संकीर्ण होता है।

देवीजी नारी-जाति पर यह आक्षेप कैसे सह सकती थीं, आँखें तरेरकर बोलीं—यह क्यों नहीं कहते, कि उल्लू बनाकर ले गया, ऊपर से हेकड़ी जताते हो! दाल गिर जाने पर तुम्हें भी सूखा अच्छा लगे, तो कोई आश्चर्य नहीं। मैं जानती हूँ, रुपया हाथ का मैल है। यह भी समझती हूँ कि जिसके भाग्य का जितना होता है, उतना वह खाता है; मगर यह मैं कभी न मानूँगी, कि वह सज्जन था और आदर्शवादी था और यह था, वह था। साफ-साफ क्यों नहीं कहते, लम्पट था दगाबाज था! बस, मेरा तुमसे कोई झगड़ा नहीं।

ढपोरसंख ने गर्म होकर कहा—मैं यह नहीं मान सकता। देवीजी भी गर्म होकर बोलीं—तुम्हें मानना पड़ेगा। महाशय जी आ गए हैं। मैं इन्हें पंच बदती हूँ। अगर यह कह देंगे, कि सज्जनता का पुतला था, आदर्शवादी

था, वीरात्मा था, तो मैं मान लूँगी और फिर उसका नाम न लूँगी। और यदि इनका फैसला मेरे अनूकूल हुआ, तो लाला, तुम्हें इनको अपना बहनोई कहना पड़ेगा!

मैंने पूछा—मेरी समझ में कुछ नहीं आ रहा है, आप किसका जिक्र कर रही हैं? वह कौन था?

देवीजी ने आँखें नचाकर कहा—इन्हीं से पूछो, कौन था? इनका बहनोई था!

ढपोरसंख ने झेंपकर कहा—अजी, एक साहित्य-सेवी था—करुणाकर जोशी। बेचारा विपत्ति का मारा यहाँ आ पड़ा था! उस वक्त तो यह भी भैया-भैया करती थीं, हलवा बना-बनाकर खिलाती थीं, उसकी विपत्ति-कथा सुनकर टेसवे बहाती थीं और आज वह दगाबाज है, लम्पट है, लबार है?

देवीजी ने कहा—वह तुम्हारी खातिर थी। मैं समझती थी, लेख लिखते हो, व्याख्यान देते हो, साहित्य के मर्मज्ञ बनते हो, कुछ तो आदमी पहचानते होगे। पर अब मालूम हो गया, कि कलम घिसना और बात है, मनुष्य की नाड़ी पहचानना और बात।

मैं इस जोशी का वृत्तान्त सुनने के लिए उत्सुक हो उठा—ढपोरसंख तो अपना पचड़ा सुनाने को तैयार थे; मगर देवीजी ने कहा—खाने-पीने से निवृत होकर पंचायत बैठे। मैंने भी इसे स्वीकार कर लिया।

देवीजी घर में जाती हुई बोलीं—तुम्हें कसम है जो अभी जोशी के बारे में एक शब्द भी इनसे कहो। मैं भोजन बनाकर जब तक खिला न लूँ, तब तक दोनों आदमियों पर दफा 144 है।

ढपोरसंख ने आँखें मारकर कहा—तुम्हारा नमक खाकर यह तुम्हारी तरफदारी करेंगे ही!

इस बार देवीजी के कानों में यह जुमला न पड़ा। धीमे स्वर में कहा भी गया था, नहीं तो देवीजी ने कुछ-न-कुछ जवाब जरूर दिया होता। देवीजी चूल्हा जला चुकीं और ढपोरसंख उनकी ओर से निश्चिन्त हो गए, तो मुझसे बोले—जब तक वह रसोई में हैं, मैं संक्षेप में तुम्हें वह वृत्तान्त सुना दूँ?

मैंने धर्म की आड़ लेकर कहा—नहीं भाई, मैं पंच बनाया गया हूँ

और इस विषय में कुछ न सुनूँगा। उन्हें आ जाने दो।

'मुझे भय है, कि तुम उन्हीं का-सा फैसला कर दोगे और फिर वह मेरा घर में रहना अपाढ़ कर देगी।'

मैंने ढांढस दिया—यह आप कैसे कह सकते हैं, मैं क्या फैसला करूँगा?

'मैं तुम्हें जानता जो हूँ। तुम्हारी अदालत में औरत के सामने मर्द कभी जीत ही नहीं सकता।'

'तो क्या चाहते हो तुम्हारी डिग्री कर दूँ!'

'क्या दोस्ती का इतना हक भी नहीं अदा कर सकते?'

'अच्छा लो, तुम्हारी जीत होगी, चाहे गालियाँ ही क्यों न मिलें।'

खाते-पीते दोपहर हो गयी। रात का जागा था। सोने की इच्छा हो रही थी पर देवीजी कब मानने वाली थीं। भोजन करके आ पहुँचीं। ढपोरसंख ने पत्रों का पुलिन्दा समेटा और वृत्तान्त सुनाने लगे।

देवीजी ने सावधान किया—एक शब्द भी झूठ बोले, तो जुर्माना होगा।

ढपोरसंख ने गम्भीर होकर कहा—झूठ वह बोलता है, जिसका पक्ष निर्बल होता है। मुझे तो अपनी विजय का विश्वास है।

इसके बाद कथा शुरू हो गई।

दो साल से ज़्यादा हुए, एक दिन मेरे पास एक पत्र आया, जिसमें साहित्य सेवा के नाते एक ड्रामे की भूमिका लिखने की प्रेरणा की गई थी। करुणाकर का पत्र था। इस साहित्यिक रीति से मेरा उनसे प्रथम परिचय हुआ। साहित्यकारों की इस जमाने में जो दुर्दशा है, उसका अनुभव कर चुका हूँ, और करता रहता हूँ और यदि भूमिका तक बात रहे, तो उनकी सेवा करने में पसोपेश नहीं होता। मैंने तुरन्त जवाब दिया—आप ड्रामा भेज दीजिये। एक सप्ताह में ड्रामा आ गया, पर अबके पत्र में भूमिका लिखने ही की नहीं कोई प्रकाशक ठीक कर देने की भी प्रार्थना की गयी थी। मैं प्रकाशकों के झंझट में नहीं पड़ता। दो-एक बार पड़कर कई मित्रों को जानी दुश्मन बना चुका हूँ। मैंने ड्रामे को पढ़ा, उस पर भूमिका लिखी और हस्तलिपि लौटा दी। ड्रामा मुझे सुन्दर मालूम हुआ; इसलिए भूमिका भी

प्रशंसात्मक थी। कितनी ही पुस्तकों की भूमिका लिख भी चुका हूँ। कोई नई बात न थी; पर अबकी भूमिका लिखकर पिंड न छूटा। एक सप्ताह के बाद एक लेख आया, कि इसे अपनी पत्रिका में प्रकाशित कर दीजिये। (ढपोरसंख एक पत्रिका के सम्पादक हैं) इसे गुण कहिए या दोष, मुझे दूसरों पर विश्वास बहुत जल्द आ जाता है। और जब किसी लेखक का मुआमला हो, तो मेरी विश्वास-क्रिया और भी तीव्र हो जाती है। मैं अपने एक मित्र को जानता हूँ जो साहित्यकारों के साये से भागते हैं। वह खुद निपुण लेखक हैं, बड़े ही सज्जन हैं, बड़े ही जिन्दा-दिल। अपनी शादी करके लौटने पर जब-जब रास्ते में मुझसे भेंट हुई, कहा—आपकी मिठाई रखी हुई है, भेजवा दूँगा, पर वह मिठाई आज तक न आयी, हालाँकि अब ईश्वर की दया से विवाह-तरु में फल भी लग आये, लेकिन खैर, मैं साहित्य-सेवियों से इतना चौकन्ना नहीं रहता। इन पत्रों में इतनी विनय, इतना आग्रह, इतनी भक्ति होती थी, कि मुझे जोशी से बिना साक्षात्कार के ही स्नेह हो गया। मालूम हुआ, एक बड़े बाप का बेटा है, घर से इसीलिए निर्वासित है, कि उसके चाचा दहेज की लम्बी रकम लेकर उसका विवाह करना चाहते थे, यह उसे मंजूर न हुआ। इस पर चाचा ने घर से निकाल दिया। बाप के पास गया। बाप आदर्श भातृ-भक्त था। उसने चाचा के फैसले की अपील न सुनी। ऐसी दशा में सिद्धान्त का मारा युवक सिवाय घर से बाहर निकल भागने के और क्या करता? यों वन-वन के पत्ते तोड़ता, द्वार-द्वार ठोकरें खाता वह ग्वालियर आ गया था। उस पर मन्दाग्नि का रोगी, जीर्ण ज्वर से ग्रस्त। आप ही बतलाइए, ऐसे आदमी से क्या सहानुभूति न होती? फिर जब एक आदमी आपको 'प्रिय भाई साहब' लिखता है, अपने मनोरहस्य आपके सामने खोलकर रखता है, विपत्ति में भी धैर्य और पुरुषार्थ को हाथ से नहीं छोड़ता, कड़े से कड़ा परिश्रम करने को तैयार है, तो यदि आप में सौजन्य का अणुमात्र भी है, तो आप उसकी मदद जरूर करेंगे।

अच्छा, अब फिर ड्रामे की तरफ आइए। कई दिनों बाद जोशी का पत्र प्रयाग से आया। वह वहाँ के एक मासिक-पत्रिका के सम्पादकीय-विभाग में नौकर हो गया था। यह पत्र पाकर मुझे कितना सन्तोष और आनन्द हुआ, कह नहीं सकता। कितना उद्यमशील आदमी है! उसके प्रति मेरा स्नेह और भी प्रगाढ़ हो गया। पत्रिका का स्वामी सम्पादक सख्ती से

पेश आता था, जरा-सी देर हो जाने पर दिन-भर की मजदूरी काट लेता था, बात-बात पर घुड़कियाँ जमाता था; पर यह सत्याग्रही वीर सब-कुछ सहकर भी अपने काम में लगा रहता था। अपना भविष्य बनाने का ऐसा अवसर पाकर वह उसे कैसे छोड़ देता। यह सारी बातें स्नेह और विश्वास को बढ़ाने वाली थीं। एक आदमी को कठिनाइयों का सामना करते देखकर किसे उससे प्रेम न होगा, गर्व न होगा!

प्रयाग में वह ज़्यादा न ठहर सका। उसने मुझे लिखा, मैं सब कुछ झेलने को तैयार हूँ, भूखों मरने को तैयार हूँ पर आत्मसम्मान में दाग नहीं लगा सकता, कुवचन नहीं सह सकता।

ऐसा चरित्र यदि आप पर प्रभाव न डाल सके, तो मैं कहूँगा, आप चालाक चाहे जितने हों पर हृदय-शून्य हैं।

एक सप्ताह के बाद प्रयाग से फिर पत्र आया—यह व्यवहार मेरे लिए असह्य हो गया। आज मैंने इस्तीफा दे दिया। यह न समझिए कि मैंने हल्के दिल से लगी-लगाई रोजी छोड़ दी। मैंने वह सब किया, जो मुझे करना चाहिए था। यहाँ तक कि कुछ-कुछ वह भी किया, जो मुझे न करना चाहिए था; पर आत्मसम्मान का खून नहीं कर सकता। अगर यह कर सकता, तो मुझे घर छोड़कर निकलने की क्या आवश्यकता थी। मैंने बम्बई जाकर किस्मत आजमाने का निश्चय किया है। मेरा दृढ़ संकल्प है कि अपने घरवालों के सामने हाथ न फैलाऊँगा, उनसे दया की भिक्षा न माँगूँगा। मुझे कुलीगिरी करनी मंजूर है, टोकरी ढोना मंजूर है; पर अपनी आत्मा को कलंकित नहीं कर सकता।

मेरी श्रद्धा और बढ़ गई। यह व्यक्ति अब मेरे लिए केवल ड्रामा का चरित्र न था, जिसके सुख से सुखी और दुख से दुखी होने पर भी हम दर्शक ही रहते हैं। वह अब मेरे इतने निकट पहुँच गया था, कि उस पर आघात होते देखकर मैं उसकी रक्षा करने को तैयार था, उसे डूबते देखकर पानी में कूदने से भी न हिचकता।

मैं बड़ी उत्कंठा से उसके बम्बई से आने वाले पत्र का इन्तजार करने लगा। छठवें दिन पत्र आया। वह बम्बई में काम खोज रहा था, लिखा था—घबड़ाने की कोई बात नहीं है, मैं सब कुछ झेलने को तैयार हूँ। फिर दो-दो चार-चार दिन के अन्तर से कई पत्र आये। वह वीरों की

भाँति कठिनाइयों के सामने कमर कसे खड़ा था, हालाँकि तीन दिन से उसे भोजन न मिला था।

ओह! कितना ऊँचा आदर्श है। कितना उज्ज्वल चरित्र! मैं समझता हूँ, मैंने उस समय बड़ी कृपणता की। मेरी आत्मा ने मुझे धिक्कारा—यह बेचारा इतने कष्ट उठा रहा है और तुम बैठे देख रहे हो। क्यों उसके पास कुछ रुपये नहीं भेजते? मैंने आत्मा के कहने पर अमल न किया, पर अपनी बेदर्दी पर खिन्न अवश्य था।

जब कई दिन की बेचैनी भरे हुए इन्तजार के बाद यह समाचार आया, कि वह एक साप्ताहिक पत्र के सम्पादकीय विभाग में जगह पा गया है, तो मैंने आराम की साँस ली और ईश्वर को सच्चे दिल से धन्यवाद दिया।

साप्ताहिक में जोशी के लेख निकलने लगे। उन्हें पढ़कर मुझे गर्व होता था। कितने सजीव, कितने विचार से भरे लेख थे। उसने मुझसे भी लेख माँगे; पर मुझे अवकाश न था। क्षमा माँगी, हालाँकि इस अवसर पर उसको प्रोत्साहन न देने पर मुझे बड़ा खेद होता था।

लेकिन शायद बाधाएँ हाथ धोकर उसके पीछे पड़ी थीं। पत्र के ग्राहक कम थे चन्दे और डोनेशन से काम चलता था। रुपये हाथ आ जाते, तो कर्मचारियों को थोड़ा-थोड़ा मिल जाता, नहीं आसरा लगाये काम करते रहते। इस दशा में गरीब ने तीन महीने काटे होंगे। आशा थी, तीन महीने का हिसाब होगा, तो अच्छी रकम हाथ लगेगी; मगर वहाँ सूखा जवाब मिला। स्वामी ने टाट उलट दिया, पत्र बन्द हो गया और कर्मचारियों को अपना-सा मुँह लिये बिदा होना पड़ा। स्वामी की सज्जनता में सन्देह नहीं; लेकिन रुपये कहाँ से लाता! सज्जनता के नाते लोग आधे वेतन पर काम कर सकते थे लेकिन पेट बाँधकर काम करना कब मुमकिन था। और फिर बम्बई का खर्च। बेचारे जोशी को फिर ठोकरें खानी पड़ीं! मैंने ख़त पढ़ा, तो बहुत दुःख हुआ। ईश्वर ने मुझे इस योग्य न बनाया, नहीं बेचारा क्यों पेट के लिए यों मारा-मारा फिरता।

अबकी बार बहुत हैरान न होना पड़ा। किसी मिल में गाँठों पर नम्बर लिखने का काम मिल गया। एक रुपया रोज मजूरी थी। बम्बई में एक रुपया, इधर के चार आने के बराबर समझो! कैसे उसका काम

चलता था, ईश्वर ही जाने।

कई दिन के बाद एक लम्बा पत्र आया। एक जर्मन एजेंसी उसे रखने पर तैयार थी; अगर तुरन्त सौ रुपये की जमानत दे सके। एजेंसी यहाँ की फौजों में जूते, सिगार, साबुन आदि सप्लाई करने का काम करती थी। अगर यह जगह मिल जाती, तो उसके दिन आराम से कटने लगते। लिखा था, जिन्दगी से तंग आ गया हूँ। हिम्मत ने जवाब दे दिया। आत्महत्या करने के सिवा और कोई उपाय नहीं सूझता। केवल माताजी की चिन्ता है। रो-रोकर प्राण दे देंगी! पिताजी के साथ उन्हें शारीरिक सुखों की कमी नहीं; पर मेरे लिए उनकी आत्मा तड़पती रहती है। मेरी यही अभिलाषा है, कि कही बैठने का ठिकाना मिल जाता, तो एक बार उन्हें अपने साथ रखकर उनकी जितनी सेवा हो सकती, करता। इसके सिवा मुझे कोई इच्छा नहीं है; लेकिन जमानत कहाँ से लाऊँ? बस, कल का दिन और है। परसों कोई दूसरा उम्मीदवार जमानत देकर यह ले लेगा और मैं ताकता रह जाऊँगा। एजेंट मुझे रखना चाहता है; लेकिन अपने कार्यालय के नियमों को क्या करे।

इस पत्र ने मेरी कृपण प्रकृति को भी वशीभूत कर लिया। इच्छा हो जाने पर कोई-न-कोई राह निकल आती है। मैंने रुपये भेजने का निश्चय कर लिया। अगर इतनी मदद से एक युवक का जीवन सुधर रहा हो, तो कौन ऐसा है, जो मुँह छिपा ले। इससे बड़ा रुपयों का और क्या सदुपयोग हो सकता है। हिन्दी में कलम घिसने वालों के पास इतनी बड़ी रकम जरा मुश्किल ही से निकलती; पर संयोग से उस वक्त मेरे कोष में रुपये मौजूद थे। मैं इसके लिए अपनी कृपणता का ऋणी हूँ। देवीजी की सलाह ली। वह बड़ी खुशी से राजी हो गईं; हालाँकि अब सारा दोष मेरे ही सिर मढ़ा जाता है। कल रुपयों का पहुँचना आवश्यक था, नहीं तो अवसर हाथ से निकल जायगा। मनीआर्डर तीन दिन में पहुँचेगा। तुरन्त तार घर गया और तार से रुपये भेज दिये। जिसने बरसों की कतर-ब्योंत के बाद इतने रुपये जोड़े हों और जिसे भविष्य भी अभावमय ही दीखता हो, वही उस आनन्द का अनुभव कर सकता है, जो इस समय मुझे हुआ। सेठ अमीरचन्द को दस लाख का दान करके भी इतना आनन्द न हुआ होगा। दिया तो मैंने ऋण समझकर ही; पर वह दोस्ती का ऋण था, जिसका अदा होना स्वप्न का यथार्थ होना है।

उस पत्र को मैं कभी न भूलूँगा, जो धन्यवाद के रूप में चौथे दिन मुझे मिला। कैसे सच्चे उद्गार थे! एक-एक शब्द अनुग्रह में डूबा हुआ। मैं उसे साहित्य की एक चीज समझता हूँ।

देवीजी ने चुटकी ली—सौ रुपये में उससे बहुत अच्छा पत्र मिल सकता है!

ढपोरसंख ने कुछ जवाब न दिया। कथा कहने में तन्मय थे।

बम्बई में वह किसी प्रसिद्ध स्थान पर ठहरा था। केवल नाम और पोस्ट-बाक्स लिखने ही से उसे पत्र मिल जाता था। वहाँ से कई पत्र आये। वह प्रसन्न था।

देवीजी बोलीं—प्रसन्न क्यों न होता, कम्पे में एक चिड़िया जो फँस गई थी।

ढपोरसंख ने चिढ़कर कहा—या तो मुझे कहने दो, या तुम कहो। बीच में बोलो मत।

बम्बई से कई दिन के बाद एक पत्र आया कि एजेन्सी ने उसके व्यवहार से प्रसन्न होकर उसे काशी में नियुक्त कर दिया है और वह काशी आ रहा है। उसे वेतन के उपरान्त भत्ता भी मिलेगा। काशी में उसके एक मौसा थे जो वहाँ के प्रसिद्ध डाक्टर थे; पर वह उनके घर न उतरकर अलग ठहरा। इससे उसके आत्मसम्मान का पता चलता है। मगर एक महीने में काशी से उसका जी भर गया। शिकायत से भरे पत्र आने लगे—सुबह से शाम तक फौजी आदमियों की खुशामद करनी पड़ती है, सुबह का गया-गया दस बजे रात को घर आता हूँ, उस वक्त अकेला अँधेरा घर देखकर चित्त दुख से भर जाता है, किससे बोलूँ, किससे हँसूँ। बाजार की पूरियाँ खाते-खाते तंग आ गया हूँ। मैंने समझा था, अब कुछ दिन चैन से कटेंगे; लेकिन मालूम होता है अभी किस्मत में ठोकरें खाना लिखा है। मैं इस तरह जीवित नहीं रह सकता। रात-रात भर पड़ा रोता रहता हूँ, आदि। मुझे इन पत्रों में वह अपने आदर्श से गिरता हुआ मालूम हुआ। मैंने उसे समझाया, लगी रोजी न छोड़ो, काम किये जाओ। जवाब आया, मुझसे अब यहाँ नहीं रहा जाता! फौजियों का व्यवहार असह्य है। फिर मैनेजर साहब मुझे रंगून भेज रहे है। और रंगून जाकर मैं बच नहीं सकता। मैं कोई साहित्यिक काम करना चाहता हूँ। कुछ दिन आपकी

सेवा में रहना चाहता हूँ।

मैं इस पत्र का जवाब देने जा ही रहा था कि फिर पत्र आया। मैं कल देहरादून-एक्सप्रेस से आ रहा हूँ। दूसरे दिन वह आ पहुँचा। दुबला-सा आदमी, साँवला रंग, लम्बा मुँह, बड़ी-बड़ी आँखें, अँग्रेजी वेश, साथ में कई चमड़े के ट्रंक, एक सूटकेस, एक होल्डाल। मैं तो उसका ठाट देखकर दंग रह गया।

देवीजी ने टिप्पणी की—फिर भी तो न चेते!

मैंने समझा था, गाढ़े का कुर्त्ता, चप्पल, ज़्यादा-से-ज़्यादा फाउण्टेन पेन वाला आदमी होगा, मगर यह महाशय तो पूरे साहब बहादुर निकले। मुझे इस छोटे से घर में उन्हे ठहराते हुए संकोच हुआ।

देवीजी से बिना बोले न रहा गया।—आते ही श्री-चरणों पर सिर तो रख दिया, अब और क्या चाहते थे।

ढपोरसंख अबकी मुस्काये—देखो श्यामा, बीच-बीच में टोको मत। अदालत की प्रतिष्ठा यह कहती है कि अभी चुपचाप सुनती जाओ। जब तुम्हारी बारी आये, तो जो चाहे कहना।

फिर सिलसिला शुरू हुआ—था तो दुबला-पतला मगर बड़ा फुर्तीला, बातचीत में बड़ा चतुर, एक जुमला अँग्रेजी बोलता, एक जुमला हिन्दी, और हिन्दी-अँग्रेजी की खिचड़ी, जैसे आप जैसे सभ्य लोग बोलते हैं। बातचीत शुरू हुई—आपके दर्शनों की बड़ी इच्छा थी। मैंने जैसा अनुमान किया था, वैसा ही आपको देखा। बस, अब मालूम हो रहा है, कि मैं भी आदमी हूँ। इतने दिनों तक कैदी था।

मैंने कहा—तो क्या इस्तीफा दे दिया?

'नहीं, अभी तो छुट्टी लेकर आया हूँ। अभी इस महीने का वेतन भी नहीं मिला। मैंने लिख दिया है, यहाँ के पते से भेज दें। नौकरी तो अच्छी है; मगर काम बहुत करना पड़ता है और मुझे कुछ लिखने का अवसर नहीं मिलता।'

खैर, रात को मैंने इसी कमरे में उन्हें सुलाया। दूसरे दिन यहाँ के एक होटल में प्रबन्ध कर दिया। होटल वाले पेशगी रुपये ले लेते हैं। जोशी के पास रुपये न थे। मुझे तीस रुपये देने पड़े। मैंने समझा, इसका वेतन तो आता ही होगा, ले लूँगा। यहाँ मेरे एक माथुर मित्र हैं। उनसे भी मैंने जोशी

का जिक्र किया था। उसके आने की खबर पाते ही होटल दौड़े। दोनों में दोस्ती हो गई। जोशी दो-तीन बार दिन में, एक बार रात को जरूर आते और खूब बातें करते। देवीजी उनको हाथों पर लिए रहतीं। कभी उनके लिए पकौड़ियाँ बन रही हैं, कभी हलवा। जोशी हरफनमौला था। गाने में कुशल, हारमोनियम में निपुण, इन्द्रजाल के करतब दिखलाने में कुशल। सालन अच्छा पकाता था। देवीजी को गाना सीखने का शौक पैदा हो गया। उसे म्यूजिक मास्टर बना लिया।

देवीजी लाल मुँह बना करके बोलीं—तो क्या मुफ्त में हलवा, पकौड़ियाँ और पान बना-बनाकर खिलाती थी?

एक महीना गुजर गया पर जोशी का वेतन न आया। मैंने पूछा भी नहीं। सोचा, अपने दिल में समझेगा, अपने होटल वाले रुपयों का तकाजा कर रहे हैं। माथुर के घर भी उसने आना-जाना शुरू कर दिया। दोनों साथ घूमने जाते, साथ रहते। जोशी जब आते, माथुर का बखान करते, माथुर जब आते जोशी की तारीफ करते। जोशी के पास अपने अनुभवों का विशेष भंडार था। वह फौज में रह चुका था। जब उसकी मंगेतर का विवाह दूसरे आदमी से हो गया, तो शोक में उसने फौजी नौकरी छोड़ दी थी। सामाजिक जीवन की न जाने कितनी ही घटनाएँ उसे याद थीं। और जब अपने माँ-बाप और चाचा-चाची का जिक्र करने लगता, तो उसकी आँखों में आँसू भर आते। देवीजी भी उसके साथ रोतीं।

देवीजी तिरछी आँखों से देखकर रह गईं। बात सच्ची थी।

एक दिन मुझसे अपने एक ड्रामे की बड़ी तारीफ की। वह ड्रामा कलकत्ते में खेला गया। और मदन कम्पनी के मैनेजर ने उसे बधाइयाँ दी थीं। ड्रामे के दो-चार टुकड़े जो उसके पास पड़े थे, मुझे सुनाये। मुझे ड्रामा बहुत पसन्द आया। उसने काशी के एक प्रकाशक के हाथ वह ड्रामा बेच दिया था और कुल पचीस रुपये पर। मैंने कहा, उसे वापस मँगा लो। रुपये मैं दे दूँगा। ऐसी सुन्दर रचना किसी अच्छे प्रकाशक को देंगे, या किसी थियेटर कम्पनी से खेलवायेंगे। तीन-चार दिन के बाद मालूम हुआ कि प्रकाशक अब पचास रुपये लेकर लौटायेगा। कहता है, मैं इसका कुछ अंश छपा चुका हूँ। मैंने कहा, मँगा लो पचास रुपये ही सही। ड्रामा वी० पी० से वापस आया। मैंने पचास रुपये दे दिये।

महीना ख़त्म हो रहा था। होटल वाले दूसरा महीना शुरू होते ही रुपये पेशगी माँगेंगे। मैं इसी चिन्ता में था, कि जोशी ने आकर कहा—मैं अब माथुर के साथ रहूँगा। बेचारा गरीब आदमी है। अगर मैं बीस रुपये भी दे दूँगा, तो उसका काम चल जायगा। मैं बहुत खुश हुआ। दूसरे दिन वह माथुर के घर डट गया।

जब आता, तो माथुर के घर का कोई-न-कोई रहस्य लेकर आता। यह तो मैं जानता था, कि माथुर की आर्थिक दशा अच्छी नहीं है। बेचारा रेलवे के दफ्तर में नौकर था। वह नौकरी भी छूट गई थी। मगर यह न मालूम था कि उसके यहाँ फाके हो रहे हैं। कभी मालिक मकान आकर गालियाँ सुना जाता है, कभी दूधवाला, कभी बनिया, कभी कपड़ेवाला। बेचारा उनसे मुँह छिपाता फिरता है। जोशी आँखों में आँसू भर-भरकर उसके संकटों की करुण कहानी कहता और रोता। मैं तो जानता था, मैं ही एक आफत का मारा हूँ। माथुर की दशा देखकर मुझे अपनी विपत्ति भूल गई। तुझे अपनी ही चिन्ता है, कोई दूसरी फिक्र नहीं। जिसके द्वार पर जा पड़ूँ दो रोटियाँ मिल जायँगी, मगर माथुर के पीछे तो पूरा खटला है। माँ, दो विधवा बहनें, एक भांजी, दो भांजे, एक छोटा भाई। इतने बड़े परिवार के लिए पचास रुपये तो केवल रोटी-दाल के लिए चाहिए। माथुर सच्चा वीर है, देवता है जो इतने बड़े परिवार का पालन कर रहा है। वह अब अपने लिए नहीं, माथुर के लिए दुखी था।

देवीजी ने टीका की—जभी माथुर की भांजी पर डोरे डाल रहा था। दुःख का भार कैसे हल्का करता।

ढपोरसंख ने बिगड़कर कहा—अच्छा तो अब तुम्हीं कहो।

मैंने समझाया—तुम तो यार, जरा-जरा सी बात पर तिनक उठते हो! क्या तुम समझते हो, यह फुलझड़ियाँ मुझे न्याय-पथ से विचलित कर देंगी?

फिर कहानी शुरू हुई—एक दिन आकर बोला—आज मैंने माथुर के उद्धार का उपाय सोच निकाला। मेरे एक माथुर मित्र बैरिस्टर हैं। उनसे जग्गो (माथुर की भांजी) के विवाह के विषय में पत्र व्यवहार कर रहा हूँ। उसकी एक विधवा बहन को दोनों बच्चों के साथ ससुराल भेज दूँगा। दूसरी विधवा बहन अपने देवर के पास जाने पर राजी है। बस, तीन-चार

आदमी रह जायँगे। कुछ मैं दूंगा, कुछ माथुर पैदा करेगा, गुजर हो जायेगा। मगर आज उसके घर का दो महीनों का किराया देना पड़ेगा। मालिक मकान ने सुबह ही से धरना दे रखा है। कहता है, अपना किराया लेकर ही हटूँगा। आपके पास तीस रुपये हों तो दे दीजिए। माथुर के छोटे भाई का वेतन कल-परसों तक मिल जायगा, रुपये मिल जायँगे। एक मित्र संकट में पड़ा हुआ है; दूसरा मित्र उसकी सिफारिश कर रहा है। मुझे इनकार करने का साहस न हुआ! देवीजी ने उस वक्त नाक-भौं जरूर सिकोड़ा था पर मैंने न माना, रुपये दे दिये।

देवीजी ने डंक मारा—यह क्यों नहीं कहते, कि वह रुपये मेरी बहन ने बर्तन खरीदकर भेजने के लिए भेजे थे।

ढपोरसंख ने गुस्सा पीकर कहा—खैर, यही सही! मैंने रुपये दे दिये। मगर मुझे यह उलझन होने लगी, कि इस तरह तो मेरा कचूमर ही निकल जायगा। माथुर पर एक-न-एक संकट रोज ही सवार रहेगा। मैं कहाँ तक उन्हें उबारूँगा। जोशी भी जान खा रहा था कि कहीं कोई जगह दिला दीजिए। संयोग से उन्हीं दिनों मेरे एक आगरे के मित्र आ निकले। काउंसिल में मेम्बर थे। अब जेल में हैं। गाने-बजाने का शौक है, दो-एक ड्रामे भी लिख चुके हैं, अच्छे-अच्छे रईसों से परिचय है! खुद बड़े रसिक हैं। अबकी वह आये, तो मैंने जोशी का उनसे जिक्र किया। उसका ड्रामा भी सुनाया। बोले—तो उसे मेरे साथ कर दीजिये। अपना प्राइवेट सिक्रेटरी बना लूँगा। मेरे घर में रहे; मेरे साथ घर के आदमी की तरह रहे। जेब खर्च के लिए मुझसे तीस रुपये महीना लेता जाय। मेरे साथ ड्रामे लिखे। मैं फूला न समाया। जोशी से कहा। जोशी भी तैयार हो गया; लेकिन जाने के पहिले उसे कुछ रुपयों की जरूरत हुई। एक भले आदमी के साथ फटेहालों तो जाते नहीं बनता और न यही उचित था, कि पहले ही दिन से रुपये का तकाजा होने लगे। बहुत काट-छाँट करने पर भी चालिस रुपये का खर्च निकल आया। जूते टूट गए थे, धोतियाँ फट गई थीं और भी कई खर्च थे, जो इस वक्त याद नहीं आते। मेरे पास रुपये न थे। श्यामा से माँगने का हौसला न हुआ;

देवीजी बोलीं—मेरे पास तो कारूँ का खजाना रखा था न! कई हजार महीने लाते हो, सौ-दो-सौ रुपये बचत में आ ही जाते होंगे।

ढपोरसंख इस व्यंग पर ध्यान न देकर अपनी कथा कहते रहे—रुपये पाकर जोशी ने ठाट बनाया और काउन्सिलर साहब के साथ चले। मैं स्टेशन तक पहुँचाने गया। माथुर भी था। लौटा, तो मेरे दिल पर से एक बोझ उतर गया था।

माथुर ने कहा—बड़ा मुहब्बती आदमी है।

मैंने समर्थन किया—बड़ा। मुझे तो भाई सा मालूम होता है।

'मुझे तो अब घर अच्छा न लगेगा। घर के सब आदमी रोते रहे। मालूम ही न होता था, कि कोई गैर आदमी है। अम्माँ से लड़के की तरह बातें करता था। बहनों से भाई की तरह।'

'बदनसीब आदमी है, नहीं, जिसका बाप दो हजार रुपये माहवारी कमाता हो, वह यों मारा-मारा फिरे।'

'दार्जिलिंग में इनके बाप की दो कोठियाँ हैं?'

'आई० एम० एस० हैं!'

'जोशी मुझे भी वहीं ले जाना चाहता है। साल-दो-साल में तो वहाँ जायगा ही। कहता है, तुम्हें मोटर की एजेंसी खुलवा दूँगा।'

इस तरह खयाली पुलाव पकाते हुए हम लोग घर आये।

मैं दिल में खुश था, कि चलो अच्छा हुआ, जोशी के लिए अच्छा सिलसिला निकल आया। मुझे यह आशा भी बँध चली, कि अबकी उसे वेतन मिलेगा, तो मेरे रुपये देगा। चार-पाँच महीने में चुकता कर देगा। हिसाब लगाकर देखा, तो अच्छी खासी रकम हो गई थी। मैंने दिल में समझा, यह भी अच्छा ही हुआ। यों जमा करता, तो कभी न जमा होते। इस बहाने से किसी तरह जमा तो हो गए। मैंने यह सोचा कि अपने मित्र से जोशी के वेतन के रुपये पेशगी क्यों न ले लूँ, कह दूँ, उसके वेतन से महीने-महीने काटते रहिएगा।

लेकिन अभी मुश्किल से एक सप्ताह हुआ होगा कि एक दिन देखता हूँ, तो जोशी और माथुर, दोनों चले आ रहे हैं। मुझे भय हुआ, कहीं जोशीजी फिर तो नहीं छोड़ आये; लेकिन शंका को दबाता हुआ बोला—कहो भाई, कब आये? मजे में तो हो?

जोशी ने बैठकर एक सिगार जलाते हुए कहा—बहुत अच्छी तरह

हूँ। मेरे बाबू साहब बड़े ही सज्जन आदमी हैं। मेरे लिए अलग एक कमरा खाली करा दिया है। साथ ही खिलाते हैं। बिल्कुल भाई की तरह रखते हैं। आजकल किसी काम से दिल्ली गए हैं। मैंने सोचा, यहाँ पड़े-पड़े क्या करूँ, तब तक आप ही लोगों से मिलता आऊँ। चलते वक्त बाबू साहब ने मुझसे कहा था, मुरादाबाद से थोड़े से बर्तन लेते आना, मगर शायद उन्हें रुपये देने की याद नहीं रही। मैंने उस वक्त माँगना भी उचित न समझा। आप एक पचास रुपये दे दीजिएगा। मैं परसों तक जाऊँगा और वहाँ से जाते-ही-जाते भेजवा दूँगा। आप तो जानते हैं, रुपये के मुआमले में वे कितने खरे हैं।

मैंने जरा रुखाई के साथ कहा—रुपये तो इस वक्त मेरे पास नहीं हैं।

देवीजी ने टिप्पणी की—क्यों झूठ बोलते हो? तुमने रुखाई से कहा था, कि रुपये नहीं हैं?

ढपोरसंख ने पूछा—और क्या चिकनाई के साथ कहा था?

देवीजी—तो फिर कागज के रुपये क्यों दे दिये थे? बड़ी रुखाई करने वाले!

ढपोरसंख—अच्छा साहब, मैंने हँसकर रुपये दे दिये। बस, अब खुश हुईं। तो भई, मुझे बुरा तो लगा; लेकिन अपने सज्जन मित्र का वास्ता था। मेरे ऊपर बेचारे बड़ी कृपा रखते हैं। मेरे पास पत्रिका का कागज खरीदने के लिए पचास रुपये रखे हुए थे। वह मैंने जोशी को दे दिये।

शाम को माथुर ने आकर कहा—जोशी तो चले गए। कहते थे, बाबू साहब का तार आ गया है। बड़ा उदार आदमी है। मालूम ही नहीं होता, कोई बाहरी आदमी है। स्वभाव भी बालकों का-सा है। भांजी की शादी तय करने को कहते थे। लेन-देन का तो कोई जिक्र है ही नहीं, पर कुछ नजर तो देनी ही पड़ेगी। बैरिस्टर साहब, जिनसे विवाह हो रहा है, दिल्ली के रहने वाले हैं। उनके पास जाकर नजर देनी होगी। जोशीजी चले जायँगे। आज मैंने रुपये भी दे दिये। चलिए, एक बड़ी चिन्ता सिर से टली।

मैंने पूछा—रुपये तो तुम्हारे पास न होंगे?

माथुर ने कहा—रुपये कहाँ थे साहब! एक महाजन से स्टाम्प लिखकर लिये, दो रुपये सैकड़े सूद पर।

देवीजी ने क्रोध भरे स्वर में कहा—मैं तो उस दुष्ट को पा जाऊँ तो

मुँह नोच लूँ। पिशाच ने इस गरीब को भी न छोड़ा।

ढपोरसंख बोला—यह क्रोध तो आपको अब आ रहा है न। तब तो आप भी समझती थीं, कि जोशी दया और धर्म का पुतला है।

देवीजी ने विरोध किया—मैंने उसे पुतला-पुतली कभी नहीं समझा। हाँ, तुम्हारी तकलीफों के भुलावे में पड़ जाती थी।

ढपोरसंख—तो साहब, इस तरह कोई दो महीने गुजरे, इस बीच में भी जोशी दो-तीन बार आये; मगर मुझसे कुछ माँगा नहीं। हाँ, अपने बाबू साहब के सम्बन्ध में तरह-तरह की बातें कीं, जिनसे मुझे दो-चार गल्प लिखने की सामग्री मिल गई।

मई का महीना था। एक दिन प्रात:काल जोशी आ पहुँचे। मैंने पूछा, तो मालूम हुआ, उनके बाबू साहब नैनीताल चले गए। इन्हें भी लिए जाते थे; पर उन्होंने हम लोगों के साथ यहाँ रहना अच्छा समझा और चले आये।

देवी जी ने फुलझड़ी छोड़ी—कितना त्यागी था बेचारा। नैनीताल की बहार छोड़कर यहाँ गर्मी में प्राण देने चला आया।

ढपोरसंख ने इसकी ओर कुछ ध्यान न देकर कहा—मैंने पूछा, कोई नई बात तो नहीं हुई वहाँ?

जोशी ने हँसकर कहा—भाग्य में तो नई-नई विपत्तियाँ लिखी हैं। उनसे कैसे जान बच सकती है। अबकी भी एक नई विपत्ति सिर पड़ी। यह कहिए, आपका आशीर्वाद था, जान बच गई, नहीं तो अब तक जमुनाजी में बहा चला जाता होता। एक दिन जमुना किनारे सैर करने चला गया। वहाँ तैराकी का मैच था। बहुत से आदमी तमाशा देखने आये हुए थे। मैं भी एक जगह खड़ा होकर देखने लगा। मुझसे थोड़ी दूर पर एक और महाशय एक युवती के साथ खड़े थे। मैंने बातचीत की, तो मालूम हुआ, मेरी ही बिरादरी के हैं। यह भी मालूम हुआ, मेरे पिता और चाचा, दोनों ही से उनका परिचय है। मुझसे स्नेह की बातें करने लगे—तुम्हें इस तरह ठोकरें खाते तो बहुत दिन हो गए; क्यों नहीं चले जाते, अपने माँ-बाप के पास। माना कि उनका लोक-व्यवहार तुम्हें पसन्द नहीं; लेकिन माता-पिता का पुत्र पर कुछ-न-कुछ अधिकार तो होता है। तुम्हारी माताजी को कितना दु:ख हो रहा होगा।

सहसा एक युवक किसी तरफ से आ निकला। और वृद्ध महाशय तथा युवती को देखकर बोला—आपको शर्म नहीं आती कि आप अपनी युवती कन्या को इस तरह मेले में लिये खड़े हैं।

वृद्ध महाशय का मुँह जरा-सा निकल आया और युवती तुरन्त घुँघट निकाल कर पीछे हट गई। मालूम हुआ कि उसका विवाह इसी युवक से ठहरा हुआ है। वृद्ध उदार, सामाजिक विचारों के आदमी थे, परदे के कायल न थे। युवक वयस में युवक होकर भी खूसट विचारों का आदमी था, परदे का कट्टर पक्षपाती। वृद्ध थोड़ी देर तक तो अपराधी भाव से बातें करते रहे, पर युवक प्रतिक्षण गर्म हो जाता था। आखिर बूढ़े बाबा भी तेज हुए।

युवक ने आँखें निकालकर कहा—मैं ऐसी निर्लज्जा से विवाह करना अपने लिये अपमान की बात समझता हूँ।

वृद्ध ने क्रोध से काँपते हुए स्वर में कहा—और मैं तुम-जैसे लम्पट से अपनी कन्या का विवाह करना लज्जा की बात समझता हूँ।

युवक ने क्रोध के आवेश में वृद्ध का हाथ पकड़कर धक्का दिया। बातों से न जीतकर अब वह हाथों से काम लेना चाहता था। वृद्ध धक्का खाकर गिर पड़े। मैंने लपककर उन्हें उठाया और युवक को डाँटा।

वह वृद्ध को छोड़कर मुझसे लिपट गया। मैं कोई कुश्तीबाज तो हूँ नहीं। वह लड़ना जानता था। मुझे उसने बात-की-बात में गिरा दिया और मेरा गला दबाने लगा। कई आदमी जमा हो गए थे। जब तक कुश्ती होती रही, लोग कुश्ती का आनन्द उठाते रहे; लकिन जब देखा मुआमला संगीन हुआ चाहता है, तो तुरन्त बीच-बचाव कर दिया। युवक बूढ़े बाबा से जाते-जाते कह गया—तुम अपनी लड़की को वेश्या बनाकर बाजार में घुमाना चाहते हो, तो अच्छी तरह घुमाओ, मुझे अब उससे विवाह नहीं करना है। वृद्ध चुपचाप खड़े थे और युवती रो रही थी। भाई साहब, तब मुझसे न रहा गया। मैंने कहा—महाशय, आप मेरे पिता के तुल्य हैं और मुझे जानते हैं। यदि आप मुझे इस योग्य समझें तो मैं इन देवीजी को अपनी हृदयेश्वरी बनाकर अपने को धन्य समझूँगा। मैं जिस दशा में हूँ, आप देख रहे हैं। सम्भव है, मेरा जीवन इसी तरह कट जाय, लेकिन श्रद्धा, सेवा और प्रेम यदि जीवन को सुखी बना सकता है, तो मुझे विश्वास है, कि देवी के

प्रति मुझमें इन भावों की कमी न रहेगी। बूढ़े बाबा ने गद्गद् होकर मुझे कंठ से लगा लिया। उसी क्षण मुझे अपने घर ले गए, भोजन कराया और विवाह का सगुन कर दिया। मैं एक बार युवती से मिलकर उसकी सम्मति लेना चाहता था। बूढ़े बाबा ने मुझे इसकी सहर्ष अनुमति दे दी। युवती से मिलकर मुझे ज्ञात हुआ, कि वह रमणियों में रत्न है। मैं उसकी बुद्धिमत्ता देखकर चकित हो गया। मैंने अपने मन में जिस सुन्दरी की कल्पना की थी, वह उससे हूबहू मिलती है, मुझे उतनी ही देर में विश्वास हो गया कि मेरा जीवन उसके साथ सुखी होगा। मुझे अब आशीर्वाद दीजिए। युवती आप की पत्रिका बराबर पढ़ती है और आपसे उसे बड़ी श्रद्धा है। जून में विवाह होना निश्चित हुआ है। मैंने स्पष्ट कह दिया—मैं जेवर-कपड़े नाममात्र को लाऊँगा, न कोई धूमधाम ही करूँगा। वृद्ध ने कहा—मैं तो स्वयं यही कहने वाला था। मैं कोई तैयारी नहीं चाहता, न धूमधाम की मुझे इच्छा है। जब मैंने आपका नाम लिया, कि वह मेरे बड़े के तुल्य हैं तो वह बहुत प्रसन्न हुए। आपके लेखों को वह बड़े आदर से देखते हैं।

मैंने कुछ खिन्न होकर कहा—यह तो सब कुछ है; लेकिन इस समय तुम्हें विवाह करने की सामर्थ्य भी नहीं है। और कुछ न हो, तो पचास रुपये की बँधी हुई आमदनी तो होनी ही चाहिये।

जोशी ने कहा—भाई साहब, मेरा उद्धार विवाह ही से होगा। मेरे घर से निकलने का कारण भी विवाह ही था और घर वापस जाने का कारण भी विवाह ही होगा। जिस समय प्रमिला हाथ बाँधे हुए जाकर पिताजी के चरणों पर गिर पड़ेगी, उनका पाषाण हृदय भी पिघल जायगा। समझेंगे विवाह तो हो ही चुका, अब वधू पर क्यों जुल्म किया जाय। जब उसे आश्रय मिल जायगा, तो मुझे झक मारकर बुलायेंगे। मैं इसी जिद पर घर से निकला था, कि अपना विवाह अपने इच्छानुसार बिना कुछ लिये-दिये करूँगा और वह मेरी प्रतिज्ञा पूरी हुई जा रही है। प्रमिला इतनी चतुर है, कि वह मेरे घरवालों को चुटकियों में मना लेगी। मैंने तखमीना लगा लिया है। कुल तीन सौ रुपये खर्च होंगे और यही तीन-चार सौ रुपये मुझे ससुराल से मिलेंगे। मैंने सोचा है, प्रमिला को पहले यहीं लाऊँगा। यहीं से वह मेरे घर पत्र लिखेगी और आप देखिएगा तीसरे दिन चचा साहब गहनों की पिटारी लिये आ पहुँचेंगे। विवाह हो जाने पर वह कुछ नहीं कर सकते। इसलिए मैंने विवाह की खबर नहीं दी।

मैंने कहा—लेकिन मेरे पास तो अभी कुछ भी नहीं है भाई। मैं तीन सौ रुपये कहाँ से लाऊँगा?

जोशी ने कहा—तीन सौ रुपये नकद थोड़े ही लगेंगे। कोई सौ रुपये के कपड़े लगेंगे। सौ रुपये की दो-एक सोहाग की चीजें बनवा लूँगा और सौ रुपये राह-खर्च समझ लीजिए। उनका मकान काशीपुर में है। वहीं से विवाह करेंगे। यह बंगाली सोनार जो सामने है, आपके कहने से एक सप्ताह के वादे पर जो-जो चीजें माँगूँगा, दे देगा। बजाज भी आपके कहने से दे देगा। नकद मुझे कुल सौ रुपये की जरूरत पड़ेगी और ज्यों ही उधर से लौटा त्यों ही दे दूँगा। बारात में आप और माथुर के सिवा कोई तीसरा आदमी न होगा। आपको मैं कष्ट नहीं देना चाहता, लेकिन जिस तरह अब तक आपने मुझे भाई समझकर सहायता दी है, उसी तरह एक बार और दीजिए। मुझे विश्वास था, कि आप इस शुभ कार्य में आपत्ति न करेंगे। इसलिए मैंने वचन दे दिया। अब तो आपको यह डोंगी पार लगानी ही पड़ेगी।

देवीजी बोलीं—मैं कहती थी, उसे एक पैसा मत दो। कह दो हम तुम्हारी शादी-विवाह के झंझट में नहीं पड़ते।

ढपोरसंख ने कहा—हाँ, तुमने अबकी बार जरूर समझाया, लेकिन मैं क्या करता। शादी का मुआमला; उस पर उसने मुझे भी घसीट लिया था। अपनी इज्जत का कुछ ख्याल तो करना ही पड़ता है।

देवीजी ने मेरा लिहाज किया और चुप हो गईं।

अब मैं उस वृत्तान्त को न बढ़ाऊँगा। सारांश यह है, कि जोशी ने ढपोरसंख के मत्थे सौ रुपये के कपड़े और सौ रुपये से कुछ ऊपर के गहनों का बोझ लादा। बेचारे ने एक मित्र से सौ रुपये उधार लेकर उसके सफर खर्च को दिया। खुद ब्याह में शरीक हुए। ब्याह में खासी धूमधाम रही। कन्या के पिता ने मेहमानों का आदर-सत्कार खूब किया। उन्हें जल्दी थी; इसलिए वह खुद तो दूसरे ही दिन चले आये; पर माथुर जोशी के साथ विवाह के अन्त तक रहा। ढपोरसंख को आशा थी, कि जोशी ससुराल के रुपये पाते ही माथुर के हाथों भेज देगा, या खुद लेता आयेगा। मगर माथुर भी दूसरे दिन आ गए, खाली हाथ और यह खबर लाये, कि जोशी को ससुराल में कुछ भी हाथ नहीं लगा। माथुर से उन्हें अब मालूम

हुआ कि लड़की से जमुना-तट पर मिलने की बात सर्वथा निर्मूल थी। इस लड़की से जोशी बहुत दिनों तक पत्र-व्यवहार कर रहा था। फिर तो ढपोरसंख के कान खड़े हो गए। माथुर से पूछा—अच्छा! यह बिल्कुल कल्पना थी उसकी?

माथुर—जी हाँ।

ढपोर०—अच्छा, तुम्हारी भांजी के विवाह का क्या हुआ?

माथुर—अभी तो कुछ नहीं हुआ।

ढपोर०—मगर जोशी ने कई महीने तक तुम्हारी सहायता तो खूब की?

माथुर—मेरी सहायता वह क्या करता। हाँ, दोनों जून भोजन भले कर लेता था।

ढपोर०—तुम्हारे नाम पर उसने मुझसे जो रुपये लिये थे, वह तो तुम्हें दिये होंगे?

माथुर—क्या मेरे नाम पर भी कुछ रुपये लिए थे?

ढपोर०—हाँ भाई, तुम्हारे घर का किराया देने के लिए तो ले गया था।

माथुर—सरासर बेईमानी। मुझे उसने एक पैसा भी नहीं दिया, उलटे और एक महाजन से मेरे नाम पर सौ रुपयों का स्टाम्प लिखकर रुपये लिये। मैं क्या जानता था, कि धोखा दे रहा है।

संयोग से उसी वक्त आगरे से वह सज्जन आ गए जिनके पास जोशी कुछ दिनों रहा था। उन्होंने माथुर को देखकर पूछा—अच्छा! आप अभी जिन्दा हैं। जोशी ने तो कहा था, माथुर मर गया है।

माथुर ने हँसकर कहा—मेरे तो सिर में दर्द भी नहीं हुआ।

ढपोरसंख ने पूछा—अच्छा, आपके मुरादाबादी बरतन तो पहुँच गए?

आगरा-निवासी मित्र ने कुतूहल से पूछा—कैसे मुरादाबादी बरतन?

'वही जो आपने जोशी की मारफत मँगवाये थे?'

'मैंने कोई चीज उसकी मारफत नहीं मँगवाई। मुझे जरूरत होती तो आपको सीधा न लिखता!'

माथुर ने हँसकर कहा—तो यह रुपये भी उसने हजम कर लिए।

आगरा-निवासी मित्र बोले—मुझसे भी तो तुम्हारी मृत्यु के बहाने सौ रुपये लाया था। यह तो एक ही जालिया निकला। उफ! कितना बड़ा चकमा दिया है इसने! जिन्दगी में यह पहला मौका है, कि मैं यों बेवकूफ बना। बच्चा को पा जाऊँ तो तीन साल को भेजवाऊँ। कहाँ हैं आजकल?

माथुर ने कहा—अभी तो ससुराल में है।

ढपोरसंख का वृत्तान्त समाप्त हो गया। जोशी ने उन्हीं को नहीं, माथुर जैसे और गरीब, आगरा-निवासी सज्जन-जैसे घाघ को भी उलटे छुरे से मूडा और अगर भंडा न फूट गया होता तो अभी न-जाने कितने दिनों तक मूडता। उसकी इन मौलिक चालों पर मैं भी मुग्ध हो गया। बेशक! अपने फन का उस्ताद है, छटा हुआ गुर्गा।

देवीजी बोलीं—सुन ली आपने सारी कथा?

मैंने डरते-डरते कहा—हाँ, सुन तो ली।

'अच्छा, तो अब आपका क्या फैसला है? (पति की ओर इशारा करके) इन्होंने घोंघापन किया या नहीं? जिस आदमी को एक-एक पैसे के लिए दूसरों का मुँह ताकना पड़े, वह घर के पाँच-छ: सौ रुपये इस तरह उड़ा दे, इसे आप उसकी सज्जनता कहेंगे या बेवकूफी? अगर इन्होंने यह समझकर रुपये दिये होते, कि पानी में फेंक रहा हूँ, तो मुझे कोई आपत्ति न थी; मगर यह बराबर इस धोखे में रहे और मुझे भी उसी धोखे में डालते रहे, कि वह घर का मालदार है और मेरे सब रुपये ही न लौटा देगा; बल्कि और भी कितने सलूक करेगा। जिसका बाप दो हजार रुपये महीना पाता हो, जिसके चाचा की आमदनी एक हजार मासिक हो और एक लाख की जायदाद घर में हो, वह और कुछ नहीं तो यूरोप की सैर तो एक बार करा ही सकता था। मैं अगर कभी मना भी करती, तो आप बिगड़ जाते और उदारता का उपदेश देने लगते थे। यह मैं स्वीकार करती हूँ, कि शुरू में मैं भी धोखे में आ गई थी, मगर पीछे से मुझे उसका सन्देह होने लगा था। और विवाह के समय तो मैंने जोर देकर कह दिया था, कि अब एक पाई भी न दूँगी। पूछिये, झूठ कहती हूँ, या सच? फिर अगर मुझे धोखा हुआ; तो मैं घर में रहने वाली स्त्री हूँ। मेरा धोखे में आ जाना क्षम्य है, मगर यह जो लेखक और विचारक और उपदेशक बनते हैं, यह

क्यों धोखे में आये और जब मैं इन्हें समझाती थी; तो यह क्यों अपने को बुद्धिमत्ता का अवतार समझकर मेरी बातों की उपेक्षा करते थे? देखिए; रू-रिआयत न कीजियेगा, नहीं मैं बुरी तरह खबर लूँगी। मैं निष्पक्ष न्याय चाहती हूँ।'

ढपोरसंख ने दर्दनाक आँखों से मेरी तरफ देखा; जो मानो—भिक्षा माँग रही थीं। उसी के साथ देवीजी की आग्रह, आदेश और गर्व से भरी आँखें ताक रही थीं। एक को अपनी हार का विश्वास था, दूसरी को अपनी जीत का। एक रिआयत चाहती थी, दूसरी सच्चा न्याय।

मैंने कृत्रिम गम्भीरता से अपना निर्णय सुनाया—मेरे मित्र ने कुछ भावुकता से अवश्य काम लिया है, पर उनकी सज्जनता निर्विवाद है।

ढपोरसंख उछल पड़े और मेरे गले लिपट गए। देवीजी ने सगर्व नेत्रों से देखकर कहा—यह तो मैं जानती ही थी, कि चोर-चोर मौसेरे भाई होंगे। तुम दोनों एक ही थैली के चट्टे-बट्टे हो। अब तक रुपये में एक पाई मर्दों का विश्वास था। आज तुमने वह भी उठा दिया। आज निश्चय हुआ, कि पुरुष छली, कपटी, विश्वासघाती और स्वार्थी होते हैं। मैं इस निर्णय को नहीं मानती। मुफ्त में ईमान बिगाड़ना इसी को कहते हैं। भला मेरा पक्ष लेते, तो अच्छा भोजन मिलता, उनका पक्ष लेकर आपको सड़े सिगरेटों के सिवा और क्या हाथ लगेगा। खैर, हाँड़ी गई, कुत्ते की जात तो पहचानी गई।

उस दिन से दो-तीन बार देवीजी से भेंट हो चुकी है और वही फटकार सुननी पड़ी है। वह न क्षमा चाहती हैं; न क्षमा कर सकती हैं।

अनुभव

प्रियतम को एक वर्ष की सजा हो गयी। और अपराध केवल इतना था, कि तीन दिन पहले जेठ की तपती दोपहरी में उन्होंने राष्ट्र के कई सेवकों का शर्बत-पान से सत्कार किया था। मैं उस वक्त अदालत में खड़ी थी। कमरे के बाहर सारे नगर की राजनैतिक चेतना किसी बन्दी पशु की भाँति खड़ी चीत्कार कर रही थी। मेरे प्राणधन हथकड़ियों से जकड़े हुए लाए गए। चारों ओर सन्नाटा छा गया। मेरे भीतर हाहाकार मचा हुआ था, मानो प्राण पिघला जा रहा हो। आवेश की लहरें-सी उठ-उठकर समस्त शरीर को रोमांचित किये देती थीं। ओह इतना गर्व मुझे कभी नहीं हुआ था। वह अदालत, कुरसी पर बैठा हुआ अंग्रेज अफसर, लाल जरीदार पगड़ियाँ बाँधे हुए पुलिस के कर्मचारी सब मेरी आँखों में तुच्छ जान पड़ते थे। बार-बार जी में आता था, दौड़कर जीवन धन के चरणों में लिपट जाऊँ और उसी दशा में प्राण त्याग दूँ। कितनी शान्त, अविचलित, तेज और स्वाभिमान से प्रदीप्त मूर्ति थी। ग्लानि, विषाद या शोक की छाया भी न थी। नहीं, उन ओठों पर एक स्फूर्ति से भरी हुई मनोहारिणी, ओजस्वी मुस्कान थी। इस अपराध के लिए एक वर्ष का कठिन कारावास! वाह रे न्याय! तेरी बलिहारी है। मैं ऐसे हजार अपराध करने को तैयार थी। प्राणनाथ ने चलते समय एक बार मेरी ओर देखा, कुछ मुस्कराये, फिर उनकी मुद्रा कठोर हो गई। अदालत से लौटकर मैंने पाँच रुपये की मिठाई मँगवाई और स्वयंसेवकों को बुलाकर खिलाया। और सन्ध्या समय मैं पहली बार कांग्रेस के जलसे में शरीक हुई—शरीक ही नहीं हुई, मंच पर जाकर बोली और सत्याग्रह की प्रतिज्ञा ले ली। मेरी आत्मा में इतनी शक्ति

कहाँ से आ गई, नहीं कह सकती। सर्वस्व लुट जाने के बाद फिर किसकी शंका और किसका डर। विधाता का कठोर-से-कठोर आघात भी अब मेरा क्या अहित कर सकता था?

2

दूसरे दिन मैंने दो तार दिए। एक पिताजी को, दूसरा ससुरजी को। ससुर जी पेंशन पाते थे। पिताजी जंगल के महकमे में अच्छे पद पर थे; पर सारा दिन गुजर गया, तार का जवाब नदारद! दूसरे दिन भी कोई जवाब नहीं। तीसरे दिन दोनों महाशयों के पत्र आये। दोनों जामे से बाहर थे। ससुर जी ने लिखा—आशा थी, तुम लोग बुढ़ापे में मेरा पालन करोगे। तुमने उस आशा पर पानी फेर दिया। क्या अब चाहती हो, मैं भिक्षा माँगूँ। मैं सरकार से पेंशन पाता हूँ। तुम्हें आश्रय देकर मैं अपनी पेंशन से हाथ नहीं धो सकता। पिताजी के शब्द इतने कठोर न थे, पर भाव लगभग ऐसा ही था। इसी साल उन्हें ग्रेड मिलनेवाला था। वह मुझे बुलायेंगे, तो सम्भव है, ग्रेड से वंचित होना पड़े। हाँ, वह मेरी सहायता मौखिक रूप से करने को तैयार थे। मैंने दोनों पत्र फाड़कर फेंक दिये और उन्हें कोई पत्र न लिखा। हा स्वार्थ! तेरी माया कितनी प्रबल है! अपना ही पिता, केवल स्वार्थ में बाधा पड़ने के भय से, लड़की की तरफ से इतना निर्दय हो जाय। अपना सुसर अपनी बहू की ओर से इतना उदासीन हो जाय! मगर अभी मेरी उम्र ही क्या है। अभी तो सारी दुनिया देखने को पड़ी है।

अब तक मैं अपने विषय में निश्चिन्त थी; लेकिन अब यह नई चिन्ता सवार हुई। इस निर्जन घर में, निराधार, निराश्रय कैसी रहूँगी। मगर जाऊँगी कहाँ? अगर कोई मर्द होती, तो काँग्रेस के आश्रम में चली जाती, या कोई मजूरी कर लेती। मेरे पैरों में नारीत्व की बेड़ियाँ पड़ी हुई थीं। अपनी रक्षा की इतनी चिन्ता न थी, जितनी अपने नारीत्व की रक्षा की। अपनी जान की फिक्र न थी; पर नारीत्व की ओर किसी की आँख भी न उठनी चाहिए।

किसी की आहट पाकर मैंने नीचे देखा। दो आदमी खड़े थे। जी में आया, पूछूँ तुम कौन हो। यहाँ क्यों खड़े हो? मगर फिर खयाल आया, मुझे यह पूछने का क्या हक? आम रास्ता है। जिसका जी चाहे खड़ा हो।

पर मुझे खटका हो गया। उस शंका को किसी तरह दिल से न निकाल सकती थी। वह एक चिनगारी की भाँति हृदय के अन्दर समा गई थी।

गरमी से देह फुँकी जाती थी; पर मैंने कमरे का द्वार भीतर से बन्द कर लिया। घर में एक बड़ा-सा चाकू था। उसे निकालकर सिरहाने रख लिया। वह शंका सामने बैठी घूरती हुई मालूम होती थी।

किसी ने पुकारा। मेरे रोयें खड़े हो गए। मैंने द्वार से कान लगाया। कोई मेरी कुण्डी खटखटा रहा था। कलेजा धक-धक करने लगा। वही दोनों बदमाश होंगे। क्यों कुण्डी खटखटा रहे हैं? मुझसे क्या काम है? मुझे झुँझलाहट आ गई। मैंने द्वार खोला और छज्जे पर खड़ी होकर जोर से बोली—कौन कुण्डी खड़खड़ा रहा है?

आवाज सुनकर मेरी शंका शान्त हो गई। कितना ढारस हो गया! यह बाबू ज्ञानचन्द थे। मेरे पति के मित्रों में इनसे ज़्यादा सज्जन दूसरा नहीं है। मैंने नीचे जाकर द्वार खोल दिया। देखा तो एक स्त्री भी थी। वह मिसेज ज्ञानचन्द थीं। यह मुझसे बड़ी थीं। पहले-पहल मेरे घर आयी थीं। मैंने उनके चरण स्पर्श किए। हमारे वहाँ मित्रता मर्दों ही तक रहती है। औरतों तक नहीं जाने पाती।

दोनों जने ऊपर आये! ज्ञान बाबू एक स्कूल में एक मास्टर हैं। बड़े ही उदार, विद्वान्, निष्कपट, पर आज मुझे मालूम हुआ कि उनकी पथ-प्रदर्शिका उनकी स्त्री हैं। वह दोहरे बदन की, प्रतिभाशाली महिला थीं। चेहरे पर ऐसा रोब था, मानो कोई रानी हों। सिर से पाँव तक गहनों से लदी हुईं। मुख सुन्दर न होने पर भी आकर्षक था। शायद मैं उन्हें कहीं और देखती; तो मुँह फेर लेती। गर्व की सजीव प्रतिमा थीं; पर बाहर जितनी कठोर, भीतर उतनी ही दयालु।

'घर कोई पत्र लिखा?'—यह प्रश्न उन्होंने कुछ हिचकते हुए किया।

मैंने कहा—हाँ, लिखा था।

'कोई लेने आ रहा है?'

'जी नहीं। न पिता जी अपने पास रखना चाहते हैं, न ससुर जी।'

'तो फिर?'

'फिर क्या, अभी तो यहीं पड़ी हूँ।'

'तो मेरे घर क्यों नहीं चलतीं? अकेले तो इस घर में मैं न रहने दूँगी।'

'खुफिया के दो आदमी इस वक्त भी डटे हुए हैं।'

'मैं पहले ही समझ गई थी, दोनों खुफिया के आदमी होंगे।'

ज्ञान बाबू ने पत्नी की ओर देखकर, मानो उसकी आज्ञा से कहा—'तो मैं जाकर ताँगा लाऊँ?'

देवीजी ने इस तरह देखा, मानो कह रही हों, क्या अभी तुम यहीं खड़े हो?

मास्टर साहब चुपके से द्वार की ओर चले।

'ठहरो'—देवीजी बोलीं—'कै ताँगे लाओगे?'

'कै!' मास्टर साहब घबड़ा गए।

'हाँ कै! एक ताँगे पर तीन सवारियाँ ही बैठेंगी। सन्दूक, बिछावन, बरतन-भाँड़े क्या मेरे सिर पर जायेंगे?'

'तो दो लेता आऊँगा।'—मास्टर साहब डरते-डरते बोले।

'एक ताँगे में कितना सामान भर दोगे?'

'तो तीन लेता आऊँ?'

'अरे तो जाओगे भी। जरा-सी बात के लिए घंटा भर लगा दिया।'

मैं कुछ कहने न पायी थी, कि ज्ञान बाबू चल दिये। मैंने सकुचाते हुए कहा—बहन, तुम्हें मेरे जाने से कष्ट होगा और . . .

देवीजी ने तीक्ष्ण स्वर में कहा—हाँ, होगा तो अवश्य। तुम दोनों जून में दो-तीन पाव भर आटा खाओगी, कमरे के एक कोने में अड्डा जमा लोगी, सिर में आने का तेल डालोगी। यह क्या थोड़ा कष्ट है!

मैंने झेंपते हुए कहा—आप तो बना रही हैं।

देवीजी ने सहृदय भाव से मेरा कन्धा पकड़कर कहा—जब तुम्हारे बाबूजी, लौट आवें; तो मुझे भी अपने घर मेहमान रख लेना। मेरा घाटा पूरा हो जायगा। अब तो राजी हुई। चलो असबाब बाँधो। खाट-वाट कल मँगवा लेंगे।

3

मैंने ऐसी सहृदय, उदार, मीठी बातें करनेवाली स्त्री नहीं देखी। मैं उनकी छोटी बहन होती, तो भी शायद इससे अच्छी तरह न रखतीं। चिन्ता या क्रोध को तो जैसे उन्होंने जीत लिया हो। सदैव उनके मुख पर मधुर विनोद खेला करता था। कोई लड़का-बाला न था, पर मैंने उन्हें कभी दुखी नहीं देखा। ऊपर के काम के लिए लौंडा रख लिया था। भीतर का सारा काम खुद करतीं। इतना कम खाकर और इतनी मेहनत करके वह कैसे इतनी हृष्ट-पुष्ट थीं, मैं नहीं कह सकती। विश्राम तो जैसे उनके भाग्य में ही नहीं लिखा था। जेठ की दुपहरी में भी न लेटती थीं! हाँ, मुझे कुछ न करने देतीं, उस पर जब देखो कुछ खिलाने को सिर पर सवार। मुझे यहाँ बस यही एक तकलीफ थी।

मगर आठ ही दिन गुजरे थे कि एक दिन मैंने उन्हीं दोनों खुफियों को नीचे बैठा देखा। मेरा माथा ठनका। यह अभागे यहाँ भी मेरे पीछे पड़े हैं। मैंने तुरन्त बहनजी से कहा—वे दोनों बदमाश यहाँ भी मँडरा रहे हैं।

उन्होंने हिकारत से कहा—कुत्ते हैं। फिरने दो।

मैं चिन्तित होकर बोली—कोई स्वाँग न खड़ा करें।

उसी बेपरवाही से बोलीं—भूँकने के सिवा और क्या कर सकते हैं?

मैंने कहा—काट भी तो सकते हैं।

हँसकर बोलीं—इसके डर से कोई भाग तो नहीं जाता न!

मगर मेरी दाल में मक्खी पड़ गयी। बार-बार छज्जे पर जाकर उन्हें टहलते देख आती। यह सब मेरे पीछे पड़े हुए हैं! आखिर मैं नौकरशाही का क्या बिगाड़ सकती हूँ। मेरी सामर्थ्य ही क्या है? क्या यह सब इस तरह से मुझे यहाँ से भगाने पर तुले हैं। इससे उन्हें क्या मिलेगा? यही तो कि मैं मारी-मारी फिरूँ! कितनी नीची तबियत है?

एक हफ्ता और गुजर गया। खुफिया ने पिंड न छोड़ा। मेरे प्राण सूखते जाते थे। ऐसी दशा में यहाँ रहना मुझे अनुचित मालूम होता था; पर देवीजी से कुछ कह न सकती थी।

एक दिन शाम को ज्ञान बाबू आये, तो घबड़ाये हुए थे। मैं बरामदे में थी। परवल छील रही थी। ज्ञान बाबू ने कमरे में जाकर देवीजी को

इशारे से बुलाया।

देवीजी ने बैठे-बैठे कहा—पहले कपड़े-वपड़े उतारो, मुँह-हाथ धोओ, कुछ खाओ, फिर जो कहना हो, कह देना।

ज्ञान बाबू को धैर्य कहाँ? पेट में बात की गन्ध तक न पचती थी। आग्रह से बुलाया—तुमसे उठा नहीं जाता। मेरी जान आफत में है।

देवी ने बैठे-बैठे कहा—तो कहते क्यों नहीं, क्या कहना है?

'यहाँ आओ।'

'क्या यहाँ कोई और बैठा हुआ है?'

मैं वहाँ से चली। बहन ने मेरा हाथ पकड़ लिया। मैं जोर करने पर भी न छुड़ा सकी। ज्ञान बाबू मेरे सामने न कहना चाहते थे; पर इतना सब्र भी न था कि जरा देर रुक जाते। बोले—प्रिन्सिपल से मेरी लड़ाई हो गयी।

देवी ने बनावटी गम्भीरता से कहा—सच! तुमने उसे खूब पीटा न?

'तुम्हें दिल्लगी सूझती है! यहाँ नौकरी जा रही है।'

'जब यह डर था, तो लड़े क्यों?'

'मैं थोड़े ही लड़ा। उसी ने मुझे बुलाकर डाँटा।'

'बेकसूर?'

'अब तुमसे क्या कहूँ।'

'फिर वही पर्दा। मैं कह चुकी, यह मेरी बहन है। मैं इससे कोई पर्दा नहीं रखना चाहती।'

'और जो इन्हीं के बारे में कोई बात हो, तो?'

देवीजी ने जैसे पहेली बूझकर कहा—अच्छा समझ गयी। कुछ खुफियों का झगड़ा होगा। पुलिस ने तुम्हारे प्रिन्सिपल से शिकायत की होगी।

ज्ञान बाबू ने इतनी आसानी से अपनी पहेली का बूझा जाना स्वीकार न किया।

बोले—पुलिस ने प्रिन्सिपल से नहीं, हाकिम जिला से कहा। उसने प्रिन्सिपल को बुलाकर मुझसे जवाब-तलब करने का हुक्म दिया।

देवी ने अन्दाज से कहा—समझ गयी। प्रिन्सिपल ने तुमसे कहा

होगा, कि उस स्त्री को घर से निकाल दो।

'हाँ, यही, समझ लो!'

'तो तुमने क्या जवाब दिया?'

'अभी कोई जवाब नहीं दिया। वहाँ खड़े-खड़े क्या कहता!'

देवी जी ने उन्हें आड़े हाथों लिया—'जिस प्रश्न का एक ही जवाब हो, उसमें सोच-विचार कैसा?'

ज्ञान बाबू सिटपिटाकर बोले—लेकिन कुछ सोचना तो जरूरी था।

देवीजी की त्योरियाँ बदल गयीं। आज मैंने पहली बार उनका यह रूप देखा! बोलीं—तुम उस प्रिन्सिपल से जाकर कह दो, मैं उसे किसी तरह नहीं छोड़ सकता और न माने, तो इस्तीफा दे दो। अभी जाओ। लौटकर हाथ-मुँह धोना।

मैंने रोकर कहा—बहन मेरे लिए . . .

देवी ने डाँट बतायी—तू चुप रह, नहीं कान पकड़ लूँगी। तू क्यों बीच में कूदती है! रहेंगे, तो साथ रहेंगे। मरेंगे तो साथ मरेंगे। इस मर्दुए को मैं क्या कहूँ? आधी उम्र बीत गयी और बात करना न आया। (पति से) खड़े सोच क्या रहे हो, तुम्हें डर लगता हो; तो मैं जाकर कह आऊँ?

ज्ञान बाबू ने खिसियाकर कहा—तो कल कह दूँगा, इस वक्त कहाँ होगा, कौन जाने।

4

रात-भर मुझे नींद नहीं आयी। बाप और ससुर जिसका मुँह नहीं देखना चाहते, उसका यह आदर! राह की भिखारिन का यह सम्मान। देवी, तू सचमुच देवी है।

दूसरे दिन ज्ञान बाबू चले तो देवी ने फिर कहा—फैसला करके घर आना। यह न हो कि फिर सोचकर जवाब देने की जरूरत पड़े।

ज्ञान बाबू के चले जाने के बाद मैंने कहा—तुम मेरे साथ बड़ा अन्याय कर रही हो बहनजी। मैं यह कभी नहीं देख सकती कि मेरे कारण तुम्हें यह विपत्ति झेलनी पड़े।

देवी ने हास्य-भाव से कहा—कह चुकी या कुछ और कहना है।

'कह चुकी; मगर अभी बहुत कुछ कहूँगी!'

'अच्छा बता तेरे प्रियतम क्यों जेल गए? इसीलिए तो कि स्वयंसेवकों का सत्कार किया था। स्वयंसेवक कौन हैं? यह हमारी सेना के वीर हैं, जो हमारी लड़ाइयाँ लड़ रहे हैं। स्वयंसेवकों के भी तो बाल-बच्चे होंगे, माँ-बाप होंगे, वह भी तो कोई कारबार करते होंगे; पर देश की लड़ाई लड़ने के लिए उन्होंने सब कुछ त्याग दिया है। ऐसे वीरों का सत्कार करने के लिए जो आदमी जेल में डाल दिया जाय, उसकी स्त्री के दर्शनों से भी आत्मा पवित्र होती है। मैं तुझ पर एहसान नहीं कर रही हूँ, तू मुझ पर एहसान कर रही है।'

मैं इस दया-सागर में डुबकियाँ खाने लगी। बोलती क्या।

शाम को जब ज्ञान बाबू लौटे, तो उनके मुख पर विजय का आनन्द था।

देवी ने पूछा—हार की जीत?

ज्ञान बाबू ने अकड़कर कहा—जीत! मैंने इस्तीफा दे दिया तो चक्कर में आ गया। उसी वक्त हाकिम जिला के पास गया। वहाँ न जाने मोटर पर बैठकर दोनों में क्या बातें हुईं। लौट कर मुझसे बोला—आप पोलिटिकल जलसों में तो नहीं जाते।

मैंने कहा—कभी भूलकर भी नहीं।

'काँग्रेस के मेम्बर तो नहीं हैं?'

मैंने कहा—मेम्बर क्या, मेम्बर का दोस्त भी नहीं।

'काँग्रेस-फंड में चन्दा तो नहीं देते?'

मैंने कहा—'कानी कौड़ी भी कभी नहीं देता।'

'तो हमें आपसे कुछ नहीं कहना है। मैं आपका इस्तीफा वापस करता हूँ।'

देवीजी ने मुझे गले लगा लिया।

दारोगाजी

कल शाम को एक जरूरत से ताँगे पर बैठा हुआ जा रहा था कि रास्ते में एक और महाशय ताँगे पर आ बैठे। ताँगेवाला उन्हें बैठाना तो न चाहता था, पर इनकार भी न कर सकता था। पुलिस के आदमी से झगड़ा कौन मोल ले। यह साहब किसी थाने के दारोगा थे। एक मुकदमे की पैरवी करने सदर आये थे। मेरी आदत है कि पुलिसवालों से बहुत कम बोलता हूँ। सच पूछिए, तो मुझे उनकी सूरत से नफरत है। उनके हाथों प्रजा को कितने कष्ट उठाने पड़ते हैं, इसका अनुभव इस जीवन में कई बार कर चुका हूँ। मैं जरा एक तरफ खिसक गया और मुँह फेरकर दूसरी ओर देखने लगा कि दारोगाजी बोले—जनाब, यह आम शिकायत है कि पुलिस वाले बहुत रिश्वत लेते हैं; लेकिन यह कोई नहीं देखता कि पुलिसवाले रिश्वत लेने के लिये कितने मजबूर किये जाते हैं। अगर पुलिसवाले रिश्वत लेना बन्द कर दें तो मैं हलफ से कहता हूँ, ये जो बड़े-बड़े ऊँची पगड़ियोंवाले रईस नजर आते हैं, सब-के-सब जेलखाने के अन्दर बैठे दिखाई दें। अगर हर एक मामले का चालान करने लगें, तो दुनिया पुलिसवालों को और भी बदनाम करे। आपको यकीन न आयेगा जनाब, रुपये की थैलियाँ गले लगाई जाती हैं। हम हजार इनकार करें, पर चारों तरफ से ऐसे दबाव पड़ते हैं कि लाचार होकर लेना ही पड़ता है।

मैंने उपहास के भाव से कहा—जो काम रुपये लेकर किया जाता है, वही काम बिना रुपये लिये भी तो किया जा सकता है।

दारोगाजी हँसकर बोले—वह तो गुनाह बेलज्जत होगा, बन्दापरवर।

पुलिस का आदमी इतना कठोर देवता नहीं होता, और मेरा ख्याल है कि शायद कोई इंसान भी इतना बेलौस नहीं हो सकता। और सीगों के लोगों को भी देखता हूँ, मुझे तो कोई देवता न मिला...

मैं अभी इसका कुछ जवाब दे ही रहा था कि एक मियाँ साहब लम्बी अचकन पहने, तुर्की टोपी लगाये, ताँगे के सामने से निकले। दारोगाजी ने उन्हें देखते ही झुककर सलाम किया और शायद मिजाज शरीफ पूछना चाहते थे कि उस भले आदमी ने सलाम का जवाब गालियों से देना शुरू किया। जब ताँगा कई कदम आगे निकल आया; तो वह एक पत्थर लेकर ताँगे के पीछे दौड़ा। ताँगेवाले ने घोड़े को तेज किया। उस भलेमानुस ने भी कदम तेज किये और पत्थर फेंका। मेरा सिर बाल-बाल बच गया। उसने दूसरा पत्थर उठाया, वह हमारे सामने आकर गिरा। तीसरा पत्थर इतनी जोर से आया कि दारोगाजी के घुटने में बड़ी चोट आयी; पर इतनी देर में ताँगा इतनी दूर निकल आया था कि हम पत्थरों की मार से दूर हो गए थे। हाँ, गालियों की मार अभी तक जारी थी। जब तक वह आदमी आँखों से ओझल न हो गया, हम उसे एक हाथ में पत्थर उठाये, गालियाँ बकते हुए देखते रहे।

जब जरा चित्त शान्त हुआ, मैंने दारोगाजी से पूछा—यह कौन आदमी है, साहब? कोई पागल तो नहीं है?

दारोगाजी ने घुटने को सहलाते हुए कहा—पागल नहीं है साहब, मेरा पुराना दुश्मन है मैंने समझा था, जालिम पिछली बातें भूल गया होगा। वरना मुझे क्या पड़ी थी कि सलाम करने जाता।

मैंने पूछा—आपने इसे किसी मुकदमे में सजा दिलाई होगी?

'बड़ी लम्बी दास्तान है जनाब! बस इतना ही समझ लीजिए कि इसका बस चले, तो मुझे जिन्दा ही निगल जाय।'

'आप तो शोक की आग को और भड़का रहे हैं। अब तो वह दास्तान सुने बगैर तस्कीन न होगी।'

दारोगाजी ने पहलू बदलकर कहा—अच्छी बात है, सुनिए। कई साल हुए, मैं सदर में ही तैनात था। बेफिक्री के दिन थे, ताजा खून, एक माशूक से आँख लड़ गई। आमदरफ्त शुरू हुई। अब भी जब उस हसीना की याद आती है, तो आँखों से आँसू निकल आते हैं। बाजारू औरतों में

इतनी हया, इतनी वफा, इतनी मुरव्वत मैंने नहीं देखी। दो साल उसके साथ इतने लुत्फ से गुजरे कि आज भी उसकी याद करके रोता हूँ। मगर किस्से को बढ़ाऊँगा नहीं, वरना अधूरा ही रह जायगा। मुख्तसर यह कि दो साल के बाद मेरे तबादले का हुक्म आ गया। उस वक्त दिल को जितना सदमा पहुँचा, उसका जिक्र करने के लिए दफ्तर चाहिए। बस, यही जी चाहता था कि इस्तीफा दे दूँ। उस हसीना ने यह खबर सुनी, तो उसकी जान-सी निकल गई। सफर की तैयारी के लिए मुझे तीन दिन मिले थे। ये तीन दिन हमने मंसूबे बाँधने में काटे। उस वक्त मुझे अनुभव हुआ कि औरतों को अक्ल से खाली समझने में हमने कितनी बड़ी गलती की है। मेरे मंसूबे शेखचिल्ली के-से होते थे। कलकत्ते भाग चलें, वहाँ कोई दूकान खोल दें, या इसी तरह कोई दूसरी तजवीज करता। लेकिन वह यही जवाब देती कि अभी वहाँ जाकर अपना काम करो। जब मकान का बन्दोबस्त हो जाय, तो मुझे बुला लेना। मैं दौड़ी चली आऊँगी।

आखिर जुदाई की घड़ी आयी। मुझे मालूम होता था कि अब जान न बचेगी। गाड़ी का वक्त निकला जाता था और मैं उसके पास से उठने का नाम न लेता था। मगर मैं फिर किस्से को तूल देने लगा। खुलासा यह कि मैं उसे दो-तीन दिन में बुलाने का वादा करके रुखसत हुआ। पर अफसोस! वे दो-तीन दिन कभी न आये। पहले दस-पाँच दिन तो अफसरों से मिलने और इलाके की देखभाल में गुजरे। इसके बाद घर से ख़त आ गया कि तुम्हारी शादी तय हो गई; रुखसत लेकर चले आओ। शादी की खुशी में उस वफा की देवी की मुझे फिक्र न रही। शादी करके महीने-भर बाद लौटा, तो बीबी साथ थी। रही-सही याद भी जाती रही। उसने एक महीने के बाद एक ख़त भेजा; पर मैंने उसका जवाब न दिया। डरता रहता था कि कहीं एक दिन वह आकर सिर पर सवार न हो जाय; फिर बीवी को मुँह दिखाने लायक भी न रह जाऊँ।

साल भर के बाद मुझे एक काम से सदर आना पड़ा। उस वक्त मुझे उस औरत की याद आयी; सोचा, जरा चलकर देखना चाहिए, किस हालत में है। फौरन अपने ख़त न भेजने और इतने दिनों तक न आने का जवाब सोच लिया और उसके द्वार पर जा पहुँचा। दरवाजा साफ-सुथरा था, मकान की हालत भी पहले से अच्छी थी। दिल को खुशी हुई कि इसकी हालत उतनी खराब नहीं है, जितनी मैंने समझी थी। और, क्यों

खराब होने लगी। मुझ जैसे दुनिया में क्या और आदमी ही नहीं हैं।

मैंने दरवाजा खटखटाया। अन्दर से वह बन्द था। आवाज आयी—कौन है?

मैंने कहा—वाह! इतनी जल्द भूल गईं, मैं हूँ, बशीर...

कोई जवाब न मिला, आवाज उसी की थी, इसमें शक नहीं, फिर दरवाजा क्यों नहीं खोलती? जरूर मुझसे नाराज है। मैंने फिर किवाड़ खटखटाये और लगा अपनी मुसीबतों का किस्सा सुनाने। कोई पन्द्रह मिनट के बाद दरवाजा खुला। हसीना ने मुझे इशारे से अन्दर बुलाया और चट किवाड़ बन्द कर लिये। मैंने कहा—मैं तुमसे मुआफी माँगने आया हूँ। यहाँ से जाकर मैं बड़ी मुश्किल में फँस गया। इलाका इतना खराब है कि दम मारने की मुहलत नहीं मिलती।

हसीना ने मेरी तरफ न देखकर जमीन की तरफ ताकते हुए कहा—मुआफी किस बात की? तुमसे मेरा निकाह तो हुआ न था। दिल कहीं और लग गया, तो मेरी याद क्यों आती। मुझे तुमसे कोई शिकायत नहीं। जैसा और लोग करते हैं, वैसा ही तुमने किया। यही क्या कम है कि इतने दिनों के बाद इधर आ तो गए। रहे तो खैरियत से?

'किसी तरह जिन्दा हूँ।'

'शायद जुदाई में घुलते-घुलते यह तोंद निकल आई है। खुदा झूठ न बुलवाये, तब से दूने हो गए।'

मैंने झेंपते हुए कहा—यह सारा बलगम का फिसाद है। भला मोटा मैं क्या होता। उधर का पानी निहायत बलगमी है। तुमने तो मेरी याद ही भुला दी।

उसने अबकी मेरी ओर तेज निगाहों से देखा और बोली—ख़त का जवाब तक न दिया, उलटे मुझी को इलजाम देते हो। मैं तुम्हे शुरू से बेवफा समझती थी और तुम वैसे ही निकले। बीवी लाये और मुझे ख़त तक न लिखा?

मैंने ताज्जुब से पूछा—तुम्हें कैसे मालूम हुआ कि मेरी शादी हो गई?

उसने रुखाई से कहा—यह पूछकर क्या करोगे? झूठ तो नहीं कहती। बेवफा बहुत देखे, लेकिन तुम सबसे बढ़कर निकले। तुम्हारी आवाज सुनकर जी में तो आया कि दुत्कार दूँ; लेकिन यह सोचकर

दरवाजा खोल दिया कि अपने दरवाजे पर किसी को क्या जलील करूँ।

मैंने कोट उतारकर खूँटी पर लटका दिया, जूते भी उतार डाले और चारपाई पर लेटकर बोला—लैली, देखो, इतनी बेरहमी से न पेश आओ। मैं तो अपनी ख़ताओं को खुद तस्लीम करता हूँ और इसीलिए अब तुमसे मुआफी माँगने आया हूँ। जरा अपने नाजुक हाथों से एक पान तो खिला दो। सच कहना, तुम्हें मेरी याद काहे को आती होगी। कोई और यार मिल गया होगा।

लैली पानदान खोलकर पान बनाने लगी कि एकाएक किसी ने किवाड़ खटखटाये। मैंने घबराकर पूछा—यह कौन शैतान आ पहुँचा?

हसीना ने होंठों पर ऊँगली रखते हुए कहा—यह मेरे शौहर हैं। तुम्हारी तरफ से जब निराश हो गई, तो मैंने इनके साथ निकाह कर लिया।

मैंने त्योरियाँ चढ़ाकर कहा—तो तुमने मुझसे पहले ही क्यों न बता दिया, मैं उलटे पाँव लौट न जाता, यह नौबत क्यों आती। न जाने कब की यह कसर निकाली।

'मुझे क्या मालूम कि यह इतने जल्द आ पहुँचेंगे। रोज तो पहर रात गए आते थे। फिर तुम इतनी दूर से आये थे, तुम्हारी कुछ खातिर भी तो करनी थी।'

'यह अच्छी खातिर की। बताओ; अब मैं जाऊँ कहाँ?'

'मेरी समझ में खुद कुछ नहीं आ रहा है। या अल्लाह! किस अजाब में फँसी।'

इतने में उन साहब ने फिर दरवाजा खटखटाया। ऐसा मालूम होता था कि किवाड़ तोड़ डालेगा। हसीना के चेहरे पर एक रंग आता था, एक रंग जाता था। बेचारी खड़ी काँप रही थी। बस, जबान से यही निकालता था—या अल्लाह, रहम कर।

बाहर से आवाज आयी—अरे, तुम क्या सरेशाम से सो गईं? अभी तो आठ भी नहीं बजे। कहीं साँप तो नहीं सूँघ गया। अल्लाह जानता है अब और देर की, तो किवाड़ चिड़वा डालूँगा।

मैंने गिड़गिड़ाकर कहा—खुदा के लिए मेरे छिपने की कोई जगह बताओ। पिछवाड़े कोई दरवाजा नहीं?

'ना!'

'संडास तो है?'

'सबसे पहले वह वहीं जायँगे।'

'अच्छा, वह सामने कोठरी कैसी है?'

'हाँ है तो, लेकिन कहीं कोठरी खोलकर देखा तो?'

'क्या बहुत डबल आदमी है?'

'तुम जैसे दो को बगल में दबा ले।'

'तो खोल दो कोठरी। वह ज्योंही अन्दर आयेगा, मैं दरवाजा खोलकर निकल भागूँगा।'

हसीना ने कोठरी खोल दी। मैं अन्दर जा घुसा। दरवाजा फिर बन्द हो गया।

मुझे कोठरी में बन्द करके हसीना ने जाकर सदर दरवाजा खोला और बोली—क्यों किवाड़ तोड़े डालते हो? आ तो रही हूँ।

मैंने कोठरी के किवाड़ों के दराजों से देखा। आदमी क्या पूरा देव था। अन्दर आते ही बोला—तुम सरेशाम से सो गई थीं!

'हाँ, जरा आँख लग गई थी।'

'मुझे तो ऐसा मालूम हो रहा था कि तुम किसी से बातें कर रही हो।'

'वहम की दवा तो लुकमान के पास भी नहीं।'

'मैंने साफ सुना। कोई-न-कोई था जरूर। तुमने उसे कहीं छिपा रखा है।'

'इन्हीं बातों पर तुमसे मेरा जी जलता है। सारा घर तो पड़ा है, देख क्यों नहीं लेते।'

'देखूँगा तो मैं जरूर ही, लेकिन तुमसे सीधे-सीधे पूछता हूँ, बतला दो, कौन था?'

हसीना ने कुंजियों का गुच्छा फेंकते हुए कहा—और कोई था तो घर ही में न होगा। लो, सब जगह देख आओ। सुई तो है नहीं कि मैंने कहीं छिपा दी हो।

वह शैतान इन चकमों में न आया। शायद पहले भी ऐसा ही चरका

खा चुका था। कुंजियों का गुच्छा उठाकर सबसे पहले मेरी कोठरी के द्वार खोलने की कोशिश करने लगा! गुच्छे में उस ताले की कुंजी न थी। बोला—इस कोठरी की कुंजी कहाँ है?

हसीना ने बनावटी ताज्जुब से कहा—अरे, तो क्या उसमें कोई छिपा बैठा है? वह तो लकड़ियों से भरी पड़ी है।

'तुम कुंजी दे दो न।'

'तुम भी कभी-कभी पागलों के से काम करने लगते हो। अँधेरे में कोई साँप-बिच्छू निकल आये तो। ना भैया, मैं उसकी कुंजी न दूँगी।'

'बला से साँप निकल आयेगा। अच्छा ही हो, निकल आये। इस बेहयाई की जिन्दगी से तो मौत ही अच्छी!'

हसीना ने इधर-उधर तलाश करके कहा—'न जाने उसकी कुंजी कहाँ रख दी। खयाल नहीं आता।'

'इस कोठरी में तो मैंने और कभी ताला नहीं देखा।'

'मैं तो रोज लगाती हूँ। शायद कभी लगाना भूल गई हूँ, तो नहीं कह सकती।'

'तो तुम कुंजी न दोगी?'

'कहती तो हूँ इस वक्त नहीं मिल रही है।'

'कहे देता हूँ, कच्चा ही खा जाऊँगा।'

अब तक तो मैं किसी तरह जब्त किये खड़ा रहा। बार-बार अपने ऊपर गुस्सा आ रहा था कि यहाँ क्यों आया। न-जाने यह शैतान कैसे पेश आये। कहीं तैश में आकर मार ही न डाले। मेरे हाथों में तो कोई छुरी भी नहीं। या खुदा! अब तू ही मालिक है। दम रोके हुए खड़ा था कि एक पल का भी मौका मिले, तो निकल भागूँ; लेकिन जब उस मरदूद ने किवाड़ों को जोर से धमधमाना शुरू किया, तब तो रूह ही फना हो गई। इधर-उधर निगाह डाली कि किसी कोने में छिपने की जगह है, या नहीं। किवाड़ के दराजों से कुछ रोशनी आ रही थी! ऊपर जो निगाह उठाई, तो एक मचान-सा दिखाई दिया। डूबते को तिनके का सहारा मिल गया। उचककर चाहता था कि ऊपर चढ़ जाऊँ कि मचान पर एक आदमी को बैठे देखकर उस हालत में मेरे मुँह से चीख निकल गई। यह हजरत अचकन पहने, घड़ी

लगाये, एक खूबसूरत साफा बाँधे, उकड़ूँ बैठे हुए थे। अब मुझे मालूम हुआ कि मेरे लिए दरवाजा खोलने में हसीना ने इतनी देर क्यों की थी। अभी इनको देख ही रहा था कि दरवाजे पर मूसल की चोटें पड़ने लगीं। मामूली किवाड़ तो थे ही, तीन-चार चोटों में दोनों किवाड़े नीचे आ रहे और वह मरदूद लालटेन लिए कमरे में घुसा। उस वक्त मेरी क्या हालत थी, इसका अन्दाज आप खुद कर सकते हैं। उसने मुझे देखते ही लालटेन रख दी और मेरी गर्दन पकड़कर बोला—अच्छा, आप यहाँ तशरीफ रखते हैं। आइए, आपकी कुछ खातिर करूँ। ऐसे मेहमान रोज कहाँ मिलते हैं।

यह कहते हुए उसने मेरा एक हाथ पकड़कर इतने जोर से बाहर की तरफ ढकेला कि मैं आँगन में औंधा जा गिरा। उस शैतान की आँखों से अँगारे निकल रहे थे। मालूम होता था, उसके होंठ मेरा खून चूसने के लिए बढ़े आ रहे हैं। मैं अभी जमीन से उठने भी न पाया था कि वह कसाई एक बड़ा-सा तेज छुरा लिए मेरी गरदन पर आ पहुँचा; मगर जनाब, हूँ पुलिस का आदमी। उस वक्त मुझे एक चाल सूझ गई। उसने मेरी जान बचा ली, वरना आज आपके साथ ताँगे पर न बैठा होता। मैंने हाथ जोड़कर कहा—हुजूर, मैं बिल्कुल बेकसूर हूँ। मैं तो मीर साहब के साथ आया था।

उसने गरज कर पूछा—कौन मीर साहब? मैंने जी कड़ा करके कहा—वही, जो मचान पर बैठे हुए हैं। मैं तो हुजूर का गुलाम ठहरा, जहाँ हुक्म पाऊँगा, आपके साथ जाऊँगा। मेरी इसमें क्या ख़ता है?

'अच्छा, तो कोई मीर साहब मचान पर भी तशरीफ रखते हैं?'

उसने मेरा हाथ पकड़ लिया और कोठरी में जाकर मचान पर देखा। वह हजरत सिमटे-सिमटाये, भीगी बिल्ली बने बैठे थे। चेहरा ऐसा पीला पड़ गया था, गोया बदन में जान ही नहीं।

उसने उनका हाथ पकड़कर एक झटका दिया, तो आप धम-से नीचे आ रहे। उनका ठाठ देखकर अब इसमें कोई शुबहा न रहा कि वह मेरे मालिक हैं। उनकी सूरत देखकर उस वक्त तरस के साथ हँसी आती थी।

'तू कौन है बे?'

'जी, मैं...मेरा मकान, यह आदमी झूठा है, यह मेरा नौकर नहीं है।'

'तू यहाँ क्या करने आया था?'

'मुझे यही बदमाश (मेरी तरफ देखकर) धोखा देकर लाया था।'

'यह क्यों नहीं कहता कि मजे उड़ाने आया था। दूसरों पर इल्जाम रखकर अपनी जान बचाना चाहता है, सुअर? ले, तू भी क्या समझेगा कि किसके पाले पड़ा था।'

यह कहकर उसने उसी तेज छुरे से उन साहब की नाक काट ली। मैं मौका पाकर बेतहाशा भागा, लेकिन हाय-हाय की आवाज मेरे कानों में आ रही थी।

इसके बाद उन दोनों में कैसी छनी, हसीना के सिर पर क्या आफत आयी, इसकी मुझे कुछ खबर नहीं। मैं तब से बीसों बार सदर आ चुका हूँ, पर उधर भूलकर भी नहीं गया। यह पत्थर फेंकने वाले हजरत वही हैं, जिनकी नाक कटी थी। आज-न-जाने कहाँ से दिखाई पड़ गए और मेरी शामत आयी कि उन्हें सलाम कर बैठा। आपने उनकी नाक की तरफ शायद ख्याल नहीं किया।

मुझे अब ख्याल आया कि उस आदमी की नाक कुछ चिपटी थी। बोला—हाँ, नाक कुछ चिपटी तो थी। मगर आपने उस गरीब को बुरा चरका दिया।

'और करता ही क्या?'

'जरूर दबा लेते; मगर चोर का दिल आधा होता है। उस वक्त अपनी-अपनी पड़ी थी कि मुकाबला करने की सूझती। कहीं उस रमझल्ले में धर लिया जाता, तो आबरू अलग जाती और नौकरी से अलग हाथ धोता। मगर अब इस आदमी से होशियार रहना पड़ेगा।'

इतने में चौक आ गया और हम दोनों ने अपनी-अपनी राह ली।